Michelle Marly

White Christmas

rütten & loening

Michelle Marly

White Christmas

Das Lied der weißen Weihnacht

Roman

rütten & loening

MIX
Papier aus verantwortungsvollen Quellen
FSC® C083411

ISBN 978-3-352-00939-6

Rütten & Loening ist eine Marke
der Aufbau Verlag GmbH & Co. KG

1. Auflage 2020

Einbandgestaltung www.buerosued.de, München
Gesetzt aus der Goudy durch Greiner & Reichel, Köln
Druck und Binden CPI books GmbH, Leck, Germany
Printed in Germany

www.aufbau-verlag.de

»Happy Holiday«

New York City, Lower East Side
Dezember 1900

Prolog

Dichtes Schneegestöber trieb vom East River über Manhattan Island, angefacht von einem eisigen Wind, der die Eiskristalle wie ein Blasebalg vor sich hertrieb. Die Flocken landeten auf den Fenstersimsen der mehrstöckigen Backsteinhäuser, auf den Vordächern und Markisen der Läden und Lokale wie Puderzucker auf Zimtplätzchen, sie sammelten sich in den Hutkrempen der Passanten und blieben auf den Rücken der Kutschpferde als zarte weiße Decke liegen. Leider begruben sie auch die Stapel der Zeitungen, die der zwölfjährige Izzy an der Canal Street Ecke Bowery zu verkaufen versuchte, wie unter einem nassen Mantel – und kein Mensch wollte das *New York Evening Journal* mit feuchten Seiten lesen.

Je dichter das Schneetreiben wurde, desto weniger schienen die Abendnachrichten zu interessieren. Obwohl Izzy an einer sonst belebten Kreuzung stand, kehrte eine gewisse vorweihnachtliche Ruhe ein. Die Laternen waren längst aufgeflammt und warfen gelbe Lichtkreise auf die Spuren auf dem Bürgersteig, die zu verwehen begannen, der Verkehr der Fuhrwerke und Automobile ließ nach.

Um diese Zeit füllten sich die Bars, Restaurants, Varietés und Nachtclubs, und der Junge wünschte, mit seiner Tasche in eines der Etablissements gehen und dort die Zeitungen verkaufen zu dürfen. Doch er wusste, dass ihn die Kellner am Schlafittchen packen und hinauswerfen würden, wenn er nur einen Fuß hinter die Eingangstür setzte.

Dabei wäre er so gern einer von ihnen. Jedenfalls einer von denen, die Getränke und Mahlzeiten mit einem Lied auf den Lippen servierten. Die singenden Kellner waren die Stars der Gegend, junge Männer mit einem Haufen Trinkgeld in den Taschen. Die Münzen klimperten sicher nur so. Izzy hatte bereits erlebt, dass eine laute, musikalische Stimme etwas wert war, selbst wenn es sich – wie bei ihm – um einen schrillen Tenor handelte. An einem verkauften *Journal* verdiente er einen halben Cent, aber wenn er einen Schlager intonierte, den er auf der Straße aufgeschnappt hatte, oder die Schlagzeilen in einen Liedtext verwandelte und zu einer Melodie schmetterte, die ihm gerade einfiel, wurden die Käufer spendabel. Dank seinem Talent nahm er meist ein paar Pennys mehr ein. Das hatte ihn auf die Idee gebracht, ein singender Kellner zu werden. Denn Izzy wollte nichts so sehr, wie eines Tages ein reicher Mann sein. Oder zumindest das, was er dafür hielt. Wirklich wohlhabende Gentlemen hatte er noch nie gesehen, die mischten sich nicht unter die hauptsächlich von armen Einwanderern bewohnte Lower East Side. Die 5th Avenue etwa, die *Straße der Millionäre* genannt wurde, kannte der Junge nur aus den Meldungen in der Zeitung, die Upper East Side Manhattans war von seinem Leben so weit entfernt wie der Mond, der sich heute hinter den dichten Wolken verbarg, die so weiß vor dem sich verdunkelnden Himmel schimmerten wie der Schnee, der auf dem sonst ziemlich schmutzigen Pflaster liegen blieb.

Langsam begann die klirrende Winterkälte durch Izzys Kleidung zu kriechen. Seine Mutter hatte ihn mit einem Mantel aus Walkstoff versorgt, den sie als Hebammenlohn für die Geburtshilfe eines gesunden Zwillingspärchens erhalten hatte. Es war ein guter Mantel. Er war nicht neu, aber von guter Qualität und schützte Izzy in der Regel vor Regen, Wind und Kälte; dennoch war er nicht dafür gemacht, über mehrere Stunden böiges Schneetreiben abzuhalten. Frierend trat der Junge von einem Bein auf das andere, Feuchtigkeit drang dabei in seinen Schnürstiefel, dort, wo die Sohle ein Loch hatte, das von seinem fürsorglichen *Mamele* mit Zeitungspapier ausgestopft worden war. Das war inzwischen wohl durchweicht.

Er bemerkte eine Gruppe Männer und Frauen, die sich der Straßenkreuzung näherten. Sie hielten sich untergehakt und taumelten ein bisschen, was jedoch vielleicht weniger an dem Alkohol, den sie zu sich genommen haben mochten, als vielmehr daran lag, dass sie versuchten, nicht auszurutschen. Sie schwankten wie Seeleute an Land und wirkten, als wären sie auf dem Weg in ein Lokal. Izzy verkaufte seit seinem achten Lebensjahr Zeitungen und hatte inzwischen einen Blick für die Menschen in der Gegend. Wenn er richtig lag, war der eine oder andere dieser Partygänger für die Neuigkeiten im *New York Evening Journal* empfänglich. Und statt die Schlagzeilen auszurufen, wäre es bestimmt einnehmender, etwas zu singen. Vor allem, wenn die Pärchen doch schon angetrunken sein sollten.

Zum Wetter und der Jahreszeit passte natürlich am besten ein Weihnachtslied. Izzy sang gern christliche Musikstücke. Sein Vater würde ihm allerdings den Hals umdrehen, wenn er es hörte. Moses Baline war zu Hause in Russland der angesehene Kantor des Schtetls gewesen, in der Emigration hatte er es jedoch in den vergangenen sieben Jahren nur zum Fleischbeschauer in einer koscheren Schlachterei gebracht. Die frommen Gesänge wurden trotzdem an jedem Freitagabend angestimmt, wenn sich die Eltern mit den sechs Geschwistern zur Sabbatfeier versammelten. Izzy indes hatte Freunde, die aus Irland eingewandert waren, keine Juden wie er, sondern Katholiken. Wenn er die O'Hara-Söhne besuchte, war er stets fasziniert von dem Christbaum, den die Familie in diesen Tagen aufstellte und mit Kerzen und bunten Papiersternen schmückte. Darüber hinaus begeisterten ihn die Weihnachtslieder, die ihm seine Freunde beibrachten: »Silent Night« und »Auld Lang Syne« oder »Twelve Days of Christmas«.

Für diesen Moment passte wohl jedoch eine schmissige Melodie besser. Die gab es auch in dem Repertoire, das er bei den Iren aufgeschnappt hatte. Glücklicherweise besaß er ein gutes Gehör und ein noch besseres Gedächtnis, denn Noten lesen konnte er nicht. Er spitzte den Mund und begann die Verse von »Jingle Bells« zu pfeifen, bevor er den Text des Refrains schließlich a cappella schmetterte. Obwohl in seinem Elternhaus nach wie vor nur Jiddisch gesprochen wurde, flossen die englischen Worte mühelos über seine Lippen:

»Jingle bells, jingle bells,
jingle all the way …«

Am Ende des Songs klirrten einige Pennys mehr in seiner Tasche, und Izzy war überzeugt, dass er eine glorreiche Zukunft als singender Kellner vor sich hatte. Er musste nur noch alt genug werden, um eine Anstellung in einem der Lokale zu finden. Als Bedienung würde er ausgesorgt haben – und dabei spielte keine Rolle, dass die Bars und Restaurants in seinem Viertel, dem Bowery, eigentlich nur Spelunken waren.

»There's No Business Like Show Business«

Beverly Hills
Dezember 1937

Kapitel 1

Das Schwimmbad des Beverly Hills Hotels befand sich in einem terrassenförmig angelegten Garten hinter einer dichten Mauer aus Orangen- und Zitronenbäumen, Bougainvilleen und Hibiskus. Trotz der üppigen Bepflanzung lag der Poolbereich im Sonnenlicht, so dass die wärmenden Strahlen das Wasser erreichten, die Liegestühle und Sitzgruppen standen jedoch meist unter weißen Sonnenschirmen im Schatten. Die Kellner servierten nicht nur im Trockenen, wo Herren und Damen in Sommerkleidung plauderten, sondern auf Wunsch auch den Herrschaften im Schwimmbecken, die sich trotz des an diesem Tag herrschenden kühlen Winds ins Nasse gewagt hatten. Harmlos wirkende Cocktails, deren Anteil an Gin und Curaçao-Likör für innere Hitze sorgte, oder wie Herbstblätter schimmernde Kreationen auf Whiskey- und Wermut-Basis, die mit Maraschinokirschen und kleinen Sonnenschirmen aus Papier geschmückt waren, wurden in Glasschalen an lachende Lippen geführt. Es wurde viel herumgealbert, die Gäste waren berauscht vom Alkohol, vielleicht aber auch von dem herrlichen goldenen Licht, das diese Stadt für Filmschaffende so anziehend machte – oder sie waren begeistert von der Ferienstimmung, die sich angesichts der Szenerie unweigerlich einstellte. An das bevorstehende Weihnachtsfest erinnerte jedoch nichts.

Er mochte dieses oberflächliche Leben nicht. Obwohl er es versucht hatte, war es ihm nie gelungen, in Kalifornien Fuß zu fassen. Mehrmals hatte er sich hier eingerichtet und dann doch alles wieder aufgegeben, um nach Hause, nach New York, zurückzukehren. Inzwischen war ihm mit aller Deutlichkeit klar geworden, dass er an der Ostküste Wurzeln geschlagen hatte und sich daran nichts mehr ändern würde. Wie ein Nomade wohnte er deshalb in einem Hotel, wenn er in Hollywood arbeiten musste.

»Izzy!«

Er umrundete ein Pärchen in heller Sommergarderobe und trat auf den Tisch zu, an dem der Herr saß, der ihn gerufen hatte.

Joseph Schenck war fast sechzig, nicht besonders attraktiv und auch nicht besonders elegant angezogen, ein liebenswerter, humorvoller Mensch, obgleich ein harter Geschäftsmann, der aus jedem Knopfloch seiner legeren Jacke die Macht ausstrahlte, die er in Hollywood besaß. Der einflussreiche Präsident der Filmgesellschaft Twentieth Century-Fox stand auf, um ihm herzlich die Hand zu schütteln.

»Gut, dich zu sehen, Izzy!«

»Du bist der einzige Mensch, dem ich erlaube, mich noch Izzy zu nennen. Und, Joe, wir haben uns erst gestern im Studio gesehen.«

»Betrachte es als Reminiszenz an unsere gemeinsame Jugend in der Lower East Side«, erwiderte der Tycoon, während er sich in seinen Korbsessel zurückfallen ließ. »Wer hätte damals gedacht, dass aus dem singenden Zeitungsverkäufer der beste und erfolgreichste Songwriter Amerikas werden würde?«

»Du vergisst Gershwin, Jerome Kern und Cole Porter …« Er zuckte mit den Achseln und fügte in einem bescheidenen Ton hinzu, der seine Worte Lügen strafte: »Aber vielleicht hast du recht.«

Er war eine einnehmende, mittelgroße Person, zwar immer ein bisschen nervös, aber attraktiv. Sein Haar war auch mit neunundvierzig Jahren noch so lackschwarz wie das des hoffnungsfrohen Jungen von einst, sein olivfarbener Teint und seine dunklen Augen unter den dichten Brauen verliehen ihm eine geheimnisvolle, sinnliche Aura. Am deutlichsten erinnerte aber wohl sein Talent noch an die alten Zeiten, als Joseph Schenck sein bester Freund wurde. Vieles war seitdem anders geworden: Seine Kleidung stammte aus der Savile Row in London und nicht mehr aus zweiter Hand, und sein Name war ein anderer und inzwischen weltberühmt: Aus Israel »Izzy« Baline war Irving Berlin geworden, und als er sich jetzt an dem Gartentisch niederließ, an dem sein Freund auf ihn gewartet hatte, wirkte er wie der Inbegriff eines Gentleman.

Der Kleine mit der schrillen Tenorstimme war tatsächlich ein singender Kellner geworden. Damals war er vierzehn. Nachdem ein Musikverleger aus der Tin Pan Alley nur wenige Jahre später im Pelham Café in Chinatown auf ihn aufmerksam geworden war, begann eine unvorstellbar erfolgreiche Zeit für ihn. Irving Berlin war der erste Komponist und Textdichter, der allein die Musik für eine ganze Broadwayrevue schrieb, er steuerte die Melodien zum ersten Tonfilm der Geschichte bei, und er war der erste Unterhaltungsmusiker, dessen Lebenswerk die Inspiration zu einem Spielfilm war. Letztlich waren große Teile der Handlung fiktiv, doch der Hauptdarsteller Tyron Power sah ihm nicht unähnlich, und der Titel des von Schenck produzierten Streifens – »Alexander's Ragtime Band« – erinnerte an Izzys ersten großen Hit. Die Dreharbeiten hatten ihn kürzlich von New York nach Los Angeles geführt, zu seinem größten Verdruss war seine Anwesenheit ausgerechnet über die Weihnachtsfeiertage für die Musikaufnahmen nötig. Eine Jahreszeit, die er eigentlich lieber zu Hause an der Ostküste verbrachte – auch eine Reminiszenz, wie Schenck es nannte. Doch bei mehr als zwanzig Nummern aus seiner Feder stand außer Zweifel, dass der Songwriter auf seine privaten Vorlieben verzichten musste.

Ein Kellner eilte herbei und fragte nach seinen Wünschen. Irving, der seine Herkunft und Anfänge nie vergaß, verwickelte den jungen Mann in ein freundliches Gespräch, bevor er sich einen Kaffee bestellte. Als der Hotelangestellte verschwunden war, zog er sein Etui und Feuerzeug hervor und steckte sich eine Zigarette an. Nach dem ersten Zug erkundigte er sich: »Joe, was tust du hier?«

»Als ich dich gestern sah, hatte ich den Eindruck, dass dir etwas frische Luft guttun würde«, erklärte Joseph Schenck unumwunden. »Du bist ein bisschen bleich, Izzy. Wahrscheinlich siehst du nichts anderes als dein Hotelzimmer und das Studio. Aber das Leben besteht nicht nur aus Arbeit – du solltest auch die kalifornische Sonne genießen. Deshalb bin ich hier. Ich wollte dich einfach mal kurz rausholen – und das ist mir ja auch gelungen.«

»Ich bin hier, um zu arbeiten, nicht, um Ferien zu machen.«

»Wann arbeitest du nicht?« Mit einem nachsichtigen Lächeln lehnte sich Schenck in seinem Sessel zurück. »Ich kenne niemanden, der so wenig Schlaf braucht und ständig dermaßen unter Strom steht wie du.«

Genervt verdrehte Irving die Augen. Vor dem leuchtend blauen, wolkenlosen Himmel hoben sich die schmalen Stämme der hohen sogenannten Washington-Palmen wie Bleistifte ab, die etwas mit den grünen Wedeln an das Firmament schrieben. Einen Gruß vielleicht, den der Westwind weitertragen könnte. Zwischen seinem Zuhause in New York und seinem Arbeitsplatz in Los Angeles lagen nicht nur zweitausendachthundert Meilen, sondern ganze Welten. Natürlich schlürfte kein Mensch in Manhattan einen Tag vor Heiligabend ausgelassen Drinks an einem Pool. Es legte dort auch niemand während der Arbeitszeit einfach mal eine Pause ein, um den Tag zu genießen. Irving stieß einen tiefen Seufzer aus.

»Worüber machst du dir Sorgen?«, unterbrach Schenck seine Gedanken. »Ich muss mir Sorgen machen, wenn mein Komponist nicht bei bester Gesundheit und Laune ist. ›Alexander's Ragtime Band‹ ist mein teuerster Film des Jahres.«

»Danke.« Irving lächelte dem Kellner verbindlich zu, der seinen Kaffee servierte. Nachdem sich der junge Mann entfernt hatte, beugte Irving sich vor, als wollte er seinem Freund ein Geheimnis verraten; sein Getränk ließ er unbeachtet stehen. »Joe, ich will an den Broadway zurück. Meine letzten Erfolge dort sind schon viel zu lange her, ich habe alles für Hollywood zurückgestellt, aber die

Filmmusicals füllen mich nicht aus.« Als er Schencks vor Erstaunen hochgezogene Augenbrauen sah, fügte er rasch hinzu: »Das hat nichts mit meiner Arbeit im Studio zu tun, du bekommst meine volle Aufmerksamkeit, aber darüber hinaus schreibe ich eine neue Revue.«

»Hm«, machte Schenck wenig begeistert.

»Es soll etwas Neues werden, etwas ganz Besonderes. Statt der üblichen zwei Akte schweben mir drei vor, die in sich jeweils eine eigene Geschichte erzählen, etwas aus der Gegenwart, Vergangenheit und Zukunft. Eine Revue von heute, gestern und morgen wäre mal etwas wirklich Modernes, verstehst du?«

»Tatsächlich?«

Irving bemerkte die Skepsis seines Freundes nur am Rande, er war nun ganz in seinem Metier, redete, plante, skizzierte, setzte in seinen Gedanken die Bruchstücke von Texten und Musikfolgen zusammen, erzählte von seinem Skript. Seine Hände schwirrten durch die Luft, der Kaffee wurde kalt.

»Für die Gegenwartshandlung brauche ich noch ein Weihnachtslied, darüber denke ich gerade nach.« Er stockte, dann gestand er mit einer Geste, die den Garten des Beverly Hills Hotels umfasste: »Aber die Stimmung hier bringt mich nicht weiter.«

Schweigen senkte sich über die beiden Männer. Von den anderen Tischen wehten Gesprächsfetzen, Gläserklirren und Lachen herüber.

Nach einer Weile nickte Schenck. »Du vermisst nicht den Broadway, sondern deine Familie«, stellte er fest.

»Vielleicht … ja«, gab Irving zu. »Weihnachten ist ein Datum, das für mich eine große Bedeutung hat.«

»Sagt der Sohn eines jüdischen Kantors«, gab Schenck lakonisch zurück. Er lächelte Irving aufmunternd zu. »Ich möchte dich übrigens zum Essen einladen. An Weihnachten bist du bei mir.« Er machte eine deutliche Handbewegung: »Und keine Widerrede: Ich zähle auf dich.«

Irving hatte damit gerechnet, sich den Room Service kommen zu lassen und in seiner Suite ein einsames Weihnachtsessen zu sich zu nehmen, da er keinen aufdringlich bunten kalifornischen Heiligabend im Hotelrestaurant zu feiern beabsichtigte. Er blickte Joseph Schenck an und nickte. »Natürlich komme ich. Danke für die Einladung.« Er lächelte still in sich hinein. »Du weißt doch, dass ich eine Schwäche für Dinnerpartys habe.« Und in seinen Gedanken wanderte er nicht nur nach New York, sondern dreizehn Jahre zurück.

»Puttin' on the Ritz«

New York City
Mai 1924

Kapitel 2

Ellin Mackay schnitt ihrem Spiegelbild eine Grimasse. Sie musste irgendetwas tun, um den gelangweilten Ausdruck in ihrem Gesicht zu kaschieren. Ein wenig mehr Rouge reichte da nicht und wirkte an ihr sowieso nur lächerlich. Wenn sie ihre Mundwinkel zu einem Lächeln hochzog, erreichte die Fröhlichkeit jedoch nicht ihre Augen.

Mit ihren einundzwanzig Jahren war Ellin eine der begehrtesten Frauen der Stadt. Sie war eine der reichsten Erbinnen, und ihr familiärer Hintergrund war nicht nur irisch-katholisch, es floss dank ihrer Mutter auch das blaue Blut britischen Adels in ihren Adern. Bedauerlicherweise hatte sie nicht die Schönheit ihrer Mutter geerbt, sondern ähnelte mit ihrem blassen Teint, den gesunden Apfelbäckchen und dem bei einem bestimmten Lichteinfall rötlich schimmernden, goldblonden Haar eher ihrem Vater; auch trug sie keinen modischen Bubikopf, sondern eine halblange, lockige Frisur. Sie war nicht hässlich, aber ihre bodenständige Attraktivität ließ eher an eine zupackende junge Frau vom Land denken – und nicht an ein Mitglied der High Society. Daran änderten die teuren Kleider und Hüte, die sie trug, nur wenig, wobei sie auch nicht so aussehen wollte wie die austauschbaren Dollarprinzessinnen ihrer Umgebung, die alle auf der Suche nach einem Frosch waren, der sich in einen König verwandelte.

Hinzu kam, dass ihr die immer gleichen Bälle, Theaterpremieren, Dinnerpartys und Nachtclubbesuche mit den ebenso gleichen Gästen und Begleitern allmählich auf die Nerven gingen. Ihre Familie und ihre Freunde erwarteten von ihr, dass auch sie endlich einen jungen Mann mit adäquatem Lebenslauf und entsprechenden Einnahmen zum Heiraten fand. Doch im Grunde ihres Herzens wollte sie selbstständig sein – und nichts anderes so sehr wie schreiben. Sie wollte Schriftstellerin werden, nicht die Ehefrau eines wohlhabenden Mannes, die dasselbe Leben führte, wie sie es schon seit ihrer Zeit als Debütantin tat, mit dem einzigen Unterschied, dass sie dann einen eigenen Haushalt und Kinder hätte.

Als sie sich im vorigen Jahr auf einer Reise durch Europa befand, fasste sie zwar durchaus eine gewisse Neigung zu Ian Campbell, dem künftigen Herzog von Argyll, der stets gut gelaunt und zu Späßen aufgelegt war, aber leider zu viel trank und mit riskanten Einsätzen spielte. Als verlässlicher Ehemann kam er für sie nicht infrage. Da sie aber keine alte Jungfer zu werden beabsichtigte, erwog sie derzeit die Verlobung mit einem Diplomaten aus Washington, der zumindest so nett zu sein schien, dass sie hoffte, er würde ihr gewisse Freiheiten erlauben, selbst wenn er in allen anderen Dingen durch und durch den Vorstellungen ihres Vaters entsprach.

Ellin hatte die Einladung zu dem Essen heute Abend angenommen, weil die Gäste unterhaltsamer zu sein versprachen als viele andere Mitglieder der High Society. Frances Wellman, eine der Gesellschaftsköniginnen New Yorks, versammelte einen illustren kleinen Kreis von Künstlern um sich, was derzeit in Manhattan und auf Long Island in Mode war. Acht Personen nur, zu denen Alice Duer Miller gehörte, eine Cousine von Ellins Mutter und überdies eine bekannte Autorin und Frauenrechtlerin, nebst wohlhabendem Gatten sowie Cole Porter mit seiner Frau Linda, die eine alte Freundin von Ellins Familie war. Man kannte sich von den Sommern auf Long Island, denn Cole Porter war nicht nur ein brillanter Komponist, sondern ebenfalls ein Millionärserbe. Insofern blieb man zwar letztlich doch unter sich, die Gesprächsthemen versprachen interessanter als der übliche Klatsch zu sein.

Ihr Problem war, dass sich ihr kurzfristig eingeladener Tischherr verspätete. Ihre Gastgeberin hatte Ellin zwar versichert, dass sie in letzter Minute noch einen wunderbaren Ersatz für den Mann gefunden hatte, der – wer immer es war – hatte absagen müssen. Doch diese Aushilfe erwies sich als unpünktlich und damit als unhöflich. Beides verdarb Ellin die Laune, denn zwischen den geladenen Ehepaaren fühlte sie sich wie das fünfte Rad am Wagen. Diese Situation führte ihr wieder einmal vor Augen, wie dringend sie wenigstens einen offiziellen Verlobten als Begleitung brauchte – und eben diese Erkenntnis frustrierte sie genauso wie die üblichen albernen Tischgespräche, vor denen sie sich heute eigentlich bewahrt gefühlt hatte. Es war also gleichgültig, was sie tat, am Ende lief immer alles auf dasselbe Thema hinaus.

»Ach je …« Sie stieß einen so tiefen Seufzer aus, dass der Spiegel beschlug.

Es wurde Zeit, dass sie wieder zu der kleinen Gesellschaft stieß. Sie konnte nicht ewig im Damen-Badezimmer bleiben und mit dem Verlust ihrer Hoffnungen auf einen amüsanten Abend hadern. Wenn sie sich nicht unangenehmen Fragen durch ihre Gastgeberin aussetzen wollte, musste sie dieses nach Chanel N° 5 duftende Refugium verlassen. Jetzt. Sofort.

Trotzdem konnte sie nicht anders, als sich Zeit zu lassen, sie wusch sich die Hände unter kaltem Wasser, trocknete sie an den flauschigen Gästehandtüchern ab. Dann zupfte sie an den Volants ihres hellblauen Chiffonkleids, tupfte sich den Duft hinter die Ohren und strich sich über das Haar. Als es nun wirklich nichts mehr zu tun gab, machte sie sich mit einem erneuten Seufzer auf den Weg.

Frances hatte offenbar bereits Ausschau nach ihr gehalten. Als Ellin den Salon betrat, rief sie mit aufgesetzter Fröhlichkeit: »Da bist du ja!« Dafür unterbrach sie ihr Gespräch mit einem Mann, den Ellin nicht kannte. Der Fremde hatte gerade lebhaft gestikulierend etwas erzählt, verstummte und wandte sich um.

Anscheinend war das der Gast, der kurzfristig eingesprungen war, um nachher beim Dinner als ihr Tischherr zu fungieren. Er war nicht sehr groß, ein Mann Mitte dreißig und damit in den besten Jahren, der ein vorbildlich sitzendes weißes Dinnerjackett trug, das sein mit Pomade gescheiteltes und ordentlich gekämmtes lackschwarzes Haar und den olivfarbenen Ton seiner Haut betonte. Seine dunklen Augen wirkten klug, am auffallendsten waren jedoch die buschigen schwarzen Brauen darüber, die aussahen wie der Maske von Charlie Chaplin entliehen. Sein Lächeln war sympathisch – und wirkte dennoch so bemüht lässig und eingeübt, als wäre er ein Filmstar, der seine weiblichen Fans auf Distanz halten musste.

»Darf ich dir Irving Berlin vorstellen?«

Ellin kannte den Namen. Wer kannte ihn nicht in New York? Der Komponist war der König des Broadway, Ellin hatte seine Revuen gesehen und zu seinen Songs getanzt. Dabei hatte sie jedoch niemals das Bild eines realen Menschen im Kopf gehabt, zumal sie die Klatschspalten in den Zeitungen nur selten las und deshalb auch keine Fotografien von ihm gesehen hatte. Im Stillen fiel ihr auf, dass sie sich eigentlich weder über sein Alter noch über sein Aussehen jemals Gedanken gemacht hatte. Durch seine Musik war Irving Berlin eine Größe in der Stadt. Einen attraktiven Mann hatte Ellin hinter den Tönen nicht erwartet.

Als Debütantin mit beachtlichem Vermögen beherrschte Ellin natürlich die Kunst des Small Talk, und so verkündete sie mit ihrer sanften, akzentuierten Stimme: »Wie nett, Sie kennenzulernen, Mr. Berlin. Ich liebe Ihren Song ›What Shall I Do?‹.« Tatsächlich hatte sie das melancholische Liebeslied vor nicht allzu langer Zeit in seiner Revue im Music Box Theatre gehört.

Zu ihrer größten Überraschung zogen sich die beeindruckenden Augenbrauen erstaunt zusammen. Er sah sie nachdenklich an. »Der Titel heißt eigentlich ›What'll I Do?‹«, korrigierte er und fügte hinzu: »Aber wissen Sie, ich kann immer ein wenig Hilfe bei der Anwendung der englischen Grammatik brauchen.«

Ellin fragte sich, ob er sich über sie und ihren Upperclass-Akzent lustig machte. Allerdings klang er selbst gebildet. Da sie nicht wusste, was sie sagen sollte, nahm sie sich eine Zigarette aus der Schatulle auf dem Beistelltisch neben ihr. Frances Wellman hatte sich ihren anderen Gästen zugewandt, die in einer Gruppe zusammenstanden und sich von dem Tablett mit gefüllten Gläsern bedienten, das ein Dienstmädchen herumreichte.

Irving Berlins Feuerzeug glomm auf.

Sie hielt die Zigarette in die Flamme, atmete tief durch. Als sie sich aufrichtete, begegnete sie seinem Blick. Irving Berlin wirkte freundlich. Ohne Hintergedanken, ohne Anzüglichkeit. Ein erfolgreicher, berühmter Mann, seinem Habitus nach auch wohlhabend, der kein Interesse daran besaß, einer jungen Erbin zu gefallen. Ellin lächelte. Wahrscheinlich würde es an seiner Seite doch ein unterhaltsamer Abend werden.

»Ich war in Ihrem Theater«, sagte sie, während eine Rauchwolke ihr Gesicht verschleierte.

»Das freut mich. Aber die Music Box ist nicht allein mein Theater, es gehört mir zusammen mit meinem Freund und Produzenten Sam Harris. Wir sind wie ein altes Ehepaar, und das Theater, das nur für meine Revuen gebaut wurde, ist sozusagen unser gemeinsames Baby.« Er grinste über den Vergleich.

Unwillkürlich rutschte ihr die Frage heraus: »Was sagen Ihre Kinder dazu, in Konkurrenz mit dem Broadway zu stehen?« Er schien in einem Alter zu sein, in dem ein Mann für gewöhnlich verheiratet und Vater war.

»Möchten Sie einen Cocktail?« Das junge Dienstmädchen bot ihnen die verbliebenen Gläser auf dem Silbertablett an. Es waren hübsche Kristallkelche, mit einer weiß schimmernden Flüssigkeit gefüllt. Obwohl die Drinks völlig harmlos, fast sogar gesund aussahen, wussten alle im Salon, dass sich darin hochprozentiger Alkohol befand. Niemand in Manhattan hielt sich an das Gesetz der Prohibition. Der neue Artikel 18 der amerikanischen Verfassung schien nur dazu zu führen, dass noch mehr Alkohol getrunken wurde, woher auch immer der trotz des Einfuhr- und Verkaufsverbots kam. Aber darüber machte sich ebenso niemand Gedanken.

Ellin griff nach dem Glas, in dem sie eine *White Lady* vermutete, bestehend aus viel Gin, Cointreau, wenig Zitronensaft und etwas Eiweiß.

Nachdem er sich selbst bedient hatte und das Hausmädchen weitergezogen war, beantwortete Irving Berlin gut gelaunt Ellins ein wenig zu direkte Frage: »Ich habe leider keine Kinder. Und auch sonst keinen Anhang. Nur einen Partner im Theater.«

»Na, da haben Sie immerhin mehr als ich«, gab sie, leise seufzend, zurück.

Kapitel 3

Es wurde ein sehr unterhaltsamer Abend. Das anfangs ernst geführte Tischgespräch drehte sich vor allem um den Roman »Ulysses« des irischen Schriftstellers James Joyce, der zwei Jahre zuvor von der amerikanischen Buchhändlerin Sylvia Beach in Paris veröffentlicht worden war und langsam über die Grenzen Frankreichs berühmt wurde. Fast jeder konnte etwas zu dem Werk, seinem Autor oder seiner Förderin beitragen, denn alle Beteiligten kannten sich mehr oder weniger gut aus in Paris und waren darüber hinaus mit wenigstens einer der beteiligten Personen bekannt; die Porters lebten sogar die meiste Zeit des Jahres in der französischen Hauptstadt. Das ebenso dramatische wie episch angelegte Buch über einen nächtlichen Rundgang durch Dublin war durchsetzt von Erinnerungen an feuchtfröhliche Nächte an der Seine und begleitet von nicht immer für Debütantinnenohren geeigneten anzüglichen Scherzen, über die Ellin aus ganzem Herzen lachte. Man sprach außerdem über die »Rhapsody in Blue«, ein kürzlich uraufgeführtes Werk von George Gershwin; und Cole Porter und Irving Berlin diskutierten den Begriff des

»symphonischen Jazz«. Dann wurde das neue Medium Rundfunk zum Thema, in das auch Ellins Vater, der Präsident der Postal Telegraph and Cable Corporation, mit der Gründung einer eigenen Radiogesellschaft investierte. Die interessante Unterhaltung und die allgemeine Ausgelassenheit versetzten Ellin in Hochstimmung. So fühlte sich Freiheit an. Überrascht stellte sie fest, dass sie und Irving Berlin über dieselben Pointen lachten, was sie von einem Mann, der rund fünfzehn Jahre älter war als sie, nicht erwartet hatte. Außerdem fand sie es angenehm, ihm zuzuhören.

Als sich das Dinner dem Ende zuneigte, bedauerte sie, die Gesellschaft verlassen zu müssen. In ihrem Zuhause in Harbor Hill auf Long Island herrschte die bigotte Welt ihres streng katholischen Vaters, dort erwartete sie die immerwährende Frage ihrer Großmutter, wann nur ihre Verlobung endlich offiziell anzuzeigen wäre. Selbst um Mitternacht. Die alte Dame brauchte wenig Schlaf und horchte auf jeden noch so geringen Laut, um zu erfahren, wann Ellin heimkam. Dann erkundigte sie sich sofort, ob ihre Enkelin eine adäquate, hoffnungsfrohe Bekanntschaft gemacht hatte. Ellin wünschte, sie könnte das wohlige Gefühl des Abends noch ein wenig beibehalten. Doch der allgemeine Aufbruch stand bevor.

»Hätten Sie Lust, mich noch auf einen Drink zu begleiten?«, fragte ihr Tischherr. »In der Montmartre Bar wird immer eine gute Show geboten.« Er zögerte, dann fügte er hinzu: »Sie können unbesorgt sein: Der Nachtclub ist durchaus akzeptabel, und in meiner Begleitung wird Ihnen in Greenwich Village nichts geschehen.«

»O ja!« Sie verschwieg, dass sie auch mit ihm gehen

würde, wenn das Lokal weniger geeignet für eine junge Dame ihrer Herkunft gewesen wäre. Obwohl sie befürchtete, dass ein *akzeptabler Nachtclub* gleichzeitig ein langweiliger Nachtclub war, fügte sie hinzu: »Eine wunderbare Idee, Mr. Berlin.«

Erst als sie zugestimmt hatte, fiel ihr auf, dass er ihre Gedanken gelesen haben musste. Ahnte er, dass sie noch nicht nach Hause wollte – oder stand es ihr allzu deutlich ins Gesicht geschrieben? Egal. Der Abend war noch nicht zu Ende – mehr zählte gerade nicht. Es war gleichgültig, welchen Eindruck der Songwriter von ihr bekam, sie würde ihn wahrscheinlich niemals wiedersehen. Deshalb machte sie sich tatsächlich keine Sorgen, nicht einmal darüber, dass sie sich ohne weitere Begleitung – allein mit einem Fremden, auch wenn dies ein berühmter Komponist war –, dass sie sich also mit ihm ins Nachtleben stürzte. Sie fühlte sich fast ein wenig verrucht. Und das war sehr aufregend.

Irving Berlin besaß eine elegante Limousine der belgischen Automobilmarke Minerva, silbergrau mit schwarzem Verdeck und schwarzen Lederpolstern. Ellin war angenehm überrascht von seinem guten Geschmack, ebenso wie von dem Chauffeur, der ihr den Wagenschlag öffnete. Beides hatte sie nicht erwartet. Einen Showstar vom Broadway zu erleben, dessen Habitus und Benehmen zu einem Banker von der Wall Street passten, war verwirrend. Das Auto an sich beeindruckte sie weniger, denn in der Garage ihres Elternhauses standen mehrere teure Modelle Kotflügel an Kotflügel, poliert wie frisch geschliffene Diamanten und ebenso teuer.

»Ich hätte Sie eher in einem Roadster gesehen, Mr. Berlin«, gestand sie.

Er hob die Arme und ließ sie wie zur Kapitulation wieder fallen. »Es tut mir leid, dass ich Ihren Vorstellungen nicht gerecht werde, aber ich kann leider nicht Auto fahren. Deswegen kommt ein Zweisitzer für mich nicht infrage.«

»Nein, nein, ich bin sehr zufrieden.« Sie schob sich an dem Chauffeur vorbei und sank auf den Rücksitz. »Es ist alles in Ordnung.«

»Das beruhigt mich«, behauptete er und rutschte neben sie. Dann wandte er sich an seinen Angestellten: »Jack, bringen Sie uns bitte zu Jimmy Kelly's Bar«, und lehnte sich schließlich entspannt zurück.

Ellin beobachtete, wie sich der Mann namens Jack hinter das Lenkrad setzte. Er war groß, bullig und rothaarig – und wirkte wie ein Leibwächter. Sie neigte ihren Kopf in seine Richtung. »Brauche ich mir seinetwegen keine Sorgen zu machen?«, wollte sie wissen. »Ich meine, ist Ihr Chauffeur unser Beschützer?«

»Im Krieg fuhr Jack einen Panzer«, erwiderte der Komponist mit einem stillen Lächeln. »Seit seiner Repatriierung fährt er mich.«

»Sie sehen gar nicht aus wie ein Kampffahrzeug.« Ellin kicherte albern.

»Ich bin der friedlichste Mensch der Welt – nur beim Poker bin ich unberechenbar.« Sein Lachen verriet ihr das Gegenteil.

Die Straßenbeleuchtung fiel in den Fond, und sie bemerkte nicht nur seinen aufmerksam auf sie gerichteten Blick, sondern auch das Blitzen in seinen dunklen Augen. Da das Tempo, das New York nach dem Großen Krieg ergriffen hatte, auch in der Nacht die Geschwindigkeit auf

Manhattans Straßen bestimmte, war es so voll, dass es nur langsam voranging. Schon die 5th Avenue war verstopft, am Broadway hielt sie dann ein Stau auf. Das bunte, flackernde Licht der Werbetafeln zuckte über Ellins und Irvings Gesichter, Hupen, Rufe und Musik drangen durch die Fenster. An einem Straßenmast lehnte ein Musiker und entlockte seinem Saxophon wundervolle Töne, die in dem Verkehrslärm wie Regentropfen im Sturm klangen.

»Wie viele Instrumente spielen Sie?«

Irving schien überrascht. »Eigentlich gar keines. Na ja, ich spiele ein bisschen Klavier, das habe ich mir selbst beigebracht, aber ich beherrsche das Instrument nicht wirklich gut.« Er wirkte plötzlich verlegen, so dass sie sich fragte, ob seine Antwort der Wahrheit entsprach oder ein Ausdruck seiner Bescheidenheit war.

»Seltsamerweise dachte ich immer, ein erfolgreicher Komponist wäre der geborene Musiker und besäße eine umfassende Begabung für jedes Instrument.« Sie fühlte sich naiv und fürchtete, sich lächerlich zu machen, weshalb sie fast trotzig hinzufügte: »Cole Porter ist ein brillanter Pianist.«

»Ich weiß. Cole hat auch eine Erziehung genossen, in der ein Flügel zum guten Ton gehörte.«

»Ja«, sagte sie nur und verkniff sich, dass es bei ihr nicht anders gewesen war. Dennoch entfuhr ihr: »Gab es bei Ihnen zu Hause kein Klavier?«

Er lachte. »O nein. Daran war gar nicht zu denken. Wir hatten zwar immer zu essen und auch Kleidung, aber meine Eltern sind aus Russland eingewandert und waren mittellos …«

»Wie schrecklich«, murmelte sie aufrichtig erschrocken. Ihre Blicke wanderten über den eleganten Mann neben ihr, der sich ausgezeichnet zu benehmen verstand und in der gehobenen Gesellschaft keinesfalls als Außenseiter aufgefallen war. Nie zuvor war sie einem so widersprüchlichen Menschen begegnet. Genau genommen gehörten zu ihrem Bekanntenkreis gar keine armen Leute und schon gar keine Emigranten. Ihr Großvater, der als mittelloser Ire eingewandert war, zählte nicht, denn den hatte sie ja erst als reichsten Mann westlich des Hudson kennengelernt.

»Ich habe die Armut in meiner Kindheit nie als schlimm empfunden, weil ich es ja nicht anders kannte. Und sehen Sie, Miss Mackay, Jimmy Kelly, in dessen Nachtclub wir fahren, ist genauso wie ich in der Lower East Side aufgewachsen. Wir kommen aus derselben Gegend, und deshalb wird Ihnen bei ihm in meiner Gesellschaft nichts geschehen.«

»Oh!« Ellin riss die Augen auf. Sie war noch nie in der Lower East Side gewesen und hatte auch nicht für möglich gehalten, jemals einen Bewohner von dort kennenzulernen. Jetzt saß sie neben einem Kind dieses verrufenen Viertels und fühlte sich an dessen Seite unfassbar wohl.

Erstaunlich. Aufregend – und unglaublich sympathisch. Sie dachte angestrengt nach, aber die richtigen Worte fand sie nicht, um einzuordnen, wie sie Mr. Berlin sah.

* * *

Ellin hatte die Zeit längst aus den Augen verloren, als sie wieder in Irvings Auto stieg. Er hatte angeboten, sie nach Hause zu bringen, was angesichts der späten – oder eher frühen – Stunde nicht nur höflich, sondern auch vernünftig war. Ein Taxi zu nehmen wäre definitiv die zweite Wahl. Nicht, dass sie sich in dem Nachtclub näher gekommen wären als während des Dinners. Er benahm sich den ganzen Abend über galant und keinesfalls aufdringlich, unterhielt sich angeregt mit ihr, vermied anzügliche Witze, obwohl sie viel und auch über derbe Scherze lachten, trank mäßig, rauchte viel, tanzte selten und war alles in allem eine angenehme Begleitung. Ellin fühlte sich in dem überfüllten Lokal erstaunlich wohl, das gemischte Publikum gefiel ihr – hier drängten sich Arm und Reich an der Bar, Abendkleider und zerschlissene Fähnchen schwebten zu den neuesten Songs über die Tanzfläche; ganz gleich, aus welcher gesellschaftlichen Schicht, alle feierten das Leben. Als hätte es das Prohibitionsgesetz nie gegeben, floss der Alkohol in Strömen, auch wenn er sich in bunten Cocktails versteckte, und anscheinend fürchtete niemand eine Razzia der Polizei.

Jack, der Chauffeur, war offenbar nüchtern geblieben. Er lenkte den Wagen sicher über die Brooklyn Bridge in Richtung Osten. Die Nacht war einem hellen, fast durchsichtig wirkenden Blau gewichen, die letzten Sterne erloschen, goldene, orangefarbene und violette Schlieren zogen über den Himmel. So kurz vor Sonnenaufgang kam sogar New York für einen Moment zur Ruhe. Es gab wenig Verkehr, eine fast menschenleere Straßenbahn zuckelte neben dem Stahlnetzwerk der Hängebrücke von Manhattan nach Brooklyn, wo sie später die Arbeiter aufnehmen und in die Innenstadt bringen würde, in der dann der neue Tag zum Leben erwachte. Ellin lehnte sich in dem Sitz zurück, genoss die Aussicht und fühlte sich zwar erschöpft, aber erstaunlich munter nach dem langen Abend.

Still bewunderte sie die Brückenkonstruktion, sie hätte die Architektur blind nachzeichnen können, so oft war sie schon darübergefahren. Plötzlich fiel ihr auf, dass es sogar angenehm war, mit Irving Berlin zu schweigen. Was für ein ungewöhnlicher Mann. Was für ein kostbarer Augenblick.

Das Jaulen einer Sirene weckte Ellin aus ihrer Lethargie. Als der schrille Ton lauter wurde, streckte sie ihren Kopf aus dem Seitenfenster. Der Fahrtwind blies ihr das Haar ins Gesicht, und als sie sich wieder zu Irving umdrehte, schob sie ihre Locken hinter die Ohren.

»Die Feuerwehr ist hinter uns«, erklärte sie überflüssigerweise, was auch er bemerkt hatte.

»Wahrscheinlich brennt es irgendwo an den Docks.«

Jack lenkte den Wagen an den Rand der rechten Spur, so dass das aus der Nähe riesig wirkende Löschfahrzeug an ihnen vorbeirasen konnte.

Der durchdringende Lärm der Sirene, das beeindruckende Tankfahrzeug, die freie Straße – Ellins Phantasie schlug plötzlich Purzelbäume. Die Vorstellung, auf so rasante Weise nach Hause eskortiert zu werden, war prickelnd. »Können wir hinterherfahren?« Sie musste schreien, um die Sirene zu übertönen. So etwas Verrücktes hatte sie noch nie gewollt.

Schmunzelnd nickte Irving. Er beugte sich vor, tippte seinem Chauffeur auf die Schulter und machte mit einer Geste deutlich, dass er der Feuerwehr folgen sollte.

Obwohl der Minerva eine schwere Limousine und kein schnittiger Sportwagen war, konnte Jack die Bitte seines Chefs und dessen Fahrgasts mit dem Durchdrücken des Gaspedals problemlos erfüllen.

Atemlos beugte sich Ellin vor, um auf den Tachometer zu schielen, und sah, wie die Nadel schließlich die Anzeige von sechzig Meilen erreichte. Das schnelle Automobil schien regelrecht an der Stoßstange des Löschfahrzeugs zu kleben. Was für ein Abenteuer!

Ihre Blicke flogen zu dem Mann neben sich. Seine Augen strahlten, schienen Funken zu sprühen. Offensichtlich fand er genauso viel Vergnügen an der Verfolgungsjagd wie sie.

Ellin kicherte – und er lachte sie an.

So brausten sie in den Sonnenaufgang.

Kapitel 4

»Du bist spät nach Hause gekommen«, stellte Marie Louise Mackay fest, während sie ihr Lorgnon zur Seite legte, anschließend faltete sie die Tageszeitung, in der sie zuvor gelesen hatte, akkurat zusammen und positionierte sie daneben. Der wohlgesetzte, sanfte Tonfall der Achtzigjährigen drückte unmissverständlich Vorwurf und Verärgerung zugleich aus. Es war klar, dass sie nicht sehr viel davon hielt, wenn eine junge Frau nach einer Dinnerparty in der Morgendämmerung heimkehrte. Vor allem dann nicht, wenn es sich um ihre Enkeltochter handelte.

Ellin hauchte einen Kuss auf die faltige Wange der alten Dame. Ihre Großmutter war ihr Muttterersatz und Vertrauensperson, seit sie sieben Jahre alt war. Damals war ihre eigene Mutter mit dem Hausarzt nach Paris durchgebrannt, was nicht nur ein fürchterlicher Skandal, sondern vor allem ein großer Verlust für die drei Kinder war. Es hatte lange gedauert, bis sich Ellin davon erholt und wieder Kontakt zu ihrer Mutter gesucht hatte, ihren Stiefvater erwähnte sie jedoch niemals auch nur mit einer Silbe.

»Ich hatte einen sehr unterhaltsamen Abend«, schwärmte sie und setzte sich an den für das Frühstück vorbereiteten langen Esstisch, an dem nur noch ein Gedeck, das ihre, unbenutzt war. Es war spät am Vormittag, und ihr Vater befand sich wie üblich bereits in seinem Büro, ihr vier Jahre jüngerer Bruder John ging entweder seinen sportlichen Ambitionen nach, oder er lernte für seinen Highschool-Abschluss, ihre ältere Schwester war seit zwei Jahren mit einem Juristen verheiratet und wohnte nicht mehr zu Hause. Ellin nickte dem Dienstmädchen zu, das mit der silbernen Kaffeekanne herbeieilte, um ihre Tasse aufzufüllen.

Ihre Großmutter lächelte zuversichtlich. »War das Dinner bei Frances Wellman so amüsant? Das klingt vielversprechend. Wer hat dich nach Hause gebracht? Ich habe einen fremden Wagen in der Auffahrt gesehen.«

»Mr. Irving Berlin war so freundlich.«

Ihre Großmutter bedachte Ellin mit einem durchdringenden Blick, der sie erröten ließ. »Wer ist das? Sind wir mit dem Herrn bekannt?«

»Vorgestellt wurdest du ihm wahrscheinlich noch nicht, Grandma, aber seine Songs hast du bestimmt schon einmal gehört. Irving Berlin ist der Komponist von ›Alexander's Ragtime Band‹. Das kennst du doch sicher?« Ihre Begeisterung für die Musik ließ sie die Gepflogenheiten ihres Elternhauses vergessen – sie begann, das Vorspiel leise durch die Lippen zu pfeifen.

»O bitte, Ellin, werde nicht vulgär.«

Sofort brach sie ab und senkte den Blick auf ein Croissant, das von dem Dienstmädchen mit einer silbernen Zange vom Brotkorb auf Ellins Teller befördert wurde.

»Ein Künstler also.« Aus Marie Louise Mackays Mund klang das so abwertend, dass Ellin zusammenzuckte.

»Mr. Berlin ist am Broadway sehr erfolgreich. Er ist durchaus wohlhabend«, fügte sie hinzu, obwohl sie das eigentlich gar nicht genau wusste, aber wenigstens der Minerva sprach dafür.

»Nun, ich hatte gehofft, du würdest gestern Abend eine vielversprechendere Freundschaft schließen.«

Da war er wieder, der Hinweis auf den fehlenden Verlobten. Er verdarb ihr nun restlos die gute Laune, mit der sie aufgestanden war.

Ellin schluckte ihren Ärger hinunter und erwiderte höflich: »Es waren sonst nur Ehepaare eingeladen, und Mr. Berlin war mein Tischherr.«

»Wie unaufmerksam von Mrs. Wellman.«

»Ich habe mich jedenfalls blendend unterhalten.«

Sie biss sich auf die Unterlippe, überlegte, ob sie ihrer Großmutter anvertrauen sollte, dass sie Irving Berlin wiedersehen würde. Sie wollte es so sehr und war glücklich gewesen, als er ihr ein gemeinsames Abendessen vorgeschlagen hatte. Da hatten sie den Feuerwehrwagen gerade hinter sich gelassen, der schließlich irgendwo in Brooklyn abbog. Jack war weiter in Richtung Harbor Hill gerast, und nachdem er die Geschwindigkeit gedrosselt hatte, war eine Unterhaltung auf dem Rücksitz wieder möglich.

»Ich würde Sie gern ausführen, Miss Mackay.« Irvings Stimme hatte ein wenig unsicher geklungen, er wirkte verlegen, fast schüchtern und nicht annähernd so souverän wie zuvor. »Nicht in einen Nachtclub oder ein Etablissement, wo alle Welt feiert, sondern …«, er unterbrach sich, zögerte, schien über einen angemessenen Ort nachzudenken.

Unwillkürlich hielt sie die Luft an. Mit großen Augen sah sie ihn an.

»Was halten Sie vom Dachgarten-Restaurant des Astoria Hotels?«

Erleichtert stieß sie den Atem aus. »Das klingt perfekt.«

Natürlich war es die beste Adresse, die sie sich wünschen konnte. Das Ambiente war romantisch, das Essen hervorragend, und die anderen Gäste würden ausnahmslos aus ihren Kreisen stammen. Niemand in ihrer Familie hätte gegen diesen Ort etwas einzuwenden.

Doch was ihr in seiner Gegenwart auf dem Rücksitz des eleganten Automobils so selbstverständlich vorgekommen war, erwies sich bereits, als sie ihr Zuhause erreichten, als schwierige Begegnung zweier Menschen aus anderen Welten. Der sicher in jeder Beziehung erfahrene Chauffeur trat verblüfft auf die Bremse, und der Songwriter neben ihr erstarrte für einen winzigen Moment, als sie durch das Torhaus fuhren und das Haupthaus vor ihnen auftauchte. Einen oder zwei Atemzüge später entspannte sich die Situation wieder, aber nur vordergründig, die Reifen rollten weiter, doch das Schweigen im Wagen sprach Bände. Den Schock hatten die beiden Männer offensichtlich noch nicht überwunden.

Der Landsitz der Familie Mackay war ein Schloss. Genau genommen war das Anwesen ein Nachbau des Château de Maisons-Laffitte im Westen von Paris. Waren schon das Torhaus und die baumbestandene Auffahrt durch einen nach französischem Vorbild angelegten Park mit Ornamenten, Blumenrabatten und zu einem Irrgarten geschnittenen Hecken beeindruckend, so steuerten sie anschließend auf einen imposanten Palast zu. Auf dem höchsten Punkt der Landschaft erhob sich wie aus einem Märchen ein barockes Monument mit allerlei Türmen, Friesen, Säulen und Schornsteinen. Es war zweifellos die größte und mit Abstand prächtigste aller Besitzungen auf Long Island.

»Ja … ähh … hier wohne ich …«, stammelte Ellin. Sie fragte sich, warum ihr mit einem Mal peinlich war, was sie bislang als selbstverständlich hingenommen hatte.

»Ich wusste, wie großartig manche Häuser auf Long Island sind, aber ich hatte nicht damit gerechnet, dass Sie hier zu Hause sein könnten, Miss Mackay.« Die freundliche Reserviertheit erlosch in Irvings Miene. Wieder wirkte er ein wenig verlegen, als er hinzufügte: »Da lernt man ein sehr nettes Mädchen kennen und rechnet nicht damit, dass sie sich als Feudalherrin entpuppt. Was für ein Glück, dass ich Sie zum Abendessen eingeladen habe, bevor ich ahnte, wie Sie leben. Jetzt würde ich es nicht mehr wagen.«

Ellin strahlte ihn an. »Sie haben alles richtig gemacht, Mr. Berlin.«

* * *

Rückblickend stimmte sie sich zu. Irving Berlin war ein sehr interessanter Mann, dazu humorvoll und höflich, er sah gut aus und benahm sich wie ein echter Kavalier. In keinem Moment war ihr der Altersunterschied als störend aufgefallen. Im Gegenteil. Außer einem Handschlag schien er keinen weiteren Abschiedsgruß zu erwarten.

Diese Zurückhaltung nahm Ellin für ihn ein; Männer, zumeist junge, die dumm genug waren, schon nach dem ersten Rendezvous zudringlich zu werden, waren ganz und gar nicht ihr Fall.

»Du siehst Mr. Berlin natürlich nicht wieder«, unterbrach ihre Großmutter Ellins Gedanken.

»Ich werde mit ihm zu Abend essen.« Als sie bemerkte, wie die alte Dame nach Luft schnappte, behauptete sie rasch: »Ich möchte mich bedanken, dass er mich nach Hause gebracht hat. Harbor Hill lag nicht auf seinem Weg.« Im Stillen schickte sie ein Dankgebet gen Himmel dafür, dass ihr diese Ausrede eingefallen war.

»Nun ja, dann …« Marie Louise unterbrach sich. Sie fächelte sich mit ihrer Stoffserviette Kühlung zu. »Ein Künstler also. Er ist gewiss sehr unterhaltsam. Aber gib acht auf deinen guten Ruf, Ellin, die Bekanntschaft mit einem Mann wie diesem Mr. Berlin ist nichts für deine Zukunft, sie könnte dir im Wege stehen. Deshalb wirst du das Abendessen diskret behandeln. Und sorge dafür, dass dein Vater nichts davon erfährt.«

Ellin nickte. Auf ihre Grandma konnte sie sich verlassen.

»Natürlich kenne ich ›Alexander's Ragtime Band‹«, fügte Marie Louise hinzu und schmunzelte gedankenverloren. Sie schien in einer fernen und doch kostbaren Erinnerung versunken.

Ellin resümierte, dass dieses Nachsinnen wohl der Grund für den Segen ihrer Großmutter für ein Abendessen mit Irving Berlin war. Für ein einziges Abendessen. Mehr durfte nicht sein.

Kapitel 5

Der Dachgarten des siebzehn Stockwerke hohen Astoria Hotels an der 5th Avenue war einer der romantischsten Orte New Yorks. Alles, was Rang, Namen und viel Geld besaß, traf sich hier bei Kerzenschein zum Dinner, flanierte über den Verbindungsweg zum danebenliegenden Waldorf Hotel und wieder zurück, tanzte unter dem Sternenzelt zu den Klängen des berühmten Orchesters von Paul Whiteman und bestaunte die Aussicht. Es war eines jener Lokale, deren Besuch für Ellin so selbstverständlich war, dass sie einen wichtigen Punkt übersehen hatte, als sie Irvings Einladung annahm: die Fotografen am Eingang. Darüber hinaus hätte sie niemals damit gerechnet, dass ihr Erscheinen am Arm des Songwriters für Aufsehen sorgen würde.

Als sie von der Lobby, wo sie sich getroffen hatten, mit dem Fahrstuhl nach oben glitten und der Liftboy die Tür für sie öffnete, zuckten die ersten Blitzlichter auf. Selbstbewusst trat Ellin in das Vestibül des Restaurants. Im ersten Moment nahm sie an, dass hier neuerdings jeder Gast eine Fotografie zur Erinnerung erhielt. Aber dann wurde sie sich des halben Dutzends Reporter bewusst, das sich vor ihr und ihrem Begleiter aufbaute, und hörte aus dem Stimmengewirr Anweisungen wie »Bitte recht freundlich, Miss Mackay« und »Hierher, Mr. Berlin – danke!«. Die Meute hatte eindeutig auf sie beide gewartet – und das Ergebnis dieser Mühe würde in den Zeitungen veröffentlicht werden, die auch ihr Vater, ihre Großmutter und der gesamte Bekanntenkreis in Manhattan und auf Long Island lasen. Das entsprach ganz und gar nicht der Diskretion, von der Grandma gesprochen hatte.

Für einen Moment fürchtete Ellin, ihr Herz würde stehenbleiben. Sie spürte seine Hand an ihrem Ellenbogen. Überrascht stellte sie fest, dass sie die Berührung beruhigte. Er hielt sie, beschützte sie, lenkte sie souverän durch das Getümmel der Reporter.

»Nun reicht es«, befand der die öffentliche Aufmerksamkeit gewohnte Broadwaystar. »Sie wollen doch nicht dafür verantwortlich sein, meine Herren, dass die junge Dame hungrig bleibt? Oder jemand anderer unseren Tisch besetzt!«

Alles lachte. Ellin und Irving wurde der Einlass gewährt, und der Geschäftsführer eilte herbei. Als er die beiden zu ihrem Tisch führte, unterbrach das Orchester die Musik, um einen Moment später mit dem Vorspiel von Irvings Song »What'll I Do?« einzusetzen.

Ellin bemerkte ein Aufblitzen in Irvings Augen und dass Paul Whiteman ihm zuzwinkerte. Unwillkürlich lächelte sie. Auf diese Weise an ihren ersten Wortwechsel mit Irving erinnert zu werden, berührte sie. Und es machte sie stolz, dass er das Lied, zu dem sich jetzt die Paare auf der Tanzfläche drehten, ihretwegen bestellt hatte.

»Ich hoffe, Miss Mackay, Sie sind so hungrig, wie ich eben behauptet habe«, hob er an, nachdem sie sich gesetzt hatten und die Speisekarten entgegennahmen.

Sie erwiderte sein Lächeln. »Das bin ich tatsächlich.« Dann vertiefte sie sich in das Menü. Sie beschloss, sich keine Sorgen wegen der Fotos zu machen. Es war nur ein Dinner, das sie in aller Öffentlichkeit einnahmen. Das konnte nun wirklich nicht als anstößig bezeichnet werden. Sie würde die Presse vergessen – und auch, dass ihr Vater möglicherweise in der Zeitung von ihrem Rendezvous las. Zweifellos durfte sie den Abend genießen.

Eine laue Brise strich über die Terrasse und trug die Musik und die Gespräche über die Dächer von Manhattan, die Lichter der Stadt und die bunten Leuchtreklamen funkelten mit den Sternen um die Wette. Ellin lauschte Irvings stets leicht heiser klingenden Stimme, als er von seinem ersten Hit erzählte, den er als singender Kellner mit einem Freund geschrieben hatte: »Marie From Sunny Italy« brachte jedoch zumindest in seine Geldbörse keinen Sonnenschein, er verdiente gerade einmal fünfunddreißig Cent an seinen Rechten. Seine finanzielle Situation änderte sich allerdings gravierend mit dem Song »Alexander's Ragtime Band«, der ein so großer Hit wurde, dass ihn sogar das Bordorchester der *Titanic* bis zum Untergang spielte. Heute war das Lied rund um den Erdball bekannt und hatte aus dem armen Einwanderer aus dem Zarenreich einen gefragten Komponisten gemacht. Die Tatsache, dass er keine Noten lesen und auch nur auf den schwarzen Tasten Klavier spielen konnte, änderte nichts an seinem Erfolg.

»Sie spielen nur auf den schwarzen Tasten?«, fragte

Ellin verblüfft nach. Im ersten Moment erschien ihr dieser Umstand noch verwunderlicher als die Tatsache, dass ein Musiker keine Noten lesen konnte. »Wie geht das denn?«

»Es ist einfacher zu erlernen.« Er zuckte mit den Schultern, als wäre sein Trick die beste Idee. »Inzwischen arbeite ich aber an einem Piano, das speziell für mich angefertigt wurde und einen Wechsel der Tonart auch auf den schwarzen Tasten möglich macht.«

»Wie interessant! Ein solches Klavier habe ich noch nie gesehen.«

»Ich lade Sie gern mal zu mir ein, Miss Mackay, und führe es Ihnen vor.«

Sie neigte den Kopf, nicht zustimmend, aber auch nicht ablehnend. Natürlich war es ausgeschlossen, einen alleinstehenden Mann in seinem Apartment zu besuchen. Es sei denn, er lebte mit einem älteren Mitglied seiner Familie zusammen, am besten natürlich einem weiblichen. Dann würden die Konventionen gewahrt bleiben. Vorsichtshalber erkundigte sie sich: »Wohnen Sie allein, Mr. Berlin?«

»Mit Ausnahme meines Butlers – ja.«

Natürlich wollte sie wissen, warum es keine Frau in seinem Leben gab. Sie brannte sogar darauf, zu erfahren, wie es um seine persönlichen Verhältnisse stand. Aber sie biss sich auf die Zunge, weil sie fürchtete, mit ihrer Neugier eine Grenze zu übertreten.

Es wurde der wunderschöne Abend, auf den Ellin gehofft hatte. Bisweilen waren sie so tief ins Gespräch versunken, dass sie das Gefühl hatte, allein mit ihm zu sein, obwohl sie sich inmitten von Menschen befanden. Sie lachte über Irvings Anekdoten vom Broadway, lauschte seinen Geschichten von misslungenen Generalproben und brillanten Premieren, stellte ihn sich vor, wie er mit aufgekrempelten Hemdsärmeln hinter der Bühne stand, sich Notizen machte und Texte umschrieb, die sich in der Aufführung als weniger aussagekräftig als auf dem Papier erwiesen. Zwischendurch tanzten sie – und dabei vergaß sie, dass Irving ein paar Zentimeter kleiner war als sie. Alle Augen waren auf sie gerichtet, aber auch das übersah sie, weil die anderen Menschen für sie unwichtig geworden waren. Die Gedanken an ihrer beider Prominenz und die Fotografen im Vestibül schloss sie komplett aus.

Als sie das Hotelrestaurant verließen, war das Vestibül leer. Doch die Zahl der auf der 5th Avenue wartenden Pressevertreter schien im Gegensatz zu vorhin sogar noch gestiegen zu sein. Wollte jeder Reporter in New York ein Foto von ihr an der Seite des Broadwaystars machen? Ellin beschloss, die Blitzlichter, Aufforderungen und Fragen zu ignorieren, und schritt neben Irving mit dem eingefrorenen Lächeln einer Königin zu dem Minerva. Jack öffnete ihr den Schlag, und ohne sich umzudrehen, stieg sie ein. Erst als Irving neben ihr saß, beruhigte sich ihre Atmung, wenngleich ihr Herz heftig weiterklopfte. Vor allem, als er vorsichtig ihre Hand berührte. Ohne ihn anzusehen, verflochten sich ihre Finger mit den seinen.

Aber das war die einzige Intimität, die er sich gestattete – und die sie zuließ.

Kapitel 6

Clarence Mackay war ein hochgewachsener, schlanker Mann von fünfzig Jahren mit grau meliertem Haar und einem fast weißen Schnurrbart über einem ausdrucksstarken Mund und leuchtend blauen Augen. Er trug stets vorbildlich geschnittene Maßanzüge und die silberne Uhrkette seines verstorbenen Vaters. Aus dem bettelarmen Einwanderer aus Dublin war einer der reichsten Männer der Vereinigten Staaten geworden, nachdem der alte Mackay zunächst dem Goldrausch nach Kalifornien gefolgt war und in Nevada eine Silbermine entdeckt hatte. Sein Sohn und Erbe regierte inzwischen ein Imperium – und sorgte in seinem Haushalt für eiserne Disziplin.

»Wie konnte das passieren?«, wollte er von seiner Tochter wissen und tippte mit dem manikürten Zeigefinger auf die Fotografie, die die Titelseite der *New York Times* zierte. Es war auf der unteren Hälfte groß genug gedruckt, um neben dem Bericht über Staatsanleihen in Höhe von hundert Millionen Dollar an das Deutsche Reich aufzufallen.

Ellin stand vor seinem Schreibtisch und kam sich vor wie eine Sünderin. Dabei hatte sie sich doch nichts zuschulden kommen lassen. Trotzig schob sie ihr Kinn vor. Ihr irisches Temperament drohte mit ihr durchzugehen. Am liebsten hätte sie mit dem Fuß aufgestampft. »Mr. Berlin hat mich zum Dinner eingeladen«, erklärte sie so beherrscht wie möglich.

»Das sehe ich«, knurrte ihr Vater. »Ich frage mich allerdings, wieso du dich von so einem Mann überhaupt hast einladen lassen.« Seine sonst so freundlichen Augen blickten düster.

»Warum nicht? Er ist sehr unterhaltsam, charmant …«

»Papperlapapp!«, unterbrach er sie. Sie sah ihm an, dass er seinen Zorn ebenso mühsam unter Kontrolle hielt wie sie ihren Ärger über seine Bevormundung. »Irving Berlin arbeitet am Broadway, er ist fünfzehn Jahre älter als du und kommt aus keiner angesehenen Familie. Außerdem ist er Jude.« Mackay legte eine dramatische Pause ein, dann schleuderte er ihr entgegen: »Gibt es irgendetwas Positives über diesen Menschen zu berichten?«

»Wie gesagt, Mr. Berlin ist sehr nett.«

Seit ihrem Rendezvous im Dachgartenrestaurant des Astoria Hotels war genug Zeit vergangen, dass Ellin gehofft hatte, die Fotos von ihr und Irving würden doch nicht veröffentlicht werden. Sie hatte sich inzwischen sogar noch einmal mit ihm getroffen; in Begleitung von Frances Wellman und Cole Porter waren sie im berühmten Vergnügungspark von Coney Island gewesen, zu den Klängen seiner Songs Karussell gefahren, hatten vom Riesenrad aus die Aussicht bewundert und sich auf den Wasserrutschen köstlich amüsiert. Sie hatten sich bei den Händen gehalten, gelacht und heimlich einen ersten unschuldigen Kuss getauscht. Doch trotz dieser Nähe verlief ihre Verabredung im Beisein der anderen ausgesprochen formell. Ellin war sich sicher, dass ihr Vater nicht einmal ahnen konnte, wie sehr sie sich zu Irving Berlin hingezogen fühlte.

»Er ist Jude«, wiederholte er. »Und du bist Katholikin. Es steht ihm nicht zu, nett zu dir zu sein. Männer wie er wollen junge, unschuldige Mädchen wie dich bestenfalls nur ausnehmen …«

»Mr. Berlin ist sehr wohlhabend«, warf Ellin ein.

»… und eigentlich in jedem Fall missbrauchen, wofür auch immer.«

»Vater!«, protestierte Ellin. Sie konnte nicht verhindern, dass sie errötete.

»Dass er Geld hat, sagt alles«, behauptete Mackay.

Ellin holte tief Luft. Sie konnte nicht zulassen, dass ihr Vater so über den Mann sprach, für den sie nach jeder Begegnung mehr empfand. Aus Sympathie war Zuneigung geworden – und daraus würde sich in absehbarer Zeit Liebe entwickeln, das wurde ihr in diesem Moment klar.

»Mr. Berlin verdient als Songwriter sehr gut. Dafür arbeitet er hart.«

»Ja, am Broadway«, schnaubte ihr Vater, »wo die Frauen reihenweise auf einen wie ihn warten. Er hat unter den Tänzerinnen und Chormädchen genug Auswahl, glaube mir. Schon allein deshalb ist er kein Umgang für dich.«

Nein, fuhr es Ellin durch den Kopf, Irving ist ein integrer Mensch. Er würde sie nicht betrügen, genauso wenig, wie er andere Menschen hintergehen würde. Er hatte ihr gesagt, dass es keine Frau in seinem Leben gab – und das glaubte sie ihm, auch wenn er noch so viele Gelegenheiten haben mochte. Sie wollte das gerade zu seiner Verteidigung vorbringen, als ihr auffiel, dass ihr Vater hier etwas unterstellte, was er selbst nur allzu gut kannte. Clarence Mackay unterhielt nämlich seit Jahren ein heimliches Verhältnis zu der Sopranistin Anna Case. Alle Welt wusste es, aber niemand sprach offen darüber. Ellins Vater erinnerte stets an die heiligen Sakramente der katholischen Kirche und daran, dass die Ehe mit ihrer Mutter für ihn unauflöslich sei, auch wenn ihn ein Gericht geschieden hatte. Aber offenbar war in seinen Augen die Affäre mit einer bekannten Sängerin des Metropolitan Opera House etwas anderes als eine Romanze mit einem Broadwaystar. Außerdem war Anna Case Protestantin, was für Mackay akzeptabler zu sein schien als eine jüdische Herkunft.

»Mr. Berlin hat nicht verdient, dass du schlecht über ihn sprichst, Vater«, sagte Ellin schließlich schwach.

»So? Woher willst du das wissen? Weil er dir schöne Augen macht? Ich lasse nicht zu, dass dieser Jude den guten Ruf unserer Familie beschmutzt …«

Ihr schien es, als griffe eine eiskalte Hand nach ihrem Herzen. Ihre Knie begannen zu zittern. Sie unterließ den Hinweis, dass Irving gar kein gläubiger Jude war.

»Ich wünsche nicht, dass du Irving Berlin wiedersiehst, Ellin.« Clarence Mackay nahm die Zeitung auf und zerriss die Titelseite mit dem Bild seiner Tochter und Irving Berlin in kleine Fetzen. »Damit ist die Angelegenheit erledigt.« Er warf die Schnipsel in den Papierkorb.

»God Bless America«

Beverly Hills
Dezember 1937

Kapitel 7

Weihnachten war die Schnittstelle zu seinem jüdischen Glauben, fand Irving. Nicht, dass er an die Geburt des Messias geglaubt hätte, ihm ging es vielmehr um die historische Bedeutung von Jesus Christus, und er konnte die Faszination des Glanzes und der Melodien verstehen, die zu einem christlichen Weihnachtsfest gehörten. Außerdem stand die Wiege Jesu in Palästina, der Heimat des israelischen Volkes.

Doch dort befand sich auch der Kreuzweg, der die unterschiedlichen Religionen auf so fatale Weise trennte. Es war eine Geschichte von Glück und Trauer, Wiedergeburt und Verrat, die Irving jedes Jahr aufs Neue bewegte. Denn auch für ihn persönlich war es eine Geschichte von Furcht und Erlösung.

Obwohl er eigentlich weiterarbeiten wollte, blieb er noch ein wenig am Pool des Beverly Hills Hotels sitzen, nachdem ihn Joe Schenck verlassen hatte. Ein zweiter Kaffee wurde ebenfalls kalt und der Whiskey, den er geordert hatte, warm. Die Eiswürfel schmolzen in dem Alkohol, während er über den bevorstehenden Heiligabend nachdachte und Revue passieren ließ, was er an diesem Tag in den letzten Jahren erlebt hatte.

Seine erste Erinnerung an das christliche Weihnachtsfest lag weit zurück. Es war überhaupt die erste Begebenheit, die ihm im Gedächtnis haften geblieben war, und die einzige Erinnerung an das Land seiner Geburt.

Damals war er etwa vier Jahre alt, ein kleiner, dunkelhaariger Junge, mager, aber gesund. Mit seiner Familie lebte er in dem Schtetl Talotshin im Westen des Zarenreichs, das von den Russen Talatschyn genannt wurde, in einem eigenen Haus. Rückblickend hatte er nicht die geringste Ahnung, ob es ein großes oder ein kleines Haus gewesen war, aber als Erwachsener war ihm klar geworden, dass dieses Heim für seinen Vater von großer Bedeutung gewesen sein musste. Genauso, wie er auch erst später die Warnung vor den Marodeuren verstand, seine Mutter sprach von *Kosaken*. Das war sozusagen der Überbegriff für alles Böse. Als Kind hatte er deswegen tausend Ängste ausgestanden, aber ein realistisches Bild von diesen Männern besaß er nicht.

Noch heute hörte er Mameles Stimme in seinem Hinterkopf: »Nimm dich in Acht vor den Reitern mit den Waffen, Israel. Das sind böse Männer. Ihretwegen haben wir unsere Heimat in Westsibirien verlassen müssen. Wenn wir nicht aufpassen, werden sie uns eines Tages alle umbringen.«

»Hier in der großen jüdischen Gemeinde sind wir in Sicherheit«, widersprach der Vater, wenn er die Worte der Mutter hörte. »Der Herr ist gütig und wird seine Hand schützend über uns halten.« Bei diesen Worten bediente er sich desselben Singsangs, mit dem er als Kantor in der Synagoge die Gebete sprach.

»Der Herr sollte den Kosaken an ihrem Weihnachtsfest den Wodka verbieten«, murmelte die Mutter.

Damals wusste Izzy weder, was *Weihnachten* bedeutete, noch, worum es sich bei *Wodka* handelte. Er war sich nicht einmal sicher, ob er überhaupt begriff, was *Kosaken* waren. Erst in Amerika hatte er gelernt, dass es sich um Reitertruppen handelte, einst aus versprengten Leibeigenen und Abenteurern entstanden, die nichts zu verlieren, aber alles zu gewinnen hatten, wenn sie mutig kämpften. Es waren gesetzlose Männer darunter, die von den russischen Verwaltungsbeamten häufig benutzt wurden, um im Auftrag des Zaren Pogrome gegen die jüdische Bevölkerung zu entfachen. Vielleicht meinte seine Mutter auch einfach nur Kriminelle.

Der wolkenlose blaue Himmel, in den Irving jetzt blickte, verwandelte sich in seiner Erinnerung in einen schwarzen, von Millionen von Sternen übersäten Teppich. Es war bitterkalt, er fror erbärmlich. Aber es war keine Zeit mehr geblieben, nach dem Mantel zu greifen. Die Mutter hatte ihn aus dem Bett gerissen und in ein Laken gehüllt.

Und dann hatte er sie gesehen …

Johlende Reiter mit dicken Fellmützen, brennende Fackeln in der einen Hand und in der anderen, die die Zügel hielt, eine Flasche, die im Licht glitzerte wie der größte Stern am Himmel. Im Galopp tranken sie, und der geschickte Umgang mit Ross und Getränk entlockte dem Jungen eine gewisse Bewunderung.

Irving lag in einem Graben, neben sich die kleine, leise wimmernde Schwester, und wagte nicht, sich zu rühren. Mit weit aufgerissenen Augen und angehaltenem Atem beobachtete er, wie die fremden Männer die Fackeln in die Fenster seines Zuhauses warfen. Glas klirrte, übertönt von dem Gelächter der Brandstifter und dem Schnauben der Pferde.

Er sah das Licht in dem Zimmer seines Vaters, in dem die heiligen Bücher aufbewahrt wurden. Es wirkte wie ein überdimensionaler Kerzenschein. Stärker als alle Lichter, die am letzten Tag von Chanukka gebrannt hatten. Seine Augen wurden groß vor Staunen. Er versuchte, sich aufzurichten, doch die Hand seines Vaters drückte ihn in das Versteck.

Die Flammen griffen nach den Büchern, nach den Vorhängen, züngelten aus dem Fenster und die Mauer hinauf, verbanden sich mit den Funken, die aus einem anderen Raum stoben. Ihr Heim, das der Vater immer als »Zuflucht« bezeichnet hatte, brannte lichterloh.

Und niemand tat etwas dagegen. Kein Löschzug war in Sicht. In der Ferne läuteten zwar Glocken, doch die gehörten zu der orthodoxen Gemeindekirche, wo die Mitternachtsmesse gelesen wurde. Es war ja Weihnachten.

Wenn Irving heute an dieses furchtbare Erlebnis zurückdachte, glaubte er noch das Johlen der sogenannten Kosaken zu hören, und ihn ergriff dasselbe Staunen über die Lautstärke, mit der das Feuer prasselte und das Kirchengeläut fast übertönte. Am meisten war ihm jedoch sein Frösteln in Erinnerung geblieben. Ihm war so kalt in dieser Nacht, in der sie in dem Versteck ausharrten, bis die Männer ihr Zerstörungswerk vollendet hatten und abzogen.

Am nächsten Tag suchten sie in den Ruinen nach Habseligkeiten, die nicht zu Asche zerfallen waren. Der kleine Izzy wunderte sich, dass in manchen Ecken noch die Glut glomm, und schrie auf, als er sich auf der Suche nach einem Spielzeug die Finger verbrannte. Aber noch mehr schmerzte ihn die Verzweiflung seiner sonst so starken Mutter, die schluchzend die Hände vor das Gesicht schlug und so hilflos und zerbrechlich wirkte, wie er sie nie zuvor erlebt hatte. Er war sich sicher, dass es ihr Anblick war, der bei seinem Vater die Idee, auszuwandern, wachsen ließ. Ein Jahr später kamen sie in Ellis Island an.

Es war das Beste, das sein Vater für seine Familie tun konnte. Zwar erlebte Moses Baline den Aufstieg seines Sohnes nicht mehr – er starb, als Izzy dreizehn Jahre alt war –, aber er ebnete den Weg, den zu beschreiten Irving Berlin seinem Talent und seinem Ehrgeiz verdankte. Vor allem brachte Moses Baline die Seinen in ein Land, wo sie sich niemals wieder an einem christlichen Weihnachtsfest zu fürchten bräuchten. In Amerika waren sie in Sicherheit.

»Cheek to Cheek«

New York
Sommer 1924

Kapitel 8

Für Ellin gab es keine schönere Aussicht auf das nächtliche Manhattan als von der Dachterrasse eines bestimmten Gebäudes an der West 46th Street. Es war nicht der Blick über den Central Park mit seinem alten Baumbestand, der im Sommer eine grüne Lunge war und im Herbst einem bunten Teppich glich, wie sie ihn von dem Stadthaus der Mackays an der Upper East Side kannte. Von hier aus schien der Broadway mit seinen schillernden, blinkenden, farbigen Lichtern zum Greifen nah, das Nachtleben war in all seinen Facetten im Miniaturformat zu sehen, nicht ganz so laut, aber nicht weniger aufregend. Ellin ließ sich von Irving die Leuchtreklamen der Theater zeigen und wusste bald, welche Werbung zu welchem Stück gehörte, auch wenn sie die Buchstaben auf den Ankündigungen aus der Entfernung nicht lesen konnte. Mit der Zeit prägten sich die Bilder ein und verbanden sich mit seinen Erklärungen, so dass sie mit geschlossenen Augen eine Stadtführung zu veranstalten in der Lage gewesen wäre.

Ellin wurde zu einer regelmäßigen Besucherin im Penthouse von Nummer 29. Obwohl ihr natürlich klar war, dass es sich nicht gehörte, sich ohne Begleitung in Irving Berlins Apartment aufzuhalten, wusste sie, dass es der einzige Ort war, ihn treffen zu können, ohne von aller Welt dabei beobachtet zu werden. Der eine Sensation witternden Pressemeute wollte sie ebenso ausweichen wie dem Gerede der zahllosen Freunde ihrer Familie, die sie in den etablierten Restaurants und Bars treffen würde.

Erst zum zweiten Mal in ihrem Leben widersetzte sich Ellin den Wünschen ihres Vaters. Sie hatte sich gegen ihn durchgesetzt, als sie verlangte, ihre Mutter wiedersehen zu dürfen, und nun gab sie gegen seinen ausdrücklichen Willen der Anziehungskraft eines Mannes nach. Es war völlig offen, wohin das führen würde. Sie wusste nicht einmal genau, ob Irving genauso für sie fühlte, aber sie hatte sich eingestehen müssen, dass sie in ihn verliebt war.

Sie genoss seine Gesellschaft über die Maßen. Er benahm sich aufmerksam, höflich und übertrat niemals die unsichtbare Grenze zwischen ihr, der streng katholisch erzogenen Tochter aus gutem Haus, und sich selbst, dem fünfzehn Jahre älteren, erfahrenen Broadwaystar. In seiner Gegenwart fühlte sie sich wertgeschätzt und respektiert, sie lachten über dieselben Witze, unterhielten sich über alles Mögliche, erzählten sich gegenseitig ihr Leben, stritten über den Präsidentschaftswahlkampf – er favorisierte den Republikaner Calvin Coolidge, sie den Demokraten John W. Davis – und fanden am Ende doch immer wieder einen gemeinsamen Nenner. Sie las für ihn aus ihren ersten selbst verfassten Kurzgeschichten, und er spielte ihr auf seinem sonderbaren Klavier mit den schwarzen Tasten seine Melodien vor und sang dazu. Er sprühte vor Einfällen, die er ihr vortrug, und fragte sie nach ihrer Meinung zu den Musikstücken und Szenen seiner neuen Revue. Sie liebte es, seiner Stimme zu lauschen – und die Lieder hallten in ihrem Kopf nach, wenn sie später zu Hause in ihrem Bett lag. Selbst am nächsten Morgen war sie noch erfüllt von allem, was diesen Mann ausmachte: Anstand, Humor, Geist, Talent.

Eigentlich bereitete Ivan, der Butler, stets das Dinner zu. Doch eines Abends empfing Irving seinen Gast mit den Worten: »Ich bedauere es sehr, aber heute müssen Sie mit meinen Kochkünsten vorliebnehmen. Leider musste ich Ivan für die Regelung einer Familienangelegenheit freigeben.«

»Können Sie kochen?«, fragte Ellin überrascht. Sie kannte keine Männer, die sich in der Küche nützlich machten. Genau genommen konnten selbst die meisten Frauen in ihren Kreisen nicht kochen. Dafür beschäftigte man Angestellte.

»Meine Rühreier sind berühmt«, behauptete er strahlend.

»Oh.«

Sein Lächeln erlosch. »Mögen Sie keine Eier? Es tut mir leid, aber eine größere Auswahl an Gerichten kann ich Ihnen nicht bieten.«

»Doch, doch«, beeilte sie sich. Sie hakte sich bei ihm unter. »Dann zeigen Sie mir mal Ihre Küche.«

Er missverstand offenbar ihre forsche Art. »Können *Sie* kochen?«

Lachend schüttelte Ellin den Kopf. »Kein bisschen. Nicht einmal ein Ei.« Als sie die Verwunderung in seinen Zügen las, weil er wohl annahm, dass alle Mädchen im heiratsfähigen Alter wenigstens über ein Mindestmaß hauswirtschaftlicher Kenntnisse verfügten, setzte sie eilig hinzu, um nicht ganz so hilflos dazustehen: »Aber ich kann ein Brot rösten. Besitzen Sie einen Toaster?«

»Ja. Es ist alles da.« Seine Hand legte sich auf ihre Finger an seinem Arm. »Kommen Sie mit.«

Inzwischen kannte sie die Gesellschaftsräume und sein Arbeitszimmer, aber in der Küche von Irvings Wohnung war sie noch nicht gewesen. Ivans Refugium wirkte blitzsauber, aufgeräumt und war ausgestattet mit den neuesten Errungenschaften des technischen Fortschritts, wie der Hausherr stolz verkündete. Ellin registrierte den elektrischen Kühlschrank ebenso wie den modernen Gasherd, die blank gescheuerten Eisenpfannen und die ordentlich in Schachteln, Gläsern und Dosen gestapelten Lebensmittel in der Speisekammer. Sie bemerkte ein zweites Waschbecken und erinnerte sich, dass es in ihrem Elternhaus nur eines gab und ein zweites, größeres in der Waschküche. Als Irving begann, Tomaten unter dem Wasserhahn abzuspülen, wagte sie nach dem Sinn des doppelten Spülsteins zu fragen.

Er sah kurz auf. »Wenn jüdische Familien nach den Speisegeboten der Tora leben, unterscheiden sie zwischen sogenannten fleischigen und milchigen Lebensmitteln. Die strikte Trennung reicht bis zum Abwasch der jeweils zur Zubereitung benötigten Töpfe. Strenggläubige Juden benutzen sogar zwei verschiedene Teller und jeweils anderes Besteck.« Er zuckte mit den Achseln. »Meiner verstorbenen Mutter war eine koschere Küche wie früher in Russland sehr wichtig, mir ist das gleichgültig. Beim Essen bin ich ausschließlich Amerikaner, die beiden Spülbecken sind für mich nutzlos … Mögen Sie Zwiebeln?«

»Ich esse alles, was Sie mir vorsetzen möchten.«

Sie sah ihm zu, wie er Eier aus einem Korb nahm und vorsichtig auf die Arbeitsplatte neben die Tomaten legte, dann holte er eine große Zwiebel aus der Speisekammer und ging noch einmal zurück, kam mit einer Butterdose aus Keramik wieder. »Weißbrot ist auch da«, versicherte er ihr, während er in einer Schublade nach einem scharfen Messer suchte und sich mit seinem Fund schließlich daranmachte, die Knolle zu schälen und auf einem Holzbrett zu platzieren. Mit geschickten Handgriffen begann er, die Zwiebel klein zu hacken.

Verwundert stellte sie fest, dass es schön war, seine schmalen Finger, deren Anblick am Klavier ihr so vertraut war, bei dieser ganz gewöhnlichen Arbeit zu beobachten. Das Messer klapperte rhythmisch in seiner Hand, und wahrscheinlich gingen ihm gerade irgendwelche Melodien durch den Kopf. Ellin kannte ihn inzwischen gut genug, um zu wissen, dass er praktisch immer von irgendwelchen Ideen begleitet wurde. Sie summte leise mit, verkniff sich jedoch das laute Mitsingen. Da sie keinen einzigen Ton halten konnte, hätte sie Irvings musikalische Einlage nur verdorben.

»Meine Frau wollte auch immer mitsingen, wenn ich Zwiebeln aufschnitt«, murmelte Irving geistesabwesend über dem Gemüse.

Der Ton drohte Ellin im Halse steckenzubleiben. Sie schluckte schwer. »Ihre … was?«

»Meine Frau. Dorothy.« Seine Hand sank herab, er richtete sich auf, sah Ellin aus traurigen Augen an.

Plötzlich war es still in der Küche.

Ellin glaubte, ihr Herz pochen zu hören. Wieso sprach

Irving so selbstverständlich von seiner Frau? Warum hatte er dieses wichtige Detail bislang verschwiegen? Sie war sich sicher, den Namen Dorothy nie zuvor aus seinem Mund gehört zu haben. Sie war sich sogar ganz sicher, dass er behauptet hatte, ungebunden zu sein. Tatsächlich gab es in seiner Wohnung auch keinen Hinweis auf die Anwesenheit einer Mrs. Berlin. Nicht, dass sie neugierig gewesen wäre, aber es war ihr bei Kleinigkeiten – etwa der Dekoration – aufgefallen, dass eine weibliche Hand fehlte. Doch nun war sie da. Seine Frau. Und sie stand mit einem Mal zwischen ihnen wie eine hohe, unüberbrückbare Wand.

»Ich sollte jetzt besser gehen«, entfuhr es ihr, bevor sie sich im Klaren darüber war, dass sie damit einen Schlussstrich unter ihre Beziehung zu ihm zog.

»Nein. Nein, bitte nicht. Gehen Sie nicht.« Er fuhr sich durch das Haar, blickte dann erstaunt auf seine Hand. »Nun habe ich den Zwiebelgeruch an mir.«

Wo immer er seine Frau versteckt hielt – es war ausgeschlossen, dass Ellin sich weiter mit ihm abgab. Selbst eine geschiedene Ehe wäre indiskutabel. Wahrscheinlich hatte ihr Vater recht, und einem Mann vom Broadway war nicht zu trauen. Doch gegen genau diese Erkenntnis wehrte sich Ellins Herz. Sie konnte sich doch nicht so geirrt haben!

Als sie sich abwandte, griff er nach ihrem Arm. Obwohl sich ihre Vernunft dagegen sträubte, gestattete sie ihm, dass er sie an sich zog. Er legte einen Finger unter ihr Kinn, der Zwiebelduft stieg in ihre Nase. Sein Blick suchte ihre Augen, doch sie schlug die Lider nieder.

»Dorothy ist tot«, sagte er leise. »Sie starb keine sechs

Monate nach unserer Hochzeit an einer Typhusinfektion, mit der sie sich auf unserer Hochzeitsreise in Havanna angesteckt hatte. Ellin, ich bin seit zwölf Jahren verwitwet.«

Vor Erleichterung wäre sie am liebsten in Tränen ausgebrochen. Doch sie atmete nur tief durch, und ein kleines Lächeln stahl sich in ihre zuvor verdüsterte Miene.

»Dachtest du, ich wäre verheiratet? Ellin. Ich belüge dich doch nicht. Ich würde niemals etwas tun, das dich verletzt.«

Sie hob den Kopf und blickte in seine gutmütigen und gleichzeitig Funken sprühenden kohlschwarzen Augen, denen sie, das wusste sie nun, unendlich vertrauen konnte.

Sein Mund, der diese aufrichtigen und Hoffnung weckenden Worte ausgesprochen hatte, war ihren Lippen ganz nah. So nah, dass es selbstverständlich schien, ihn zu küssen. Sie spürte, wie er den Atem anhielt. Für einen Moment flackerte in ihr der Gedanke auf, dass sie zu forsch sein könnte. Doch Ellin wagte, was ihr notwendig schien, um sich auf ihre Weise für ihren Verdacht zu entschuldigen. Außerdem hatte sie schon zu lange davon geträumt und den Augenblick herbeigesehnt, in dem sie sich küssten. Nun war er da – und er war wundervoll, auch wenn er nicht nach Rosen duftete, sondern nach Zwiebeln.

Später saßen sie am Küchentisch, und Ellin aß das beste Rührei, das sie sich nur vorstellen konnte. Der Toast war ein wenig angebrannt, aber das störte nicht.

Noch viel später spielte er ihr an seinem ungewöhnlichen Klavier einen langsamen Walzer vor, zu dem er schließlich mit belegter Stimme sang »When I Lost You«.

Ellin lauschte seinen Worten und ahnte, bevor er es ihr gestand: Dies war das Lied, das er über seine verstorbene Frau geschrieben hatte. Nie zuvor hatte Irving so sehr ihr Herz berührt.

Kapitel 9

In Harbor Hill herrschte wochenlang der Ausnahmezustand. Kein Möbelstück blieb an seinem Platz, jeder Vorhang wurde abgenommen, gereinigt und wieder aufgehängt, es wurde gefegt und geputzt, die kostbaren Gemälde abgestaubt, das von Tiffany aus Silber hergestellte Geschirr, das sich Ellins Großmutter einst von ihrem jungen Ehemann gewünscht hatte, wurde frisch poliert auf dem ausgezogenen Esstisch sortiert, das Parkett im Ballsaal gewienert, bis es glänzte, als wäre es aus Bernstein. Das Hauspersonal musste aufgestockt werden, Lohndiener stellten sich vor, Sekretärinnen huschten mit der Hauswirtschafterin und Listen durch die Räume, gefolgt von Mitarbeitern der britischen Botschaft in Washington, Sicherheitsbeamte inspizierten den Landsitz. Kein Stein schien auf dem anderen zu bleiben, und Ellin nahm an, dass ihre heimlichen Treffen mit Irving unter den gegebenen Umständen so unbemerkt blieben, wie sie es sich erhoffte. Selbst wenn sich ihr Vater oder ihre Großmutter über ihre ungewöhnlich vielen in Manhattan verbrachten Sommertage wundern sollten, verblasste Ellins Privatleben angesichts des Besuchs des britischen Thronfolgers, den ihr Vater erwartete. Der Prince of Wales befand sich auf einer Reise durch die USA und würde an einem Ball auf Harbor Hill teilnehmen.

»Hast du eine Minute Zeit für deinen alten Vater?« Die Frage ließ Ellin zusammenzucken und daran denken, ob sie trotz des hohen Gastes noch unter Beobachtung stand.

Es war nach dem Dinner, das die Familie wegen der Ballvorbereitungen am kleinen Tisch im Wintergarten und nicht im Speisezimmer eingenommen hatte. Ellin war auf die Terrasse getreten, um vor dem Zubettgehen noch ein wenig in die Sterne zu schauen. Sie hätte damit rechnen können, Clarence bei seiner abendlichen Zigarre anzutreffen, war aber so in ihre eigenen Gedanken versunken, dass sie zusammenzuckte, als er sie in versöhnlichem Ton ansprach.

Sie drehte sich etwas unbeholfen um die eigene Achse, als suche sie nach ihm. Im Lichtschein, der durch die Fenster fiel, hatte sie seine schemenhafte Gestalt jedoch längst in einem Rattansessel entdeckt. »Ja, Vater?«

»Setz dich zu mir.« Noch immer klang seine Stimme freundlich.

In der Annahme, dass ihr Vater einfach nur Gesellschaft suchte, trat sie näher und kam seiner Aufforderung nach.

Eine auffrischende Brise trieb die Rauchwolke zu ihr, und Ellin hüstelte leicht.

Clarence rauchte und schwieg, als genüge es ihm, mit seiner Tochter zusammen zu sein. Da er nichts sagte, entspannte sich Ellin. Sie lehnte sich in ihrem Sessel zurück und streckte die Beine aus. Dabei wanderten ihre Gedanken fort von dem im Mondlicht silbern schimmernden französischen Garten zu einer Dachterrasse in Manhattan, wo Irving vielleicht zu denselben Sternen aufblickte wie sie. In der Stadt wirkten sie jedoch völlig anders als hier auf Long Island. Dort strahlte der Himmelsstaub mit den Lichtern des Broadway um die Wette, hier schien das Firmament näher und klarer zu sein und nicht im Wettstreit mit dem irdischen Vergnügen zu liegen …

»Deine Großmutter und ich machen uns Sorgen«, unterbrach der Vater ihre Träumereien. »Es wird über dich geredet, Ellin.«

Versunken in ihren Gedanken an Irving, begriff sie im ersten Moment nicht, was er meinte. Verblüfft sah sie zu ihm hin und murmelte nur teilnahmslos: »Ach, ja?«

»Du triffst dich noch immer mit Mr. Berlin.« Es war keine Frage, sondern eine Feststellung. Clarences Ton war rau geworden.

Ellin presste die Lippen aufeinander. Was sollte sie auch entgegnen? Es stimmte ja, dass sie Irving sah, sooft es seine Zeit vor der Eröffnung der Theatersaison und ihre Möglichkeiten zuließen. Sie hatte allerdings nicht damit gerechnet, dass ihre heimlichen Verabredungen publik geworden wären. Sie hatte sich einer Freundin anvertraut, da sie mit jemandem über all das Glück, das Irving ihr bescherte, reden musste, um ihre Gefühle zu ordnen. »Was geschieht mit uns?«, hatte sie ihn gefragt. Und er hatte ebenso verwundert ausgesehen, wie sie sich fühlte, als er antwortete: »Ich weiß es nicht.« Sie hatte mit Nellie Livingston, einer Tochter der Long-Island-Livingstons, darüber gesprochen. War es möglich, dass ihre ehemalige Schulkameradin ein Klatschmaul war?

»Dein Ruf ist in Gefahr«, behauptete ihr Vater. »Ich bin Frances Wellman sehr dankbar, dass sie uns über deine Ausflüge nach Manhattan in Kenntnis gesetzt hat …«

Ellin holte tief Luft. Das also war die Informantin ihrer Familie. Die Frau, die sie mit Irving überhaupt erst bekannt gemacht hatte, schien die eigene Reputation als Kupplerin der High Society mehr zu bedeuten als die Freundschaft des Songwriters. Ellin hatte jedoch keine Zeit, sich zu fragen, woher Frances über ihre heimlichen Treffen Bescheid wusste, denn ihr Vater sprach in stetig strengerem Tonfall weiter:

»Statt dich im Tennisclub sehen zu lassen oder unter deinesgleichen Golf zu spielen, verbringst du deine Zeit mit diesem Juden vom Broadway. Das ist inakzeptabel. Nicht nur deine Großmutter befürchtet, dass du dich damit aller Chancen beraubst, einen passenden Mann zu finden.«

»Irving Berlin ist alles andere als unpassend, Vater«, protestierte sie.

Einen Atemzug später stellte sie erschrocken fest, dass sie ihn damit in eine Reihe mit den potenziellen Eheanwärtern stellte. Sie hatten niemals auch nur annähernd darüber gesprochen, was nach diesem Sommer aus ihnen beiden werden würde. Vielmehr hatte sie es genossen, nicht über die Zukunft nachdenken und sich mit dem ewigen Thema ihrer Verlobung auseinandersetzen zu müssen.

Prompt wollte Clarence wissen: »Hat er dich gefragt, ob du ihn heiraten willst?«

Sie schluckte. »Nein.« Warum tat es so weh, dies zuzugeben?

»Gott sei Dank.« Ihr Vater stieß die Luft aus, ein Schwall Zigarrendunst waberte in ihre Richtung. »Ich hatte schon befürchtet, du hättest seinen Antrag in deiner offensichtlichen Verblendung angenommen. Aber selbst wenn, wäre jede Verbindung zu ihm natürlich ausgeschlossen.«

Zum ersten Mal wurde sich Ellin bewusst, dass ihre Gefühle für Irving Berlin für ein ganzes Leben ausreichen könnten. Die gemeinsam verbrachten Stunden waren wundervoll. Eigentlich wollte sie gar nicht mehr ohne ihn sein. Wenn sie jetzt darüber nachdachte, war die Vorstellung, ihn eines Tages nicht mehr sehen zu können, zu schrecklich, als dass sie sie hätte zulassen wollen. Er war zu einem Bestandteil ihres Lebens geworden – und sie wünschte, es könnte ewig so weitergehen.

»Ellin …?«

Sie starrte ihren Vater an. Hatte der etwas gesagt? Sie hatte nicht zugehört, beschäftigt mit ihren aufflammenden Sehnsüchten.

»Ellin, ich rede mit dir!«

»Ja, Vater?«, erwiderte sie gehorsam.

In Clarences Räuspern lag sein Ärger über die mangelnde Beachtung seiner Tochter. »Ich möchte … nein, ich verlange …«, er legte eine kurze Pause ein, dann: »Du beendest diese unglückliche Sache auf der Stelle. Ich verlange, dass du Mr. Berlin nicht wiedersiehst.«

»Aber …«

»Widersprich mir nicht. Muss ich dir denn noch einmal sagen, dass Mr. Berlin kein Mann für dich ist? Er passt nicht zu dir. Zu uns. Er ist fünfzehn Jahre älter als du und führt weiß Gott was für ein lockeres Leben. Er ist ein Schlagerkomponist, jemand mit einem völlig anderen Hintergrund als du. Ohne Erziehung, ohne Bildung und ohne jegliche Position. Und er ist Jude, du bist katholisch. Wenn dir deine Familie schon nichts bedeutet, sollte dein Glaube Grund genug für dich sein, diese Freundschaft – oder was auch immer das ist – unverzüglich aufzulösen.«

Der Altersunterschied spielt keine Rolle, schrie eine Stimme in ihrem Innersten auf. *Er ist ein anständiger Mann, der mit seiner Musik vielen Menschen Freude bereitet und gutes Geld verdient. Er weiß genug über diese Welt, auch wenn er sich alles selbst beibringen musste und niemals eine Highschool besucht hat. Mit unseren unterschiedlichen Religionen werden wir uns irgendwie arrangieren, sie stehen nicht zwischen uns. Gott hat nichts gegen unsere Verbindung, das Schicksal hat uns schließlich zusammengeführt. Und, Vater, muss ich dich daran erinnern, dass du dich auf den Rat eines Juden verlässt, wenn es sich um die Zusammenstellung deiner Gemäldesammlung handelt? Bernard Berenson, der Kunsthistoriker, dem du vertraust, stammt ursprünglich aus Litauen, seine Familie ist genauso wie die von Irving nach Amerika eingewandert. Er hat es selbst bei einem Dinner erzählt*. Doch sie sagte nichts von alldem.

»Nein«, hörte sie sich zu ihrer eigenen Überraschung sagen. Und noch einmal: »Nein.«

»Was?« Die Zigarrenglut beschrieb ungeduldige Kreise in der Dunkelheit.

Ellin richtete sich auf. Ihr Herz klopfte so heftig, dass sie fürchtete, kein Wort hervorbringen zu können. Dennoch klang sie erstaunlich ruhig, als sie antwortete: »Ich kann dir nicht versprechen, dass ich Mr. Berlin nicht wiedersehen werde.«

Wahrscheinlich hatte er mit ihrem Widerspruch gerechnet. Er nahm diesen mit erstaunlicher Gelassenheit zur Kenntnis. Als sie ihr Gespräch später Revue passieren ließ, dachte Ellin, dass es wohl eher Spitzfindigkeit war. Der gerissene Geschäftsmann, der die besten Deals zu seinen Gunsten zu vollenden wusste, hatte auch im Privatleben ein Ass im Ärmel.

»Nächste Woche erwarten wir den Besuch des Prince of Wales«, erklärte Clarence in einem Ton, als wollte er das Thema wechseln. Doch dem war nicht so: »Tu wenigstens deiner Großmutter den Gefallen und bereite dich angemessen auf den Ball vor. Ich erwarte, dass du bis dahin keine Ausflüge unternimmst und hier deine Pflicht erfüllst.«

Hausarrest!

Er stellte sie tatsächlich unter Hausarrest. Ellin wollte aufspringen und davonlaufen, egal, wohin, einfach weg von Harbor Hill und fort von ihrem uneinsichtigen Vater, der nicht wusste, was Liebe bedeutete. Nach dem ersten Schock wurde ihr jedoch klar, dass sie ihm diesen einen Wunsch erfüllen musste. Obwohl es ihr schwerfiel, würde sie sieben Tage ohne Irving sein können. Sie musste es aushalten. Schließlich wäre sie nicht ganz ohne ihn, sie würden telefonieren, auf diese Weise ihre Stimmen hören und ihre Gedanken austauschen. Außerdem war tatsächlich noch viel zu tun bis zu dem großen Fest, das Harbor Hill und die Familie Mackay in das Licht der Weltöffentlichkeit rückte.

»Ja, Vater«, presste sie hervor.

»Es ist wichtig, dass du deine Pflicht erfüllst«, wiederholte Clarence nun freundlicher. »Deine Großmutter zählt auf dich. Und ich wäre natürlich ebenfalls entzückt, wenn der britische Thronfolger ein Auge auf dich werfen würde.«

Ellin schnappte nach Luft. Es war unfassbar. Sollte sie etwa mit Edward Windsor verkuppelt werden? Unwillkürlich brach sie in schallendes Gelächter aus.

»Ich glaube kaum, dass er das tun wird«, gluckste sie.

»Man sagt, er habe eine Schwäche für Amerikanerinnen«, erwiderte ihr Vater. Offenbar meinte er jedes Wort ernst.

»Sicher interessiert er sich nicht für eine Amerikanerin, die aussieht wie eine waschechte Irin. Solche Frauen hat er doch zur Genüge vor der eigenen Haustür.« Innerlich amüsierte sie sich noch immer, dann jedoch merkte sie, dass Clarence ihren Einwand gar nicht lustig fand.

Es war absurd, was ihre Familie von ihr erwartete. Sie musste unbedingt zu Bett gehen, bevor ihre Belustigung in Wut umschlug. Sie erhob sich aus ihrem Sessel. »Gute Nacht, Vater.«

»Ellin, ich zähle auf dich«, rief er ihr nach.

Diesmal antwortete sie nicht.

Irgendwo in der Dunkelheit schrie ein Käuzchen.

Kapitel 10

Clarence Mackay erlebte eine schlaflose Nacht. Mit den Jahren passierte es zwar immer häufiger, dass er nachts mehr wachte als schlief. Aber was ihn in den vergangenen Stunden umgetrieben hatte, war mehr als die übliche nächtliche Unruhe eines älter werdenden Mannes – ihn bewegte die Sorge um seine zweite Tochter. Ellin, sein kleiner Engel. Warum war sie nicht wie ihre Schwester Katherine, die zwar den Namen ihrer untreuen Mutter trug, dennoch aber alle gesellschaftlichen und familiären Pflichten zuverlässig und gewissenhaft erfüllte? Als man es von ihr erwartete, hatte sie sich mit Kenneth O'Brien verlobt, einem ehrgeizigen Juristen, der aus einer angesehenen Familie Long Islands stammte und es noch weit bringen würde. Warum sah Ellin nicht ein, dass sie denselben Weg gehen musste?

»Weil sie so stur ist wie ihr Vater«, brummte er nun.

In der Stille seines Schlafzimmers klang seine Stimme ungewöhnlich zitterig.

Er musste Ellin beschützen. Als ihr Vater konnte er nicht zulassen, dass sie sich in eine Affäre stürzte, die ihr

Leben ruinierte. Es war seine Aufgabe, sie vor unpassenden Männern zu beschützen.

Clarence kam in den Sinn, dass er sie wohl auch vor sich selbst schützen musste, vor der Obsession, die diese Närrin gefangen hielt. Doch: Wie sollte er das anstellen? Was konnte er noch sagen? Alle vernünftigen Argumente waren an ihr abgeperlt wie Regentropfen an einem Ölmantel. Nicht einmal der Hinweis auf eine sehr erwünschte Verbindung mit dem Prince of Wales hatte sie umgestimmt. Er hatte es an ihren Augen gesehen. Wahrscheinlich war seine Tochter das einzige Mädchen auf der Welt, das nicht davon träumte, eines Tages Königin zu sein. Womit also konnte er sie davon überzeugen, wie unmöglich ihre Beziehung zu Irving Berlin war und dass dieser Mann ihr nur schadete?

Mit der Wahrheit, fuhr es ihm plötzlich durch den Kopf. Wenn sie die Wahrheit über ihn erfährt, wird sie verstehen.

Er richtete sich zwischen seinen Kissen auf, schaltete die Nachttischlampe ein. Im Hellen wirkte sein Vorhaben gleich noch folgerichtiger als in der Dunkelheit. Es war nicht das Ergebnis der Phantasie eines sorgengeplagten Vaters. Es war die Idee eines Geschäftsmanns, der der blinden Schwärmerei eines jungen Mädchens die Realität entgegenstellen würde.

In seinem jetzt vollständig wachen Geist entstand ein Plan: Sobald der Tag anbrach, würde er seine Sekretärin anrufen. Sie sollte den besten Schnüffler New Yorks ausfindig machen. Er würde eigens in die Stadt fahren, um mit diesem Mann zu sprechen, den er beauftragen wollte, alles über Irving Berlin in Erfahrung zu bringen.

Der Detektiv sollte Mr. Berlin überwachen, jedem seiner Schritte folgen. Vor allem sollte er herausfinden, mit wem sich dieser angebliche *König des Broadway* herumtrieb, wie viele Frauen er hinter den Kulissen verführte und welche schmutzigen Geheimnisse er verbarg. Solche Männer haben immer schmutzige Geheimnisse, dachte Clarence.

Zufrieden mit sich drehte er das Licht aus und legte sich wieder hin. Dann schlief er ein.

Kapitel 11

Es ist so öde«, jammerte Ellin amüsiert und doch mit einem Quäntchen Ernst. »Im Haus geht es zwar zu wie in einem Taubenschlag, aber da ich selbst fast nichts Sinnvolleres tun darf, als mein Kleid anzuprobieren und meine Fingernägel feilen zu lassen, werde ich wahrscheinlich vor Langeweile umkommen, bevor der Prince of Wales auch nur einen Fuß nach Harbor Hill gesetzt hat.«

Tatsächlich hatte sie vergessen, wie wenig aufregend der sommerliche Alltag einer höheren Tochter im Vergleich zu dem Leben an der Seite eines Broadway-Komponisten war. Weil sie keine Lust darauf hatte, sich potenzielle Verehrer vom Hals zu halten, sagte sie alle Einladungen zu Tennismatches und Golfturnieren ab, dasselbe traf auf Strandpartys und andere abendliche Vergnügungen zu. Inzwischen wusste Ellin absolut sicher, dass es so viel Interessanteres gab als den oberflächlichen Austausch in ihren Kreisen. Und auf der Suche nach einem Verlobten war sie ohnehin nicht, schließlich liebte sie bereits von ganzem Herzen. Lediglich ihre Freundin Nellie hatte sie zum Tee getroffen, aber auch nur, um über den Mann zu reden, der rund um die Uhr ihre Gedanken beschäftigte. Ansonsten hatte sie sich von den üblichen Freizeitbeschäftigungen wohlhabender junger Leute ferngehalten und Migräne vorgetäuscht, wenn ihre Großmutter fragte, warum sie sich bei den Nachbarn so rar machte.

Nichts und niemand faszinierte Ellin so sehr wie Irving Berlin. Ihre Telefongespräche mit ihm nach dem Abendessen waren die einzigen Minuten jedes einzelnen Tages, in denen sie sich lebendig fühlte und nicht wie die Marionette ihrer Familie. Dennoch war der Besuch des britischen Thronfolgers ein Ereignis, das Ellin nicht unberührt ließ. Allein die vielen Putzfrauen, Stubenmädchen, Handwerker, Gärtner, Köche, Lohndiener und Servierkräfte, die zusätzlich zu dem vorhandenen Personal eingestellt worden waren, sorgten für reichlich Unruhe. Die Vorbereitungen liefen im Dienstbotentrakt nicht ohne Kompetenzstreitigkeiten ab, die auch Ellins Familie nicht verborgen blieben. Außerdem ließ sich Ellins Großmutter regelmäßig über den neuesten Stand der Vorbereitungen und der Gästeliste informieren und erstellte eigene Listen, bei denen sie Ellins Unterstützung erbat. Dabei ging es jedoch um ein wenig mehr als nur um die Wahl der Abendroben, die Beschäftigung eines Friseurs oder eine Maniküre.

»Du glaubst es nicht, aber mein Vater hat tatsächlich Paul Whiteman und sein Orchester engagiert.« Ellin hielt die Sprechmuschel des Telefonhörers dicht an ihre Lippen, als wäre er nicht aus Bakelit, sondern der weiche Mund ihres Liebsten. »Ich hörte allerdings, dass Vater seiner Sekretärin die Anweisung gab, dafür zu sorgen,

dass kein einziger Song von dir gespielt werden dürfe.«
Sie kicherte, weil sie ahnte, wie wenig erfolgreich dieser Wunsch des Hausherrn sein würde.

»Es ist ein großes gesellschaftliches Ereignis«, erwiderte der Songwriter am anderen Ende der Leitung gelassen. »Da ist niemand für die Tanzmusik besser geeignet als die berühmteste Band Amerikas.«

Sie senkte die Stimme und hoffte, er würde sie trotz des Rauschens in der Leitung verstehen: »Ich werde den ganzen Abend über an dich denken.«

Einen Moment lang waren nur die üblichen Geräusche in der Verbindung zu hören, ansonsten war es still. Dann raschelte etwas, als habe Irving nach einem Blatt Papier gegriffen. Schließlich meldete er sich wieder: »Ellin, ich habe mir ein Lied als Hommage an unsere Telefongespräche überlegt …«

»Oh, wirklich?«, rief sie begeistert und viel zu laut. Unwillkürlich blickte sie zu der Tür zur Bibliothek, die sie vorhin sorgsam geschlossen hatte, bevor sie das Gespräch nach Manhattan anmeldete. Hoffentlich glaubte niemand, der im Flur vorbeirauschte, sie habe gerufen.

»Wir sollten eine Telefonszene in die ›Music Box Revue‹ einbauen«, fuhr Irving fort. »Ich bin noch nicht ganz fertig mit dem Text, aber möchtest du die ersten Zeilen schon hören?«

»Ja. Natürlich.« Sie dämpfte zwar ihre Stimme, aber ihr Herz schlug so heftig, dass sie meinte, der Ton würde von den alten Mauern widerhallen und das Gebäude vibrieren lassen.

»Warte, bitte. Ich lege das Telefon aus der Hand und auf das Klavier, um es wie ein Mikrophon zu benutzen.«

Es folgte ein Klappern und Rauschen, bevor im Dreivierteltakt gespielte Töne an Ellins Ohr drangen.

Irving hatte einen Walzer ersonnen. Der passte zwar ihrer Ansicht nach nicht unbedingt zu einem Telefongespräch, aber auf jeden Fall zu dem Ball, um den sich ihre Gespräche letztlich immer wieder drehten. Das Fest war wie ein Fixpunkt. Oder wie ein Ziel. Danach darf ich ihn endlich wiedersehen, dachte sie.

»*All alone*«, Irvings Gesang fiel in die Melodie ein, »*I am so all alone … All alone by the telephone – waiting for a ring …*«

Ohne einander sehen zu können, fühlten sie beide sich in diesen Tagen so unendlich allein, und jeder wartete auf seine Weise auf das Klingeln des Telefons. Er hatte mit wenigen Worten und viel mehr Noten auf wundervolle Art ihre Situation erfasst.

Das Klavierspiel brach ab. Dann erneut ein Geräusch, als nehme er den Hörer auf, schließlich klang seine Stimme wieder viel näher: »Wie gefällt es dir?«

Ellin lächelte. »Wie könnte es mir nicht gefallen?«, gab sie zurück. »Es ist so sehr … wie wir.«

»Ja. Genau. Ja. Das habe ich mir auch überlegt, aber … hm … da fehlt noch etwas …« Irving war in seinem Element, lebhaft, begeistert, konzentriert auf seinen Text und die Musik. »Warte einen Augenblick, mir fällt gerade etwas ein, ich singe es dir gleich vor …«

Vor ihrem geistigen Auge tauchte das Bild des geliebten Mannes auf, der in Hemdsärmeln an seinem Klavier saß, sich über ein Blatt Papier beugte, schrieb, durchstrich und die eben notierten Worte durch eine andere Zeile ersetzte. Während sie darauf wartete, dass er seinen Einfall mit ihr teilte, schoben sich die Erinnerungen an das alltägliche Vergnügen auf Long Island davor. Die Vorstellung, eines Tages in ihre eigene Welt zurückzukehren, war unsäglich. Sie wollte nicht nur die Dekoration eines wohlhabenden Mannes sein, der sich rühmte, eine der reichsten Erbinnen des Landes zum Traualtar geführt zu haben. Sie wollte die Dynamik eines kreativen Lebens, die Aufregung …

Das Piano unterbrach ihre Sehnsüchte. Ein paar Takte später erklang Irvings Stimme erneut, diesmal wieder etwas ferner:

»All alone
I'm so all alone
There is no one else but you
All alone
By the telephone …«

Sie wollte seine Liebe.

Und er schenkte sie ihr. Trotz des Drucks, den ihr Vater auf sie ausübte, hatte sie niemals an Irvings Treue gezweifelt. Und jetzt hatte er es in einem Musiktext formuliert: *Es gibt niemand anderen als dich.*

Ihre Wangen glühten, und sie musste unbedingt einen Spaziergang in der Abendluft machen, um sich zu beruhigen. Sie konnte kaum atmen, so sehr pochte ihr Herz gegen ihre Brust.

»So soll es sein«, befand Irving am anderen Ende der Leitung. »Der Text sagt aus, was ich fühle. Aber das ist natürlich noch nicht alles. Ich meine, nicht alles, was ich für dich empfinde. Und auch nicht genug für einen ganzen Song.«

»Ruf mich bitte an, wenn du das Lied fertig geschrieben hast«, bat sie mit erstickter Stimme. »Ich möchte es unbedingt hören. Ruf mich an, bitte! Ganz egal, wann. Versprich mir das!« Sie schluckte den Kloß in ihrem Hals hinunter. »Wenn du dich nicht meldest, rufe ich dich an.«

Irving lachte.

Als wären ihre Worte eine Drohung …

* * *

Die Melodie von Irvings neuem Walzer ging ihr nicht mehr aus dem Kopf. Wie ein Ohrwurm. Sie sang und summte, wann immer ihr niemand zuhörte, und dabei veränderten sich Noten und Tonart, weil sie nicht musikalisch genug war. Als sie sich für den Ball ankleidete, war von der ursprünglichen Musik nur noch wenig zu erkennen, aber der Text stimmte nach wie vor mit jeder Silbe überein. *Es gibt niemand anderen als dich*. Eine schönere Liebeserklärung konnte sich Ellin nicht vorstellen. Ihr Herz quoll fast über vor Zuneigung.

»Was singst du denn da?«

Ellin fuhr herum. Das Lied erstarb auf ihren Lippen. Sie konnte nicht verhindern, dass ihre Wangen um ein paar Nuancen röter wurden.

Ihre Großmutter war eingetreten, bereits perfekt zurechtgemacht für den Abend in einer eleganten veilchenblauen Seidenrobe, die den Glanz der Diamanten noch verstärkte, die Marie Louise Mackay am Hals und in ihrem ergrauten Haar trug. Die alte Dame wirkte so sehr wie das leibhaftige Ideal einer Königinmutter, dass Ellin geneigt war, in einen Hofknicks zu versinken. Doch sie strahlte ihre Granny nur an, wandte sich nach links und nach rechts, um sich unter dem kritischen Blick zu präsentieren.

»Es ist nur ein Lied, das ich irgendwo aufgeschnappt habe«, behauptete Ellin, während sie sich drehte. Natürlich gestand sie nicht, dass es *ihr* Lied war.

»Nun, immerhin hast du deshalb mein Klopfen nicht gehört.«

»Tut mir leid«, murmelte Ellin halbherzig. »Ich war mit meinen Gedanken … schon bei dem Ball.«

Endlich lächelte ihre Großmutter. »Das freut mich. Bereite dich gut auf deine Begegnung mit Prinz Edward vor. Seine Freunde nennen ihn alle *David*, aber für uns ist der liebe Junge *Seine Königliche Hoheit*. Ich kannte ihn als Kind, er war damals schon ein charmanter kleiner Kerl. Trotzdem werde auch ich mich an die Gepflogenheiten halten, obwohl seine Großmutter, wie du weißt, eine gute Freundin von mir war.«

Ihre Augen wanderten von der Enkelin zum Fenster, als könne sie hinter dem orangeroten Sonnenuntergang, der den Himmel über den Bäumen im Park färbte, das Antlitz von Königin Alexandra erkennen. »Sie war so hübsch – und stets nach der neuesten Mode gekleidet. Unsere gemeinsam verbrachten Tage in Paris waren wunderbar. All die Modehäuser, die wir besucht haben … ach!« Ihr Seufzen wog schwer, doch dann kehrte ihr Blick zu Ellin zurück. »Es ist wirklich bedauerlich, dass das Alter Alix so zusetzt. Meinst du, ich sollte Seine Königliche Hoheit nach dem Befinden meiner alten Freundin fragen? Oder sollte ich besser warten, bis der Prince of Wales geneigt ist, mir Grüße von ihr auszurichten?«

Natürlich waren es nur rhetorische Fragen. Marie Louise Mackay benötigte keine Ratschläge von ihrer Enkeltochter. Dennoch wusste Ellin, dass ihre Großmutter eine Antwort erwartete, die der Situation angemessen war. Es war ein Test, ob Ellin auf dem glatten Parkett der gekrönten Häupter bestehen würde.

»Vielleicht solltest du mit deiner Nachfrage warten«, meinte Ellin wohlerzogen. »Es könnte Seiner Königlichen Hoheit die Laune verderben, wenn er an die Krankheit seiner Großmutter erinnert wird.«

»Das ist eine sehr gute Idee, mein Kind. Geduld ist für uns alle so wichtig.«

Ja, fuhr es Ellin durch den Kopf, Geduld scheint eine Schwester der Liebe zu sein. Das hatte sie in den vergangenen Wochen und Monaten gelernt. Zuerst wartete sie mehr oder weniger geduldig auf die Liebe – und als die sich einstellte, ging die Warterei weiter. Diesmal brauchte sie Geduld, um festzustellen, was die Zukunft bringen würde. Und sie wartete auf die Zustimmung ihres Vaters zu dem einzigen Mann, an dessen Seite sie leben wollte.

»Ellin, du siehst sehr hübsch aus«, fuhr ihre Großmutter fort. »Fast vollkommen. Für den Rest habe ich dir eine kleine Leihgabe gebracht.« Sie öffnete die Hand, die sie bislang als Faust gehalten hatte, und offenbarte ihre großen, rosé schimmernden Perlen. »Ich möchte, dass du meine Kette trägst.«

Der Wunsch der alten Dame unterstrich, wie wichtig ihr dieser Abend war. Ellin fühlte sich geschmeichelt, ihr Herz flog der Großmutter zu.

Sie neigte den Kopf, damit ihr Louise das kostbare Collier umlegen konnte. Für einen Moment lagen die Perlen kalt auf Ellins Hals, verschmolzen jedoch einen Atemzug später mit ihrer Körperwärme.

»Seine Königliche Hoheit wird sehr angetan von dir sein. Mach keinen Fehler, Ellin. Du hast heute Abend die Chance auf einen großen Erfolg.«

Da war sie wieder – Marie Louises Hoffnung auf die bestmögliche Verbindung ihrer Enkeltochter. Als hätte der Druck einer Verlobung mit einem halbwegs standesgemäßen jungen Mann nicht ausgereicht, wollte die Großmutter nun auch noch den künftigen König von England zum Schwiegersohn.

Ellin hatte das Gefühl, von dem Schmuck erdrosselt zu werden. Ihre Hand, die eben sachte die Kette berührte, sank herab. »Ich glaube nicht, dass gerade ich dem Prince of Wales gefalle«, sagte sie langsam und ernst. »Es gibt mondänere Amerikanerinnen, und in Europa warten sicher eine Menge hübscher Prinzessinnen aus dem Hochadel auf ihn. Dagegen bin ich …«

»Sehr wohlhabend, diszipliniert, weltgewandt, gut erzogen und gebildet, und …«, Louise legte eine Kunstpause ein. Nach einer Weile fuhr sie mit einem Lächeln auf den Lippen fort: »Und du bist eine Enkelin von der einst engsten Freundin der Königinmutter. Unterschätze niemals die Macht von Großmüttern, meine liebe Ellin.« Sie zwinkerte ihr zu.

Die Vorstellung, womöglich einem Fait accompli zum Opfer zu fallen, drückte auf Ellins Brust wie ein mittelalterliches Folterwerkzeug. Unwillkürlich schnappte sie nach Luft.

»Ich verstehe, dass dir die Aufregung den Atem raubt«, Louise neigte sich vor und hauchte einen Kuss auf Ellins

Wange, »aber in Gegenwart des Prinzen solltest du dich unbedingt zusammennehmen. Männer wie er mögen keine Frauen, die sich gehenlassen. Bleib souverän. Ein wenig Temperament darfst zu zeigen, das wird ihn bezaubern, aber bitte nicht zu viel davon.« Nach diesem Rat, der eigentlich mehr wie eine Zurechtweisung klang, wandte sie sich ab und stolzierte ohne ein weiteres Wort hinaus.

»Es tut mir leid«, sagte Ellin zu ihrem Spiegelbild. Sie bedauerte tatsächlich, dass sie die Hoffnungen ihrer Großmutter enttäuschen musste. Aber sie träumte nun einmal nicht vom Thron in London, sondern vom König des Broadway.

* * *

Edward Prince of Wales, genannt David, war ein äußerst attraktiver Mann von gerade einmal dreißig Jahren, hochgewachsen, schlank, sportlich mit einem gut geschnittenen, markanten Gesicht und blondem Haar, blauen Augen und einem verwegenen Blick. Er strahlte so viel Charme und Charisma aus, dass Ellin sich durchaus vorstellen konnte, wie ihm die jungen Frauen reihenweise zu Füßen lagen und darauf hofften, wenigstens von ihm verführt, wenn denn nicht heimgeführt zu werden. Dummerweise war er jedoch ganz und gar nicht ihr Typ.

Zwei Dutzend Gäste hatten sich zum Dinner versammelt. Ellin spielte ihre Rolle so perfekt, wie ihre Großmutter und ihr Vater es von ihr erwarteten. Sie war höflich und freundlich, witzig und geistreich, unterhaltsam und auch zurückhaltend, wenn dies erforderlich war. Während des Essens wurde über Allgemeines geplaudert, das in diesem Sommer schlechte Wetter in Europa, die aktuellen Rekordjagden von Sportlern in aller Welt, an deren Spitze Leichtathleten aus den Vereinigten Staaten standen, die steigende Nachfrage nach Rohöl, über Automobile und Revuen, beides Themen, die den Prinzen, abgesehen vom Sport, ganz besonders zu interessieren schienen. Auch die Ziegfeld Follies waren Teil der Unterhaltung. Ellin blickte dabei kurz zu ihrem Vater und stellte fest, dass er wachsam beobachtete, wohin sich die Diskussion über den Broadway bewegte. Zweifellos beabsichtigte er, einzugreifen, wenn irgendwann nicht mehr von den berühmten Tänzerinnen, sondern über die ebenso populären Songs der »Music Box Revue« im Theater nebenan geschwärmt würde.

Marie Louise schien denselben Gedanken zu hegen, denn in einer kurzen Pause warf sie eine Bemerkung über die Gemäldesammlung in Harbor Hill ein und verwickelte den Ehrengast geschickt in eine Diskussion über die italienische Renaissance, an deren Ende sie vorschlug, ihn herumzuführen. Dabei blickte sie zu Ellin, als wollte sie sich versichern, dass ihre Enkelin an dem Rundgang teilnehmen würde. Die Absicht, die dahintersteckte, war unübersehbar.

Für einen Moment hoffte Ellin, der Prince of Wales hätte keine Lust auf einen weiteren langweiligen Vortrag über Malerei. Es blieb ihm aber wohl nichts anderes übrig, als das Angebot anzunehmen.

Ein paar Minuten später wurde ihr bewusst, welche Chance sich ihr durch die museumsreife Führung bot. An der Seite des Hausherrn und mit einigen Gästen aus dem britischen Konsulat im Gefolge brach der Prince of Wales zur Besichtigungstour auf. Ellin schloss sich an, weil das von ihr erwartet wurde und weil sie aus den Augenwinkeln bemerkte, dass ihre Großmutter jedem ihrer Schritte folgte. Louise blieb bei den restlichen Gästen, bat diese in den Salon, während sich der Ballsaal mit den Honoratioren füllte. Obwohl die alte Dame mit formvollendeter Gastfreundschaft die Honneurs machte, war sie mit ihren Gedanken gewiss bei ihren Zukunftsplänen für ihre Enkeltochter. Doch sobald sie das Marmortreppenhaus mit all seinen Statuen und Putten erreicht hatten, stellte Ellin erwartungsgemäß fest, dass sie in dem Kreis um den Prinzen praktisch unsichtbar war. Der britische Thronfolger schenkte Clarence seine Aufmerksamkeit, während dieser redete, als wäre er ein Referent aus dem Metropolitan Museum of Art.

Als die Gelegenheit günstig war, blieb Ellin zurück und drückte sich in den Türrahmen zur Bibliothek. Ein Griff zur Klinke – und schon verschwand sie in dem Raum wie das Kaninchen im Zylinder eines Zauberers. Leise schloss sie die Tür und stieß dann die angehaltene Luft mit einem halblauten »Puh!« aus.

Sie raffte ihr Abendkleid zusammen und eilte zum Telefonapparat, der auf einem Beistelltischchen zwischen den hohen Fenstern stand. Ihr Herz klopfte wild. Wahrscheinlich würde es zerspringen, wenn sie nicht endlich die Stimme des Mannes hörte, den sie liebte.

Ewigkeiten schienen zu verstreichen, bis das Fräulein vom Amt die Verbindung nach Manhattan herstellte.

»Ich habe schon auf deinen Anruf gewartet«, rief Irving gut gelaunt aus. »Mein Song ist gerade fertig geworden.«

»Du solltest dich doch melden, wenn es so weit ist«, tadelte sie schmunzelnd.

»Ich wollte dich nicht beim Abendessen stören. Aber jetzt höre mir zu, bitte …«

Ellin hörte wieder das vertraute Rauschen und Klappern, als er den Telefonhörer auf sein Klavier legte. Sie lehnte sich mit dem Rücken gegen den Bücherschrank, hielt ihren Hörer fest umschlossen, als wäre es seine Hand, während seine Finger über die schwarzen Tasten seines Pianos flogen. Dann erklang, ein wenig ferner, als es ihr lieb war, aber deutlich zu verstehen, sein Tenor:

»Just like a melody that lingers on
You seem to haunt me night and day …«

Melancholische Töne begleiteten seine zärtlichen Worte, die davon zeugten, dass er von dem Gedanken an sie Tag und Nacht verfolgt wurde, und in dem Satz mündeten: »Ich kann nicht ohne dich leben.« Darauf folgte der Refrain, den sie bereits kannte:

»All alone
I'm so all alone
There is no one else but you
All alone
By the telephone …«

Er sang davon, dass er auf das Klingeln des Telefons wartete und sich jeden Abend allein fühlte. Allein und doch voller Liebe. Er fragte sich, wo sie sei und wie es ihr gehe, während er ganz allein blieb und an keine andere dachte.

Als er geendet hatte, herrschte Stille in der Leitung.

Zu ihrer größten Überraschung stellte Ellin fest, dass sich ihre Aufregung gelegt hatte. Ihr Herzschlag trommelte nicht mehr wie verrückt gegen ihre Brust, das Durcheinander in ihrem Kopf fuhr nicht mehr Karussell, ihr war nur ein wenig heiß. Ansonsten wurde sie von einer Ruhe und Gewissheit erfüllt, wie sie es nie zuvor erlebt hatte. Sie spürte Irvings Liebe auf seltsam greifbare Weise, wurde davon eingehüllt, als stünde er neben ihr und würde den Arm um sie legen, wie er es in den vergangenen Monaten oft getan hatte.

»Es ist ein wundervolles Lied«, flüsterte sie schließlich. »Dafür hättest du mich jederzeit stören können. Auch beim Abendessen.«

»Ich habe es für dich geschrieben. Es sagt alles aus, was ich fühle.«

»Ja«, erwiderte Ellin. »Und mir geht es ganz genauso. Was passiert nur mit uns, Irving?«

Er lachte auf seine unnachahmlich ausgelassene Art. »Sieh zu, dass du keine Königin von England wirst. Damit wäre uns schon geholfen.«

»Das verspreche ich dir.«

»Wir sollten uns so bald wie möglich wiedersehen. Ich möchte dir noch so viel sagen.«

Sie lächelte still. »Nach dem Ball heute Abend stehe ich nicht mehr unter Hausarrest. Ab morgen bin ich frei für dich.«

»Dann geh jetzt zurück zu der Gesellschaft, bevor dein Fehlen bemerkt wird. Ich warte auf dich.« Er schlug wieder ein paar Tasten an und begann von Neuem »All alone« zu singen. Doch während er davon sang, wie viel sie ihm bedeutete, verlor sich seine Stimme, es machte klick, das Gespräch war unterbrochen worden.

Ein unangenehmer Piepton drang an Ellins Ohr.

Vorsichtig legte sie den Hörer auf die Gabel des modernen Tischapparats. Dann schlang sie die Arme um sich und wünschte, Irving würde sie halten.

* * *

Etwa eine Stunde später lag sie in den Armen des britischen Kronprinzen.

Da Ellin genau wusste, welchen Weg ihr Vater für seine Hausführung nehmen würde, fand sie die Gruppe zum richtigen Zeitpunkt bei den Gemälden. Ihr Fehlen war anscheinend niemandem aufgefallen, so dass sie sich anschloss, ohne für viel Aufsehen zu sorgen. Sie schickte ein stilles Dankgebet gen Himmel, weil sie pünktlich vor der Betrachtung der Bilder von Sandro Botticelli dazugestoßen war. Ihr Vater pflegte Botticellis Darstellungen der Engel stets mit Ellin zu vergleichen, deren Äußeres den blassen Frauengestalten mit den rotgoldenen Locken glich, als habe sie dem Renaissancekünstler Modell gesessen. Es war der Moment, in dem Clarence Mackay die Gegenwart seiner jüngeren Tochter wahrnahm. Und glücklicherweise war sie zur Stelle. Ein wenig geistesabwesend, aber das bemerkte er nicht. Zu lächeln fiel ihr nicht schwer, denn in Gedanken war sie bei Irving und seinem Lied über sie und ihn. Die Erinnerung an Irvings Text ließ sie verträumt schmunzeln.

Nach diesem Höhepunkt seiner Gemäldesammlung führte der Hausherr seine Gäste zurück in den Ballsaal, wo inzwischen Champagner gereicht wurde und das

Orchester Paul Whitemans Aufstellung bezogen hatte. Kurz nachdem Ellin eintrat, wechselte die Kapelle von einem Song zu einem anderen und spielte »What'll I do?«. Unwillkürlich zuckte sie zusammen. Doch weder der Dirigent noch ihr Vater ließen sich anmerken, dass die Musiker gerade eine unsichtbare Grenze übertraten.

Der Prince of Wales war natürlich völlig ahnungslos. Er kannte die Bedeutung dieses Liedes für Ellin nicht. »Würden Sie mir die Freude machen und mir den ersten Tanz schenken?«, fragte er sie.

Alle Menschen im Ballsaal hielten den Atem an, und Ellin war sich sicher, den Ausdruck im Gesicht ihrer Großmutter als Höhepunkt äußerster Zufriedenheit zu deuten. Marie Louise stand an der Tanzfläche im Kreis ihrer Freunde auf einer Art Beobachtungsposten. Sie hatte alle Vorgänge im Blick, und wahrscheinlich war auch ihr aufgefallen, dass sich der berühmteste Orchesterleiter des Landes nicht an die Vorgaben eines der reichsten Männer Amerikas hielt. Die Tatsache, dass Ellin in den Armen von Prinz Edward zu dem langsamen Walzer über das Parkett schwebte, schien Louise mit dem Regelverstoß Paul Whitemans und seiner Musiker zu versöhnen.

Ein Blitzlicht flammte auf, als Ellin und der Thronfolger sich als einziges Paar unter dem Glanz des funkelnden Kronleuchters drehten.

»Mir ist aufgefallen, dass Sie von der Führung Ihres Vaters geflüchtet sind«, begann er das Gespräch. Belustigung klang in seinem Ton. »Ich hätte es gern genauso gemacht. Diese ewigen Bibelmotive sind auf Dauer doch etwas ermüdend.«

Einen Atemzug lang glaubte Ellin, ihr Herzschlag

würde aussetzen. Wenn dem Prince of Wales ihr kurzes Verschwinden aufgefallen war, dann womöglich auch anderen Gästen. Wie peinlich!

»Mein Vater wollte Sie gewiss nicht langweilen, Königliche Hoheit«, erwiderte sie wohlerzogen.

»Wir sind doch hier in einem privaten Kreis. Nennen Sie mich bitte David.«

Zustimmend senkte sie die Lider.

»Befreien Sie mich von meiner Neugier, Miss Mackay …«

»Ellin«, korrigierte sie automatisch.

»Also, Ellin, was haben Sie in der Zwischenzeit getan?«

Zum zweiten Mal binnen weniger Sekunden hatte sie das Gefühl, ihr Herz würde stehenbleiben. Diesmal schlug es bis zu ihrem Hals, der mit einem Kloß verschlossen zu sein schien. Doch als sie in die strahlenden, freundlichen Augen ihres Tanzpartners blickte, fiel ihr auf, dass David eigentlich nur zu einer melancholischen Melodie Konversation betreiben wollte. Er hegte keine Hintergedanken, wollte ihr keine Vorwürfe machen. Sie dachte daran, wie interessiert er sich beim Dinner an den Gesprächen über das Geschehen am Broadway gezeigt hatte. Er war ein sehr netter Mann, charmant, charismatisch, gut aussehend. Warum sollte sie ihn nicht behandeln wie jeden anderen Mann ihrer Kreise, der über diese angenehmen Attribute verfügte? Wenn sie endlich vergäße, dass ihre Großmutter sie beide verkuppeln wollte, müsste sie nicht mehr so verkrampft sein.

Sie schenkte ihm ein breites Lächeln. »Wissen Sie, ich habe mit Irving Berlin telefoniert, dem Komponisten des Liedes, zu dem wir gerade tanzen.«

»Tatsächlich? Sie kennen Irving Berlin?«

»O ja.« Ellins Hals war nicht mehr zugeschnürt, ihre Emotionen gewannen die Oberhand: »Wir sind enge Freunde. Er ist ein wundervoller Mann, wissen Sie, er ist so talentiert und arbeitet rund um die Uhr. Andauernd fallen ihm neue Textzeilen ein, selbst beim Essen im Restaurant. Die notiert er dann auf Servietten, manchmal sogar auf den Manschetten seines Hemdes, wenn es nicht anders geht. Auf diese Weise sind die tollsten Songs entstanden. Ich bin sicher, Sie kennen einige davon …« Ohne es zu bemerken, plapperte und schwärmte sie drauflos. Darüber vergaß sie sogar ihre flüchtige Verwunderung, dass sogar der Prince of Wales den Songwriter kannte.

Dem einen Tanz folgte ein zweiter – und Ellin redete noch immer über Irving. Nicht nur er wurde von dem Gedanken an sie bei Tag und Nacht verfolgt. Auch sie konnte an nichts anderes mehr denken als an ihn – sogar in den Armen des britischen Thronfolgers.

Kapitel 12

»Der Botschafter hat mir mitgeteilt, dass Seine Königliche Hoheit sehr angetan von dir war«, verkündete Clarence. Er saß in einem der Korbsessel auf der Terrasse, blickte über die von der Septembersonne erwärmten Gartenanlagen zum Meer und zog an seiner Zigarre, während der frisch eingefüllte Tee auf seinen ersten Schluck wartete. Seltsamerweise klang er nicht so, als würde ihn das Urteil des Thronfolgers erfreuen. »Der Prince of Wales geruhte, dich *erfrischend* zu nennen.«

»Erfrischend?«, wiederholte Ellin verblüfft. »Was meint er denn damit?«

»Amüsant«, erwiderte ihr Vater, und aus seinem Mund hätte kaum etwas unfreundlicher klingen können. »Seine Königliche Hoheit fand dich lustig.«

»Oh.«

»Das ist grotesk, Ellin! Deine Großmutter und ich wollten gewiss nicht, dass du dich bei der größten Party, die auf Harbor Hill je gegeben wurde, zum Clown machst.«

Bislang hatte sie ihren Vater mit einem Lächeln auf den Lippen angesehen. Dieses erstarb nun. Sie konnte sich nicht entsinnen, sich auch nur einen einzigen Moment lang danebenbenommen zu haben. Nach zwei Tänzen mit ihr hatte David notwendigerweise eine andere Dame auffordern müssen. Er konnte nicht den ganzen Abend lang nur mit ihr über die Tanzfläche schweben, selbst wenn er es wollte. Sie hatten sich gut unterhalten, obwohl Ellin die meiste Zeit geredet hatte, aber sie hatte den Eindruck, dass er *sich gut unterhalten* fühlte. Was war daran falsch? Sie hatte den Prinzen nicht gelangweilt – und darauf kam es doch an. Wieso behauptete ihr Vater, dass sie sich albern verhalten hatte? Das stimmte einfach nicht. Genau genommen konnte sie sich nicht vorstellen, dass David es so gesagt hatte. Sicher war das ein Übermittlungsfehler. Der Botschafter hatte ihn falsch verstanden – oder ihr Vater interpretierte nicht richtig, was Sir Esmé Howard weitergetragen hatte.

Doch im Grunde wusste Ellin, dass sie einen Fehler begangen hatte. Dennoch behauptete sie kühl: »Ich verstehe nicht, was du meinst.«

»Seine Exzellenz berichtete …« Clarence legte eine Kunstpause ein, in der er an seiner Zigarre zog, bevor er grimmig fortfuhr: »Ich zitiere: ›Der Prince of Wales erinnert sich besonders gern an seine Unterhaltung mit Miss Mackay …‹«

Sie atmete tief durch. So schlimm konnte es nicht sein.

»›Miss Mackay ist die einzige junge Frau in Amerika, die er getroffen hat, die ihm von einem anderen Mann vorschwärmte.‹« Wütend drehte Clarence die Zigarre zwischen seinen Fingern.

Es war noch schlimmer, als sie befürchtet hatte.

Anscheinend hatte sich David nicht gut unterhalten gefühlt, sondern war in seiner Eitelkeit gekränkt. Das war allerdings kein besonders glücklicher Umstand. Aber ihr war gar nicht aufgefallen, dass sie so viel von Irving gesprochen hatte. Ein wenig – ja. Wenn sie es recht bedachte, hatte sie den ersten Tanz lang über Irving geplaudert. Über wen sonst ausgerechnet bei »What'll I do«? Ellin strengte ihr Gedächtnis an und fragte sich, welches Thema sie bei dem zweiten Tanz bemüht hatte. Sie entsann sich jedoch nur eines Protagonisten – Irving Berlins.

»Immerhin war Sir Esmé so freundlich, zu behaupten, dass Seine Königliche Hoheit sehr angetan war, weil er sich nicht von einer potenziellen Heiratskandidatin bedrängt fühlte. Er bemerkte ausdrücklich, dass meine Tochter anscheinend einen anderen Mann erwählt habe.« Clarences Stimme schwoll zu einem wütenden Crescendo an: »Einen Kerl vom Broadway!«

Ellin war sich sicher, dass der britische Diplomat diesen letzten Satz nicht gesagt hatte. Und David auch nicht. Es war ein Ausdruck der schlechten Meinung, die ihr Vater unabänderlich von Irving hatte. Sie holte noch einmal tief Luft und öffnete den Mund zu einer Antwort, doch ihr Vater kam ihr zuvor: »So geht es nicht weiter. Das muss aufhören, Ellin!«

Die Vögel in den Buchsbaumbüschen an den Kieswegen rund um das Rondell zu Füßen der Terrassentreppe zwitscherten fröhlich ihren Abendgesang, während die Dämmerung sich mit einem goldenen Licht über die Parkanlage zu senken begann. Ellin blickte über den Garten, lauschte der Musik der Natur und wünschte, hier einmal mit Irving spazieren gehen zu dürfen. Es war ihr

Zuhause, der Ort, an dem sie aufgewachsen war. Für sie war es selbstverständlich, ihn dem Mann zu zeigen, dem ihr Herz gehörte. Es war doch ein Stück Normalität unter Liebenden, dass man sich die jeweilige Vergangenheit zeigte, bevor man die gemeinsame Zukunft plante. Irving hatte zwar noch nicht vom Heiraten gesprochen, aber wohin sonst sollte ihr Weg führen als vor den Traualtar? Insofern hatte ihr Vater recht. So ging es nicht weiter. Aber alles musste sich auf eine andere Weise ändern, als er es meinte.

Sie wandte sich zu Clarence um. »Ich bitte dich, meine Gefühle zu akzeptieren«, erklärte sie mit entschiedener Stimme. »Ich liebe Irving Berlin.«

»Ein Schwein und ein Mann ohne Geschichte sind das Gleiche.«

»Wie kannst du so etwas sagen?« Sie fuhr hoch. Die Bemerkung ihres Vaters riss sie förmlich vom Stuhl.

»Setz dich wieder«, forderte er sie ruhig auf. »Das ist ein irisches Sprichwort, und wenn ich deinen Starrsinn betrachte, so steckt in dir mehr irisches Blut als in uns anderen zusammen. Auf Gälisch heißt es übrigens: *Is cuma nó muc fear gan scéal*. Ich hoffe, ich habe es richtig ausgesprochen.«

»Die Sprache macht den Inhalt nicht besser«, konterte sie zwischen zornig zusammengebissenen Zähnen.

Obwohl sie alles dazu drängte, ins Haus zu gehen und kein weiteres Wort mehr mit ihrem Vater zu wechseln, sank sie zurück auf ihren Sitzplatz. Sie faltete die Hände in ihrem Schoß und starrte an ihrem Vater vorbei, als wollte sie die Säulen zählen, die am Rand der Terrasse als Stützpfeiler des repräsentativen Balkons im ersten Stock dienten. Doch sie sah nichts. Ihre Augen füllten sich mit Tränen, die sie tapfer zurückhielt.

»Anscheinend willst du den Juden sogar heiraten«, resümierte Clarence. Er beugte sich vor, um den Zigarrenstummel auf den Rand des Porzellanaschenbechers zu legen. Vielleicht tat er es aber auch, um ihr ins Gesicht zu sehen. »Hast du dir jemals Gedanken darüber gemacht, wie eine solche Verbindung im Alltag aussehen könnte?«, fragte er, plötzlich erstaunlich freundlich. Die Gehässigkeit war aus seinem Ton verschwunden, er war ganz der Vater, der seiner Tochter als Ratgeber zur Seite stand.

Ellin schwieg.

»Es macht einen großen Unterschied, ob man mit den Leuten vom Broadway bei einer Dinnerparty nett plaudert oder ob man sie zur eigenen Familie zählt. Vor allem, wenn sie jüdischer Herkunft sind. Glaubst du wirklich, er wäre in einer Gesellschaft wie der des Prince of Wales als ebenbürtig anerkannt worden, so wie du? Keiner aus unseren Kreisen würde ihn akzeptieren. Da spielt es keine Rolle, ob unsere Freunde zu seiner Musik tanzen oder nicht. Und du würdest mit ihm am Rand der Gesellschaft stehen.«

Ihre Lippen bebten. Doch sie sagte weiter kein Wort. Was hätte sie auch gegen die Argumente ihres Vaters vorbringen sollen? Ihr war ihr gesellschaftlicher Status an Irvings Seite absolut gleichgültig, aber das würde in ihrer Familie niemand verstehen.

»Wer sollte dich trauen? Kein katholischer Priester wird dich einem Juden zur Frau geben.«

Ellin erstarrte. Daran hatte sie überhaupt noch nicht gedacht. Unwillkürlich horchte sie in sich hinein. Sie ging sonntags zur heiligen Messe, weil es eine Selbstverständlichkeit für sie war, nicht, weil sie sich für besonders fromm hielt. Ihre Eltern hatten natürlich nach katholischem Ritus geheiratet, deshalb war ihre Mutter nach der Scheidung zum protestantischen Glauben übergetreten. Diese Anpassung der Religionen an die eigenen Bedürfnisse hatte Ellin immer nachdenklich gestimmt. Aber ihre Mutter war Christin geblieben.

»Irving ist kein gläubiger Jude«, brach es aus ihr heraus. »Er ist …«

»Wenn ich richtig informiert bin«, unterbrach ihr Vater, »ist Mr. Berlin der Sohn eines Kantors. Das ist ein sakrales Amt in der Synagoge, soweit ich weiß. Er wird das Andenken an seinen Vater nicht verraten und dir vor einem katholischen Priester das Jawort geben, Ellin. Wenn er es täte, wäre er noch charakterloser, als ich es mir in meinen dunkelsten Momenten vorstellen kann.«

Er schrie nicht. Er sprach sogar recht sanft zu ihr. Und das machte alles irgendwie schlimmer. Die Ruhe, mit der ihr Vater seine Meinung manifestierte, machte die Wahrheit in jedem Wort deutlicher. Ihre unterschiedlichen Religionen waren ein größeres Problem als ihr sozialer Status. Daran führte kein Weg vorbei. Nur guter Wille und Gottes Hand.

»Ich liebe ihn«, wiederholte sie. Zu ihrem größten Entsetzen stellte sie fest, dass ihre Stimme nicht einmal mehr halb so fest klang wie zuvor. Dabei war sie sich so sicher, dass Irving der Richtige für sie war.

Clarence nickte. »Lass uns in sechs Monaten noch einmal darüber sprechen …«

»Wie bitte?«

»Ich mache dir einen Vorschlag, Ellin.«

Sie starrte ihn unsicher an. »Ja?«

»Ich möchte, dass du für eine Weile auf Reisen gehst. Sechs Monate im Ausland werden dich meiner Ansicht nach von deiner … äh … Obsession heilen. Falls nicht, bin ich gern bereit, das Thema dann noch einmal mit dir zu diskutieren.«

Ein halbes Jahr ohne Irving erschien ihr so endlos wie die Ewigkeit.

Niemals, wollte sie ihrem Vater entgegenschleudern. Sie hatte es ja kaum eine Woche ohne den Mann, den sie liebte, ausgehalten. Niemals würde sie sich darauf einlassen, sich noch einmal von Irving zu trennen.

Doch bevor sie ihren Widerspruch formulierte, bedachte sie die Sache noch einmal. Es war eine auf den ersten Blick furchtbar wirkende Übereinkunft, aber wenn sie den Segen ihres Vaters für ihre Verbindung mit Irving wollte, dann musste sie auf sein Angebot eingehen. Es war gewiss die freundlichste Lösung, die Clarence Mackay möglich war. Und zugleich die schmerzlichste für sie selbst.

»Wohin soll ich fahren?«, fragte sie mit erstickter Stimme.

Er lächelte zufrieden. »Nach Europa, dachte ich. Wir sollten aufbrechen, bevor die Herbststürme eine Überfahrt unangenehm machen. Ich dachte an London, Paris, Rom, die Riviera. Wenn du willst, kannst du überall dorthin fahren, wo wir Freunde haben. Die Route überlasse ich dir. Meine Bedingung ist lediglich, dass du frühestens im März wieder nach Hause kommst.«

Ihr Körper wurde von einem Zittern ergriffen, ihr wurde kalt. Unwillkürlich schlang sie die Arme um ihren

Leib. Sie wusste, dass ihre Zustimmung notwendig war, um ihrem Vater zu beweisen, wie sehr sie Irving liebte und dass nichts und niemand sie auseinanderbringen konnte. Zuvor musste sie sich aber sicher sein, dass der Mann ihres Herzens diese Entscheidung ebenfalls für richtig hielt – auch wenn das nichts ändern würde. Sie seufzte. »Ja, Vater. Ich tue, was du von mir verlangst. Aber vorher muss ich einen Besuch in Manhattan machen.«

Clarence knirschte mit den Zähnen, ansonsten sagte er nichts dazu. Wahrscheinlich nahm er an, dass sie Irving Berlin »Leb wohl« sagen wollte. Doch Ellin war überzeugt davon, dass ihr Abschied nicht für immer war.

Kapitel 13

Es war einer dieser Abende, an denen die Sterne zum Greifen nah schienen. Ellin hatte das Gefühl, sie könnte die funkelnden Himmelskörper vom Firmament pflücken, wenn sie sich ihnen nur entgegenstreckte. Doch ihre Arme hatte sie um Irvings Hals gelegt. Sie stand mit ihm auf dem Dach seines Penthouses, umgeben von den für diese Stunde typischen Geräuschen Manhattans, die von den Straßen heraufwehten. Motorenrauschen, Autohupen, Geschrei und Gelächter, irgendwo spielte Musik, nur ein paar verschwommene Töne, die in dem restlichen Lärm versanken. Wenn sie nach unten sähe, würde sie die grellen Lichter des Broadway wahrnehmen, doch sie sah nach oben, weil es derselbe Himmel wie auf der anderen Seite der Erdkugel war. In Europa würde sie zu demselben Mond wie Irving in New York blicken, daran wollte sie sich festhalten.

Sanft löste er sich von ihr. »Weißt du«, sagte er, während er ein zerknautschtes Zigarettenpäckchen aus der Hosentasche zog, »dein Vater hat nicht unrecht.« Er steckte sich eine Lucky Strike zwischen die Lippen, fischte sein Feuerzeug aus der anderen Hosentasche. Nuschelnd fuhr er fort: »Ich mache mir über viele Dinge dieselben Sorgen wie er.«

Der Zauber der Sterne war so schnell verflogen, als wären Gewitterwolken aufgezogen. Unwillkürlich fröstelte Ellin, obwohl nur eine milde Brise über die Terrasse strich; die Kerzen, die Irving für sie aufgestellt hatte, flackerten kaum.

»Wie meinst du das?«

Irving stieß den ersten Lungenzug aus. »Ellin, es ist nicht zu leugnen, dass ich fünfzehn Jahre älter bin als du. Das ist zwar keine Generation, aber zwischen uns liegt eine lange Lebenszeit.«

Ein kalter Schauer rann über ihren Rücken. Worauf wollte Irving hinaus? War es ihm etwa recht, dass sie Abschied nehmen musste? Glaubte er – im Gegensatz zu ihr – nicht an ein Wiedersehen? Sie war bestürzt, aber sie fragte, so ruhig es eben ging: »Was stört dich plötzlich an dem Altersunterschied? Ich hatte in den letzten Monaten nicht den Eindruck, dass damit ein Hindernis zwischen uns stünde.« *In den letzten Monaten*, wiederholte sie für sich – waren es tatsächlich die letzten Monate mit Irving gewesen? Oder die ersten?

»Ellin, nein! Für mich ist das kein Problem. Ich bin glücklich mit einer wunderschönen jungen Frau wie dir. Es könnte aber eines Tages schwierig für dich werden, mit einem so alten Mann wie mir zusammen zu sein.«

Sie brach in schallendes Gelächter aus. »Wenn das deine einzige Sorge ist, kann ich dir versichern, dass dem niemals so sein …«, sie unterbrach sich, als ihr bewusst wurde, dass sie sich gerade über eine ferne Zukunft unterhielten. Ein Gespräch, das fast zwangsläufig auf das Thema Heirat zusteuerte. Oder auf eine Trennung. Etwas dazwischen gab es nicht.

»Irving, ich …« Sie griff nach seiner Hand. »Ich liebe dich. Ich liebe dich so, wie du bist. Und ich liebe dich auch so alt, wie du bist.«

Ein feines Lächeln umspielte seine Lippen. »Du bist wunderbar«, raunte er zärtlich. Er warf die Zigarette auf den Boden und trat die Glut aus. Dabei ließ er Ellin nicht los, auch nicht mit seinem eindringlichen dunklen Blick.

»Ich würde dich so gern heiraten – wenn es denn nur irgendwie möglich wäre.« Seine Stimme klang traurig. Nicht wie der leidenschaftliche Antrag eines künftigen Bräutigams.

Irgendwo unter ihnen dröhnte die Sirene eines Polizeifahrzeugs. Ellin kam es trotz Irvings bedenklichem Ton vor, als wäre es bereits das Angelusläuten ihrer Hochzeitsglocken.

»Sechs Monate sind keine so lange Zeit«, behauptete sie, obwohl ihr das halbe Jahr noch immer wie eine Ewigkeit erschien. »Danach ist alles möglich. Mein Vater hat mir gesagt …«

»Nein.« Abrupt ließ er sie los. Er stopfte seine Fäuste in seine Hosentaschen, trat von ihr fort. »Nein, Ellin. Es ist und bleibt unmöglich. Wer sollte uns denn trauen?«

»Ein Priester natürlich«, entfuhr es ihr, bevor sie sich bewusst machte, dass er auf die Schwierigkeit anspielte, das Ehegelöbnis vor einem katholischen Geistlichen abzulegen. Es war die Unvereinbarkeit ihrer Religionen, die für Irving genauso bedeutsam zu sein schien wie für ihren

Vater. Dabei hatte sie immer nur Clarence für besonders bigott gehalten.

Irving ließ die Schultern hängen, schüttelte den Kopf. »Ich bin kein gläubiger Jude, daran hat sich nichts geändert. Aber ich vergesse nicht, woher ich komme. Mein Vater war ein *Chasan*, das ist das jiddische Wort für Kantor. Er war sehr gläubig, und ich würde sein Andenken beschmutzen, wenn ich in einer christlichen Kirche heiratete.«

Im ersten Moment fühlte Ellin Erleichterung. Clarences Worte hallten in ihr nach, und sie war stolz auf Irvings Charakterstärke. Doch dann wurde ihr klar, was der Respekt, den er Moses Baline zollte, für sie beide bedeutete. »Ich kann doch aber nicht in einer Synagoge heiraten«, murmelte sie schwach.

»Ach, Ellin, das weiß ich. Glaube mir, das weiß ich sehr wohl.«

Er streckte die Arme nach ihr aus, und sie flog hinein.

»Vielleicht helfen uns die sechs Monate ja, eine Lösung für unser religiöses Problem zu finden.« Ihre Hoffnung war tief in ihrem Herzen jedoch ebenso vage wie ihre Stimme zittrig.

Sein Atem streichelte ihren Hals, als er sein Gesicht in ihrem Haar vergrub. »Ich werde an nichts anderes denken. Das verspreche ich dir.«

Obwohl ihre Augen in Tränen schwammen, boxte sie ihn leicht in die Seite. »Du musst arbeiten. Steht nicht die Premiere der neuen Revue unmittelbar bevor?« Es war nur eine rhetorische Frage, sollte ihm spielerische Leichtigkeit vorgaukeln, und natürlich erwartete sie keine Antwort.

Die bekam sie auch nicht. Irving verschloss ihren Mund mit einem langen Kuss, der nach Abschied und einer fast unerträglichen Sehnsucht schmeckte.

»Alexander's Ragtime Band«

Beverly Hills
Dezember 1937

Kapitel 14

Wie überall in den USA war Heiligabend auch in Kalifornien ein Arbeitstag, aber bei einer so teuren Filmproduktion wie »Alexander's Ragtime Band« spielten Sonn- und Feiertage generell nur eine untergeordnete Rolle. Auf dem weitläufigen Studiogelände der Twentieth Century-Fox am West Olympic Boulevard wimmelte es von dienstbaren Geistern, Stars und solchen, die es werden wollten, vor und hinter der Kamera, von Presseleuten und Fans. In dem riesigen Atelier, das Irving durch eine Eisentür betrat, befand sich eine bunte Menschenansammlung: Schauspieler und Komparsen in ihren Kostümen aus der Zeit vor dem Großen Krieg standen lautstark diskutierend in kleinen Gruppen zusammen, Kameramänner und Beleuchter kümmerten sich um die Technik für die nächste Szene, Musiker stimmten ihre Instrumente oder betrachteten stumm die Notenblätter, als läsen sie in einem Buch, die Maskenbildnerin lief mit einer Tasche und großen Puderquasten durch die Reihen der Chorsänger. Der Assistent von Regisseur Henry King trug als Reminiszenz an das Fest eine alberne Nikolausmütze auf dem Kopf, die Irving jedoch mehr an Karneval erinnerte. Die Kulisse selbst war ein Theateraufbau, der wahrscheinlich größer war als die Music Box am Broadway damals, als Irving jedes Jahr eine Revue und keine Filmmusik geschrieben hatte. Bühne, Orchestergraben, Zuschauersaal – es war an nichts gespart worden, darüber hinaus herrschte die typische Gigantomanie von Hollywood.

»Guten Morgen, Mr. Berlin. Geht es Ihnen gut?« – »Hallo, Irving.« – »Gut, dass Sie da sind, Mr. Berlin.« – »Hey, wie geht es Ihnen?« Von allen Seiten wehten ihm Stimmen entgegen.

Er grüßte. Nickte. Lächelte. Und ging unbeirrt auf die Gruppe der Schauspieler zu. Er wollte kurz mit Alice Faye sprechen, der Hauptdarstellerin seines Films. Sie war nicht nur der größte weibliche Star der Twentieth Century-Fox, sondern eine hervorragende Sängerin. Irving mochte sie, er bewunderte ihr Talent sogar so sehr, dass er sich wünschte, sie würde jeden seiner Songs interpretieren, bevor es andere versuchten. Allerdings, das musste er zugeben, machte ihr Ethel Merman diesen Rang durchaus streitig. Der Broadwaystar besetzte die Nebenrolle in »Alexander's Ragtime Band«, und ihre Präsenz und kraftvolle Stimme waren beeindruckend; Irving hatte schon von Cole Porter, in dessen Revuen sie gesungen hatte, viel über sie gehört, aber selbst nie mit ihr gearbeitet. Wenn er es jetzt recht bedachte, wusste er nicht, welcher der beiden Chanteusen er den Vorzug geben sollte.

Sängerinnen hatten in seinem Leben stets eine entscheidende Rolle gespielt, nie jedoch im Privaten. Er gehörte nicht zu den Songwritern, die reihenweise dem Charme ihrer Interpretinnen erlagen. Als junger Mann war er gegen die bildschönen, offenherzigen Tänzerinnen des Broadway natürlich nicht immun gewesen, es hatte die eine oder andere Affäre gegeben, die er jedoch äußerst diskret behandelte. Ein Frauenheld war er definitiv nicht. Er besaß schon immer viele weibliche Freunde, im Sinne von Kameradinnen. Das waren Bühnenkolleginnen, Künstlerinnen, Autorinnen, deren Freundschaft er mehr schätzte als deren Liebe. Seine erste große Liaison hatte er mit dem Stummfilmstar Constance Talmadge, deren Schwester Norma seinerzeit Joe Schenck geheiratet hatte. Norma und Joe waren inzwischen geschieden, und Constance hatte sich schon damals mehr für Douglas Fairbanks interessiert, so dass ihre Verbindung nicht sonderlich lange hielt. Nach seiner kurzen Ehe mit Dorothy Goetz hatte er sein Junggesellenleben genossen, wobei damit für ihn gemeint war, dass er in seiner Arbeit auf niemanden Rücksicht zu nehmen brauchte, und nicht, dass er seine Nächte mit wechselnden Bekanntschaften verbrachte. Doch dann war Ellin Mackay in sein Leben getreten und hatte seinem Schlager »What'll I do?« eine völlig neue Bedeutung geschenkt …

Ein junger Mann lief, anscheinend mit seinen Gedanken woanders, ungeschickt in Irving hinein. Ein Rempler. Ein Rascheln. Aus den Armen des zweiten Aufnahmeleiters flatterte ein Stapel Papier durch die Luft und zu Boden.

»Oh! Entschuldigung, Mr. Berlin.«

Irving fing eines der Notenblätter auf. Es waren die Orchesterstimmen von »Now It Can Be Told«, was er jedoch lediglich daran erkannte, dass unter dem Titel handschriftlich *Erste Geige* vermerkt war. Er konnte noch immer keine Noten lesen. Dann fiel sein Blick auf seinen eigenen Namen: *Musik und Text Irving Berlin.* Unwillkürlich lächelte er.

Weihnachten stimmte ihn sentimental und ließ in diesem Jahr viel zu viele Gedanken an die Vergangenheit zu, was wohl auch an dem Weihnachtslied lag, das er schreiben wollte. Wie stolz war er gewesen, als sein damaliger Chef den ersten Song des singenden Kellners Izzy drucken ließ. *Israel Baline* in Lettern schwarz auf weiß auf einem Notenblatt zu lesen – das war etwas. Doch dem Setzer unterlief ein Fehler: Aus *Baline* machte er *Berlin*. Dabei blieb es dann, später amerikanisierte er seinen Vornamen, und Stück für Stück wurde ein fast neuer Mensch aus ihm.

Der junge Mann war schneller als er und hatte die Noten bereits aufgesammelt, bevor sich Irving danach bücken konnte. »Verzeihung, Mr. Berlin«, wiederholte er und schob mühsam seine Brille zurecht, während er den Papierstapel an sich drückte.

»Es ist alles in Ordnung«, erwiderte Irving freundlich und gab ihm auch noch das letzte Blatt zurück.

Versonnen sah er dem Aufnahmeleiter nach, der in Richtung Orchester davoneilte. Gleich würde er die Noten verteilen …

»Now It Can Be Told« war ein romantisches Lied, Alice Faye sollte es singen. Der Text handelte davon, dass Liebespaare in Büchern meist verklärt würden, obwohl das Schicksal häufig ganz andere Geschichten über sie schrieb. Es war ein neuer Song, den Irving eigens für diesen Film komponiert und getextet hatte. Dabei hatte er auf sein eigenes Leben zurückgeblickt und darauf, wie wenig romantisch sich eine Liebesbeziehung entwickelte, wenn die Realität dazwischenkam. Sein Text endete versöhnlich mit den Zeilen, dass die Geschichte der großen Liebe, die zuvor noch nicht geschrieben worden war, nun endlich erzählt werden konnte.

Wie im wirklichen Leben, fuhr es ihm durch den Sinn.

»Remember«

Jerusalem, Britisch-Palästina
Dezember 1924

Kapitel 15

Steine, Steine – und nichts als Steine.

Und Sand, den der Wind durch die jahrtausendealten Gassen trieb und der in ihre Schuhe und unter ihre Kleidung kroch, den sie beständig aus ihren Haaren herausbürsten musste, obwohl sie ein Kopftuch trug. Seit sie vorgestern in Jerusalem angekommen war, hatte sie das Gefühl, dass ständig kratzende kleine Körner über ihren Körper rieselten. Leider gab es in ihrem Hotelzimmer keine Badewanne, in der sie sich ihren persönlichen Sandsturm abwaschen konnte, so dass sie sich damit abfinden musste, nur einen mit kaltem Wasser getränkten Lappen notdürftig zu benutzen und ein Unterkleid aus Schmirgelpapier zu tragen.

Ellin hatte noch nie etwas so Beschwerliches erlebt wie die Reise durch den Nahen Osten, genauer gesagt durch Palästina. Zunächst war sie mit dem Simplon-Orient-Express von Paris nach Konstantinopel gefahren, was ausgesprochen angenehm und luxuriös gewesen war. Doch ihr Ziel entpuppte sich als Ernüchterung: eine zwar wunderschöne, aber durch Krieg, Aufstände und die Umsiedlung der Regierung nach Ankara entvölkerte, verlorene Stadt. Ihre nächste Etappe war Beirut, wo die Franzosen ein grünes, blühendes Kleinod an der Mittelmeerküste geschaffen hatten. Im britischen Protektorat Palästina war die Situation wieder eine andere. Selbst mit viel Geld war der Aufenthalt schrecklich unbequem und geriet zu einer Pilgerreise ohne funktionierende Zugverbindungen und geteerte Straßen. Für Ellin war es von Anfang an jedoch weit mehr als eine weihnachtliche Besichtigungstour der Geburtskirche in Bethlehem. Sie wollte ganz bewusst auf den Spuren Israels wandeln. Doch das hatte sie niemandem verraten, als sie sich kurzfristig für die Fahrt in den Orient entschied.

Ihre lange Reise hatte an einem Septembertag auf der »RMS Aquitania« in New York begonnen. Clarence gab sich alle Mühe, die erzwungene Überfahrt nach Europa für Ellin wie ein besonderes Vater-Tochter-Vergnügen aussehen zu lassen. An Bord des in der ersten Klasse unfassbar opulent ausgestatteten Dampfschiffes mit den vier imposanten Schornsteinen gab er sich besonders liebenswürdig und zuvorkommend. In London und Paris besuchte er mit Ellin anschließend die Vernissagen der angesagten Galerien, zeigte sich bei diversen Einkaufsbummeln generös, lud sie in Restaurants und Nachtclubs ein, wo der Champagner ohne jegliche Einschränkung durch Prohibitionsgesetze ganz offiziell in Strömen floss. Doch im Grunde ihres Herzens interessierte sich Ellin für nichts davon. Sie lauschte meist versonnen der Musik, die gespielt wurde, und ihr Herz schlug höher, wenn einer der Welterfolge von Irving Berlin erklang.

Sie sehnte sich in jedem Moment nach *ihrem jungen Mann*, wie sie Irving bei sich nannte, und lebte für die

Briefe, die sie ihm heimlich schrieb oder die sie postlagernd aus New York erhielt, und für die gemeinsamen Telefongespräche über den Ozean hinweg. Obwohl sie ihrem Vater den Gefallen tat und vorgab, sich über seine Aufmerksamkeiten zu freuen, gewann sie den Besichtigungen und Einkäufen ebenso wenig ab wie den Dinnerpartys, denn für sie war nichts mehr so wie vor ihrer Begegnung mit Irving. Deshalb hakte sie die verstrichenen Tage in ihrem Kalender gelangweilt ab und zählte die Stunden bis zu ihrer Rückkehr.

Während er von Paris aus die Heimreise antrat, schickte Clarence seine Tochter auf eine spätherbstliche Tour durch Italien. In Florenz und Rom besuchte sie wohlhabende Freunde ihrer Familie, die über die Art Ahnentafeln verfügten, die ihr Vater für angemessen hielt, besichtigte Museen und sah viel Kunst aus der italienischen Renaissance, jedoch wenig, was ihr neu gewesen wäre. Dann reiste sie über die Riviera und einen Aufenthalt in Nizza mit dem Train Bleu zurück nach Paris, wo sie Cole Porter und dessen Frau Linda traf. Es tat so gut, endlich Menschen zu begegnen, mit denen sie über ihre Liebe zu Irving sprechen konnte. Linda schien indes ebenfalls ein wenig skeptisch auf ihre Zukunftsaussichten an der Seite von Irving zu blicken, was Ellin natürlich nicht besonders glücklich stimmte. Und obwohl sie so viel unternahm, schien die Zeit bis zu ihrem Wiedersehen mit Irving viel zu langsam zu verrinnen. Deshalb hatte sie sich entschieden, ein Abenteuer zu wagen und nach Palästina zu reisen.

Sie hatte jedoch nicht damit gerechnet, wie wenig Jerusalem auf Touristen eingestellt war. Als sie in Begleitung ihrer alten Gouvernante Josephine Noel, die Clarence in

Paris als Anstandsdame verpflichtet hatte, eintraf, war sie zunächst überrascht von der Stille. Im Laufe ihres Aufenthalts fiel Ellin auf, wie verlassen die für drei Religionen heilige Stadt wirkte. Als sei sie seit zweitausend Jahren der Vergessenheit anheimgestellt worden. Es lebten zwar Menschen zwischen den alten Steinen, aber man konnte fast den Eindruck gewinnen, die vielen Araber, wenigen Juden und ein paar mehr Armenier und Griechen seien aus der Zeit gefallene, verlorene Seelen. Es herrschte eine unglaubliche Friedhofsruhe. Allein die stolzen britischen Offiziere und Soldaten in ihren schneidigen khakifarbenen Uniformen erinnerten Ellin daran, dass sie sich im 20. Jahrhundert befand.

Dann stellte sie fest, dass es kein Hotel weit und breit gab, das ihren Ansprüchen genügt hätte. Die Pensionen erwiesen sich als äußerst bescheiden, nur ein Hotel im jüdischen Viertel in der Nähe des Dungtors verfügte wenigstens über relativ ansehnliche Badezimmer mit Plumpsklo und Waschbecken, die sich jeweils zwei Zimmer teilen mussten, was angesichts der Alternativen – Toilettenhaus im Garten – eine deutliche Verbesserung darstellte. Da das Hotel ansonsten sauber war und ein wenig konventioneller als die anderen Herbergen wirkte, entschied sich Ellin für diese Bleibe. Ihre Mitbewohner waren ein orthodoxes Ehepaar mit fünf halbwüchsigen, wohlerzogenen Kindern und zwei britische Offiziere, die trotz der überraschend kühlen Witterung unter dem Ventilator im sogenannten Salon auf einem zerschlissenen Sofa ihren abendlichen Drink nahmen.

Die freundliche Wirtin, eine sephardische Jüdin, kochte aromatisch duftende, scharf gewürzte Kartoffeleintöpfe mit Paprika, Auberginen, Zucchini, Tomaten und Lamm, frittierte Bällchen aus Kichererbsen und Bohnen, die sie *Falafel* nannte, und pochierte Eier in einer Chili-Tomaten-Soße. Ellins Begleiterin bekam Magenkrämpfe von dem ungewohnt feurigen Essen. »Die Köchin sagt, dass ihr Essen unseren Geist beleben soll«, klagte Josephine, »mir verdirbt es den Geschmackssinn.« Ellin schmeckte es jedoch gut. Zumindest gab sie das vor, denn selbst wenn es nicht so gewesen wäre, wollte sie alles Jüdische in sich aufsaugen, sie wollte es mögen. Erst als ihr einer der Briten erklärte, dass Sepharden aus dem Mittelmeerraum andere Speisen bevorzugten als die jüdischen Familien aus dem alten Zarenreich, die man *Aschkenasim* nannte, beschränkte sie sich auf die Mahlzeiten, die ihr wirklich zusagten. Alternativen gab es allerdings nicht, denn fast alle Cafés und Restaurants in der Stadt waren männlichen Besuchern vorbehalten – und boten wohl auch nur geringe kulinarische Abwechslung.

Ellin fiel auf, wie wenig sie über Irvings Religion eigentlich wusste. Ihr war ja nicht einmal klar gewesen, dass sie und Josephine nicht überall an die Klagemauer gehen durften, das größte Heiligtum der Juden, bis sie ein wütend protestierender Sohn Israels mit einer dicken Fuchsfellmütze auf dem Kopf und lustigen Locken, die sich entlang seines bärtigen Gesichts drehten, wild gestikulierend verjagte. Später erfuhr Ellin, dass das Gebet an den meisten Stellen den jüdischen Männern vorbehalten war. Überhaupt waren allein reisende Frauen nicht gern gesehen. Deshalb zog sie sich die schlichteste Kleidung an, die sie besaß, und schlang sich einen Schal oder ein Tuch um den Kopf, sobald sie das Hotel verließ. Auf diese Weise schützte sie sich vor indiskreten Blicken, aber auch vor dem Wüstenwind, indem sie einen Zipfel vor Mund und Nase hielt.

Am Weihnachtsmorgen saß sie neben Josephine Noel auf der Rückbank eines klapprigen Lastkarrens, der von einem Maultier gezogen und von einem Verwandten ihrer Wirtsleute kutschiert wurde. Die rund sechseinhalb Meilen lange Strecke nach Bethlehem führte an einer bergigen Landschaft mit erstaunlichen Felsformationen vorbei, die gelegentlich durchsetzt war vom silbrigen Grün der hier anscheinend stets gegenwärtigen Olivenbäume und weniger Zitronensträucher und sich in der nahen Wüste in sandigen, kargen Tälern verlor. Im kühlen, aber blendend hellen Morgenlicht ruckelten sie auf einer sandigen Piste dahin, holperten über Steine und vertrocknete Wurzeln. Außer ihnen waren erstaunlich viele Menschen unterwegs, Reisig sammelnde Frauen in bunten Gewändern mit kleinen Kindern kamen ihnen zu Fuß entgegen, und Beduinen in weißen Hemden ritten auf Kamelen an ihnen vorbei. Sehnsüchtig sah Ellin den Einheimischen nach. Ihr Gefährt schaukelte sie erbarmungslos durch, und ihr Magen hopste auf und ab. Wie viel angenehmer musste es sein, sich auf Beinen statt auf Rädern fortzubewegen.

Ihre Begleiterin schwieg, wofür Ellin dankbar war, weil sie so ihre eigenen Eindrücke sortieren konnte. Alles wirkte vollkommen surreal auf sie. Zweifellos fühlte sie sich mindestens um ein Jahrhundert zurückversetzt, sie erlebte gerade den größten kulturellen Gegensatz zu ihrem verwöhnten, wohlhabenden Leben in New York, der wohl denkbar gewesen wäre. Mit leichter Wehmut dachte sie an ihre Großmutter, ihren Vater und ihren Bruder, die diesen Tag mit einem üppigen Frühstück beginnen würden, im Blickfeld den reich geschmückten Christbaum und Stapel von wunderschön eingepackten Päckchen darunter. Ähnlich erginge es wohl Irving. Gewiss war er zu Gast bei Freunden vom Broadway, die Mistel- und Stechpalmenzweige zur Dekoration aufgehängt hatten. Er würde später – verbotenerweise – Glühwein und heißen Rum trinken und über die neue Revue fachsimpeln, die sicher ein großer Erfolg war; einer seiner Freunde würde sich irgendwann ans Klavier setzen, einige mitreißende Songs anstimmen und dazu besinnlichere Töne zum Fest. Ellin hatte heute Morgen keine Musik gehört, schon gar keine Weihnachtslieder, sie hatte ein Glas Tee getrunken und viel zu viel von der köstlichen Rosenkonfitüre gegessen, die viel mehr Sirup als Marmelade und schwer verdaulich war. In der Ferne läutete eine Kirchenglocke, doch das war die einzige vertraute Verbindung zu ihrer Welt.

* * *

Als sie nach etwa einstündiger Fahrt in Bethlehem ankamen, fühlte sich Ellin matt, ihr war übel, und alle Knochen in ihrem Leib schmerzten. Sie neigte sich zu Josephine. »Den Rückweg machen wir zu Fuß«, sagte sie, ein wenig schwach und atemlos, weil sie sich so elend fühlte.

Ihre Begleiterin sah sie erschrocken an. »Wir werden niemals ohne Führer nach Jerusalem zurückfinden«, behauptete Mademoiselle Noel entsetzt. »Außerdem könnten wir überfallen und ausgeraubt werden, wenn wir allein unterwegs sind.«

»Im Heiligen Land vertraue ich auf Gottes Hilfe«, erwiderte Ellin kühl. Und auf meinen Magen, fügte sie in Gedanken hinzu. Der hielt den Rückweg in einem Fuhrwerk wie diesem für ausgeschlossen. »Der Stern von Bethlehem wird uns zurückführen, wie er Maria und Josef hierher in Sicherheit gebracht hat.«

Josephine murmelte etwas, das wie ein widersprechendes Schnauben klang, aber Ellin ignorierte sie.

Ihr freundlicher Wagenlenker fuhr sie durch enge, stille Gassen mit Häusern in blassen Farben, die aus noch älteren Steinen zu bestehen schienen als vergleichbare Gebäude in Jerusalem. Der Weg öffnete sich auf einen Platz, an dem sich unter einem Bretterdach mit einem seltsam anmutenden Glockenturm Quader in allen Größen, Farben und Qualitäten scheinbar planlos türmten. Hier war es belebter, britische Soldaten patrouillierten vor dem Eingang des Steinhaufens, Touristen in westlicher Kleidung mischten sich unter Armenier in bunten Mänteln und Jacken, dunkel gekleidete Griechen und Frauen mit schwarzen Umhängen und Schleiern, von denen Ellin schon von einer Begegnung in Konstantinopel wusste, dass es koptische Nonnen waren. Sie spürte, wie sich Josephine angesichts der Europäer oder Amerikaner neben ihr entspannte.

Der junge Jude zügelte sein Maultier vor einem schiefen Tor, das den niedrigen Eingang zur Geburtskirche Christi markierte. Er wandte sich zu den beiden Damen auf der Rückbank um. »Wann soll ich Sie abholen?«

»Wir werden zurück eine kleine Wanderung unternehmen«, erklärte Ellin kühn. Sie sprang auf den Boden und wäre beinahe umgeknickt, konnte sich aber noch rechtzeitig fangen. »Die Bewegung wird uns guttun.«

»Schade. Ich hätte Sie sonst noch am Grab Rahels vorbeigefahren. Es liegt gleich vor den Toren Bethlehems auf dem Weg nach Jerusalem.«

»Rahel?« Ellin zwinkerte gegen die Helligkeit. Sie erinnerte sich dunkel, dass es ein Name aus der Bibel war. Aber im Alten Testament war sie weit weniger bewandert als im Neuen Testament und vor allem in ihrem Katechismus.

»Sie ist eine der Stammmütter des israelischen Volkes. Ihr Grab ist eines der wichtigsten jüdischen Heiligtümer.«

War sie es Irving nicht schuldig, sich auch diese Sehenswürdigkeit anzusehen? Ellin zögerte. Doch ihre Gliederschmerzen und eine gewisse Steifheit hielten sie davon ab, den Vorschlag des jungen Mannes anzunehmen.

»Kommen wir auch auf unserem Spaziergang daran vorbei?«, erkundigte sie sich höflich. »Ich meine, an Rahels Grab.«

Sie sah ihm an, wie unglücklich er über ihre Entscheidung war. Anscheinend hätte er den Ausflug selbst gern unternommen. »Doch. Das ist schon möglich.«

»Dann werden wir es so machen. Sie brauchen uns nicht weiter herumzufahren. Es war sehr freundlich, dass Sie uns hierhergebracht haben. Haben Sie vielen Dank.«

»Na gut. Wie Sie wollen. Aber vergessen Sie das Rahelgrab nicht. Bei uns gehen die jungen Frauen dorthin und beten für einen guten Ehemann und viele Kinder. *Shalom*, Miss Mackay.« Mit dem Friedensgruß und einem Kopfnicken hob er die Zügel auf, um das Maultier anzutreiben. Die Räder des Fuhrwerks knarrten, als würden sie gleich von den Achsen brechen.

Ellin sah ihm wie vom Donner gerührt nach. Sein Hinweis auf die Bedeutung der Sehenswürdigkeit traf sie wie Amors Pfeil mitten ins Herz.

»Warum hast du sein Angebot abgelehnt?«, murrte Josephine.

Sie riss sich zusammen. »Weil ich keinen Meter mehr auf diesem Kutschbock sitzen kann.« Ihre Stimme klang forscher, als sie sich fühlte. Da sie nicht länger diskutieren wollte, schritt sie auf wackeligen Beinen voran.

Aus den Augenwinkeln überzeugte sie sich, dass Josephine ihr folgte, dann schloss sie sich drei französischen Vinzentinerinnen an, die sie an den großen, gestärkten weißen Hauben über dem schwarzen Gewand erkannte, und trat durch den alten, seltsam unprätentiösen Eingang in den stark nach Weihrauch duftenden schmalen Vorraum. Sie spitzte ihre Ohren, um dem leise geführten Gespräch der Nonnen zu lauschen. Die Frauen tauschten sich gerade über die Tatsache aus, dass die hinter dem Narthex liegende Basilika dreigeteilt war: Der links vom Durchgang befindliche Altarraum gehörte den armenischen Gläubigen, der Hauptaltar in der Mitte mit der aufwendig gestalteten Ikonostase zeugte vom Besitz der griechisch-orthodoxen Kirche, und rechts davon stand hinter einer Seitenwand der römisch-katholische Tisch des Herrn.

Angezogen von den ausdrucksstarken Bildern betrachtete Ellin die griechisch-orthodoxen Ikonen. Nach einer Weile verstand sie die Darstellungen und deren Anordnung, es waren Motive aus dem Alten und dem Neuen Testament, dazu die in Gold geprägte Lebensgeschichte Jesu Christi mit einer auffallenden Darstellung der Jungfrau Maria.

»Abraham und Isaak«, raunte Josephine missbilligend neben Ellin. »Man könnte fast meinen, wir befinden uns in einer Synagoge.«

Ellin fuhr herum. »Warst du denn schon einmal in einem jüdischen Gebetshaus?«

»Natürlich nicht!«

»Unter diesen Umständen finde ich den Vergleich nicht nur unnötig, sondern absolut sinnlos.« Eigentlich wollte Ellin sagen, dass sie den Vergleich *dumm* fand, aber das sakrale Umfeld stimmte sie milde.

Ohne ein weiteres Wort wandte sie sich zum Seitenflügel. Vor dem lateinischen Altar machte sie das Kreuzzeichen und knickste. Sie ignorierte den Kreuzgang, der zu dem relativ neuen Anbau des römisch-katholischen Katharinenklosters führte, und steuerte auf die von Marmorsäulen bewehrten, ausgetretenen Stufen zu, die offensichtlich in eine Höhle mündeten. Auch wenn sie es zuvor nicht in einem Reiseführer gelesen hätte, war klar, dass sich dort unten die Geburtsstätte Jesu befand. Die meisten der anderen Gläubigen, die mit Ellin die Kirche besichtigten, strebten darauf zu. Auch die Vinzentinerinnen mit ihren riesigen Hauben.

In dem Moment, in dem sie den Fuß auf die Treppe setzte, begannen die Glocken wieder zu läuten. Von irgendwoher erklang ein Chor. Gregorianische Gesänge womöglich, Ellin vernahm nur Töne, die einzelnen Worte verschwammen aus der Ferne zu einem unverständlichen Singsang. Dennoch waren sie berührend. Ellin ging langsam weiter, den vielen Kerzen, die wie ein ewiges Licht in roten Glasgefäßen an goldenen Halterungen brannten, entgegen. Unten angekommen sah sie, dass auf dem

Boden Schalen mit weiteren Kerzen einen großen goldenen Stern beschienen. Es war der Platz, an dem angeblich vor 1924 Jahren das neugeborene Kind niedergelegt worden war.

Eine seltsame Ruhe erfasste Ellin. Sie stand einfach nur still da, ergriffen von einer sonderbaren Magie, die ihre Augen mit Tränen füllte. Vor ihrem glasigen Blick wurden die vielen Dochte zu einem einzigen Quell der Helligkeit, als würde ein Heiligenschein über dem Geburtsort liegen. Die bunten Fresken an der halbrunden Wand verloren sich im Halbschatten.

Sie war am Ursprung ihres Glaubens angekommen. Mehr noch als bei ihrer Besichtigung des Petersdoms in Rom wurde sie sich ihrer Religion bewusst, die moralische Instanz und Fundament all dessen war, woran sie sich in ihrem Leben orientierte. Doch war dieser Stern am Boden nicht auch ein Sinnbild der Liebe? Ihrer Liebe. Auch wenn die einem Mann gehörte, der den Lehren desselben Gottes, aber anderer Propheten folgte? Es konnte nichts Böses darin liegen, Irving zu lieben. Und von ihm geliebt zu werden – weder Schmach noch Lästerung. Ihr Vater musste einsehen, dass seine Meinung haltlos war. Es musste eine Lösung geben. Hier in dieser Höhle, an diesem Platz, spürte sie ganz deutlich, dass es ein Happy End für sie und Irving geben würde. Egal, wie.

Ihre Lippen bewegten sich leicht, als sie ein stummes Gebet sprach, in das sie Irving einschloss.

Danach drehte sie sich abrupt um und taumelte mit tränenfeuchten Wangen dem Ausgang entgegen.

* * *

»Hast du es gesehen?«, wollte Josephine wissen. In ihrer Stimme schwang Empörung.

Ellin wischte sich über die Augen. Noch immer wie gebannt von der mystischen Stimmung wurde sie nach Verlassen der Geburtskirche von der Sonne geblendet, ihr Gesichtsfeld war durchsetzt von dunklen und durchsichtigen Punkten. Sie seufzte und schüttelte den Kopf, was weniger als eine Antwort auf die Frage ihrer Begleiterin gemeint war, sondern vielmehr ein vergeblicher Versuch, in die Realität zurückzufinden.

Die andere verstand es jedoch als Aufforderung: »Hast du dir die Bilder genau angesehen? Sie sind alle so absonderlich, völlig verrückt!«

»Welche Bilder meinst du?«, fragte Ellin matt. Sie verstand nicht, was Josephine sagen wollte – und es interessierte sie eigentlich auch nicht. Viel mehr beschäftigte sie, dass ihr der Unterschied zwischen dem dämmrigen Kircheninneren und der Helligkeit auf dem Platz davor so stark zu schaffen machte.

»Die Ikonen, Fresken und Gemälde. Sind sie dir nicht aufgefallen? Auf allen Darstellungen sieht Jesus aus wie ein Jude …«

Ellin hatte kaum zugehört, doch aus irgendeinem Grund war sie plötzlich hellwach und klarsichtig. Sie starrte Josephine an. »Was?«

»Das ist doch nicht normal«, empörte sich Josephine. »Diese Malereien sind kurios, Ellin. Und es gibt so viele davon!« Jetzt nahm sie einen weinerlichen Ton an.

»Ja, aber …« Ellin unterbrach sich. Gedanken strömten auf sie ein, die bisher vielleicht irgendwo im Verborgenen ihres Gehirns gewartet hatten, womöglich aber auch erst durch Josephines unbedarfte, alberne Reaktion erweckt wurden. Warum hatte sie nicht viel früher daran gedacht?

Jesus Christus war als Jude geboren worden. Er war als Mitglied derselben Religionsgemeinschaft auf die Welt gekommen, in der auch Irving aufgewachsen war. Die weltliche Herkunft von Gottes Sohn war das Verbindende. Auch wenn über dem späteren Leben Jesu und seiner Rolle als *König der Juden* ein tiefschwarzer Schatten lag, war doch unübersehbar, dass es da zunächst einmal eine Gemeinsamkeit gab. Eine Verbindung eben. Die Liebe, die Irving und sie füreinander empfanden, würde auf diesem Fundament wachsen, sie konnte genau deshalb nicht zerstört werden. Man musste nur genau hinsehen.

Erleichterung erfasste Ellin. In plötzlichem Überschwang küsste sie die verblüffte Josephine auf die Wange. »Du hast recht, meine Liebe, du hast ja so recht. Und deshalb werden wir jetzt zu Rahels Grab wandern.«

Der Ort, an dem Jüdinnen für einen Ehemann beteten, erschien ihr als zweiter Besichtigungspunkt des Weihnachtstages perfekt. Ein strahlendes Lächeln erhellte Ellins Gesicht.

Kapitel 16

Fröhliche Weihnachten, meine Liebe«, wünschte Irving.

»Dir auch«, antwortete Ellin verzückt. Endlich seine Stimme zu hören war wunderbar. Sie hatte so lange auf den Rückruf der Telefongesellschaft gewartet. Anfangs hatte sie nicht einmal geglaubt, dass eine Verbindung von Jerusalem nach New York überhaupt zustande kommen könnte; auch das technische Niveau war hier nicht so, wie sie es gewohnt war. Ausgerechnet an diesem Abend mit dem Geliebten sprechen zu können, glich einem Weihnachtswunder. Zwar hatte sie acht Stunden darauf gewartet, und die Leitung war nicht sonderlich gut, aber das spielte keine Rolle; Hauptsache, sie brach nicht ab.

»Wie geht es dir?«, erkundigte sich Irving ein wenig sorgenvoll. »Ist alles gut bei dir?«

»O ja. Heute habe ich so viel gesehen. Ich wünschte, du wärest hier bei mir. Ich war in der Geburtskirche in Bethlehem, und stell dir vor: Alle Bilder dort zeigen Jesus als Juden. Das beweist doch, wie viel deine und meine Religion gemeinsam haben, was sie verbindet und wie wichtig das ist – auch wenn mein Vater das nicht wahrhaben will.

Von Bethlehem sind wir zurück nach Jerusalem gelaufen. Es ist nicht so weit, dass man das nicht schaffen könnte, aber die vielen Steine und die felsige, sandige Straße haben unsere Schuhe ruiniert. Und unsere Füße auch. Wir haben überall Blasen. Keine von uns hat natürlich so etwas wie Wanderschuhe dabei. Und dann waren wir am Grab von Rahel. Es war eindrucksvoll für mich, ein erhebender Kuppelbau, aber nicht nur das: Ich habe dort einen Rabbiner getroffen, der mir sagte, dass auch viele Christen zu der Pilgerstätte kommen. Dann habe ich ihm erzählt, dass *mein junger Mann* ein Jude ist, damit er versteht …« Atemlos hielt sie inne.

Erst mit reichlich Verspätung wurde ihr bewusst, dass sie redete und redete und ihre Aufregung hinter einer Vielzahl von Wörtern versteckte, die Irving aus dem Zusammenhang gerissen erscheinen mussten. Wie sollte er begreifen, dass sie an diesem einen Tag alles an Mystik erfahren hatte, was ihr Herz begehrte? Langsam, fast ein wenig verlegen, sagte sie daher: »Ich bin überwältigt, Irving, weil ich hier sehe, wie nahe sich unser beider Glauben sind. Es gibt nichts, das uns trennt. Das macht mich froh.«

»Ich liebe dich, Ellin.«

Unwillkürlich lächelte sie. Nicht, weil er ihr seine Gefühle gestand, sondern weil sie den Eindruck hatte, dass er nicht wirklich nachvollziehen konnte, was sie bewegte, aber durchaus begriff, wie sehr sie von ihren Erlebnissen überwältigt wurde. Zweifellos liebte er in diesem Moment vor allem ihre Begeisterung, die sich trotz der rauschenden, knarrenden, manchmal pfeifenden Leitung auf ihn übertrug.

»Ich liebe dich auch, Irving.« Weil sich die Geräusche im Telefon gerade verstärkten, fügte sie nicht hinzu, dass sich ihre Hoffnung auf eine gemeinsame Zukunft in Gewissheit gewandelt hatte. Wenn sie erst mit ihrem Vater in Ruhe sprechen und von ihren Erfahrungen im Heiligen Land berichten konnte, würde er Irving bestimmt nicht mehr so ablehnend gegenüberstehen.

»Wenn die Verbindung besser wäre, würde ich dir jetzt meinen neuen Song vorspielen, aber so wirst du wahrscheinlich keinen Ton hören.«

Ihr Herz schlug schneller. Sie liebte es, wenn Irving ihr seine Lieder vortrug, ob diese alt oder neu waren, spielte dabei keine Rolle. »Bitte«, flehte sie, »sing es mir vor. Wenn ich bis zu meiner Ankunft in Kairo oder meiner Rückkehr nach Paris darauf warten muss, platze ich.«

»Das kann ich natürlich nicht verantworten.« Irving lachte, wurde aber sogleich wieder ernst: »Hier ist mein Weihnachtsgeschenk für dich, Ellin …« Und dann begann er zu singen, und trotz des unangenehmen Zischens und Krachens kam jedes Wort bei ihr an:

»Remember the night
The night – you said: ›I Love you‹ …«

Irvings Text erzählte von einer Liebe zwischen Mai und Dezember, in der es um die Erinnerung an Zärtlichkeiten in einer Sternennacht und das Versprechen ging, nicht zu vergessen. Es war nicht nur eine Liebeserklärung an Ellin, dieses Lied war ein musikalischer Ausdruck ihrer Geschichte. Darüber hinaus beschrieb Irving seine Sehnsucht nach ihr mit Worten, die kein Mann jemals so aussprechen könnte wie er in seinem Gesang. Jede Zeile des langsamen Walzers war wie ein Echo auf ihre gemeinsamen Träume, an die er sie sich zu erinnern bat.

Sie stand neben dem an der weiß gekalkten Wand hängenden altmodischen Telefonapparat im Salon ihres Hotels und hielt den Hörer fest umklammert, als wäre es Irvings Hand. Blicklos starrte sie in den Raum mit den dunklen Möbeln und Tapisserien, auf die beiden britischen Offiziere, die es sich in einer Ecke mit einer Zeitung und einem Päckchen ägyptischer Zigaretten gemütlich gemacht hatten, aber sie nahm nichts und niemanden wahr. Vor ihrem geistigen Auge saß Irving an seinem komischen Klavier, und statt des Rauschens konnte sie sogar die Melodie hören, die er ihr vorspielen würde, wenn sie sich wiedersahen. Als er endete, schluckte sie.

Einen Moment lang war es still. Erstaunlicherweise ließ auch das Rauschen nach. Ellin schloss die Lider, doch das Bild, das sie eben mit offenen Augen in ihrer Phantasie gesehen hatte, stellte sich nicht wieder ein. Sie hob den Blick zu den Briten und drehte sich von ihnen fort, als störten die beiden Offiziere plötzlich ihre Unterhaltung.

»Wie viele Meilen liegen zwischen New York und Jerusalem?«, fragte sie.

»Fünftausendsechshundertvierundneunzig«, kam es wie aus der Pistole geschossen durch die Telefonleitung.

»Oh! Woher weißt du das so genau?«

»Ich habe im Atlas nachgeschlagen und die Entfernung mit einem Lineal nachgemessen.«

Sie schmunzelte. »Dann überbrücken wir gerade fünftausendsechshundertvierundneunzig Meilen. Ich habe mich dir eben so nah gefühlt, Irving, als stünde ich neben dir.«

»Ich werde dich immer lieben, Ellin.«

»Ich dich auch«, erwiderte sie leise.

»Ellin …?«

Sie hob den Kopf, wandte sich zur Tür.

Josephine war im Salon erschienen, suchte sie wohl. Dabei war Ellin sicher, dass ihre Begleiterin sie längst entdeckt hatte.

Der Zauber des Augenblicks war verflogen.

»Ich muss jetzt auflegen. Sobald ich Gelegenheit habe, melde ich mich wieder bei dir. Spätestens nächste Woche aus Kairo, dort soll alles viel einfacher sein. Sag mir nur schnell, wie die neue Revue läuft.«

»Da bist du!« Josephine baute sich mit tadelnder Miene neben ihrem Schützling auf.

»Die Revue läuft gut, wir haben ja Fanny Brice von den Ziegfeld Follies verpflichten können, ein Star füllt das Theater immer.« Irving klang munter und guter Dinge, doch Ellin glaubte ein leichtes Zögern zu vernehmen, als mache er sich Sorgen – oder wäre eben doch nicht so erfolgreich, wie er behauptete. Sie wünschte, sie könnte ohne Störung mit ihm sprechen. Aber das musste noch drei Monate bis zu ihrer Rückkehr warten. »Ich wünsche dir einen schönen Weihnachtsabend, Ellin.«

»Danke.« Sie fühlte Josephines bohrenden Blick auf sich gerichtet, was ihr unangenehm war. Dennoch fragte sie: »Was tust du heute noch? Feierst du irgendwo Weihnachten?«

»Es ist für mich ein Arbeitstag wie alle anderen, das weißt du. Aber ich habe die Einladung von Alice Wellman zu einer festlichen Dinnerparty angenommen. Sie benötigte wohl mal wieder einen Tischherrn.« Er lachte leise.

Auch Ellin lächelte. »Hab einen schönen Abend, Irving. Ich denke an dich …« Sie zögerte kurz, dann legte sie den Hörer so vorsichtig, als handelte es sich um eine Kostbarkeit, auf die Gabel. Sie sah zu ihrer alten Gouvernante.

Josephines Gesichtsausdruck war ein einziger Vorwurf. Grimmig presste sie die Lippen aufeinander.

Ellins trotzig vorgeschobenes Kinn hätte Antwort genug sein können, doch sie stellte klar: »Ich habe meinem Vater versprochen, Irving Berlin sechs Monate lang nicht zu treffen. Es war niemals die Rede davon, dass ich in der ganzen Zeit nicht mit ihm telefonieren würde.« Sie verschwieg, dass sie Irving zudem fast täglich schrieb.

»Ich habe Mr. Mackay versprochen, dass …« Josephine unterbrach sich, behielt den Rest jedoch für sich. Sie musterte Ellin einen Moment, dann zuckte sie mit den Achseln. »Nun, New York ist so weit weg, dass das wohl in Ordnung geht.«

»Fünftausendsechshundertvierundneunzig Meilen«, antwortete Ellin.

»Wie bitte?« Josephine war baff.

»Das ist die Strecke von hier bis nach New York.« Und sie ist trotz allem nicht so weit, dass wir uns nicht nahe wären, fuhr es Ellin durch den Kopf.

Kapitel 17

In den nächsten Tagen beabsichtigte Ellin, Jerusalem besser kennenzulernen. Anschließend würden sie und Mademoiselle Noel nach Kairo aufbrechen, wo es zumindest ein Luxushotel zu geben schien. Und eine besser funktionierende Telefonleitung, wie sie hoffte, die sie dann auch öfter benutzen könnte. Allerdings war die Verbindung nach New York gar nicht so schlecht gewesen, wie sie rückblickend feststellte. Immerhin war ihre Unterhaltung mit Irving am Weihnachtsabend so klar, dass ihr seine Gesangsstimme gegenwärtig blieb und sie sich morgens nach dem Aufwachen und abends vor dem Schlafengehen den neuen Song ins Gedächtnis rief. *Remember.* O ja, sie erinnerte sich an jeden Moment – und sie sehnte sich so sehr nach der Erfüllung ihrer gemeinsamen Träume.

Da in der Woche von Weihnachten in diesem Jahr auch die acht Tage des Chanukka-Festes gefeiert wurden, erhielt Ellin einen tiefen Einblick in jüdisches Leben. Am Freitag, als in der Abenddämmerung der Muezzin dic islamische Bevölkerung zum Gebet in die berühmte Al-Aqsa-Moschee rief, begann nicht nur die traditionelle Sabbatfeier, sondern auch der sechste Tag des Lichterfestes. Ihre Wirtsleute luden auch die Hotelgäste zu einem Festessen mit der eigenen, großen Familie, doch außer Ellin nahm nur das orthodoxe Ehepaar mit seinen Kindern daran teil; ihre Begleiterin ging mit einer angeblichen Migräne zu Bett, die Briten verschwanden zu einer Party in ihr Offizierskasino.

Mit staunenden Augen und gleichsam in Gedanken bei dem kleinen Izzy, dessen Mutter die sechste Kerze an dem achtarmigen Chanukkaleuchter von rechts nach links entzündete, und bei Moses Baline, der die traditionelle Sabbatzeremonie mit dem Kiddusch einleitete, folgte Ellin dem Brauchtum. Sie wusch sich die Hände, kostete von dem süßen Wein, lauschte der Wortmelodie des Segens und aß von dem Brot, das ihr Gastgeber zuvor zerteilt und mit Salz bestreut hatte. Verwundert stellte sie fest, dass die Tradition durchaus eine gewisse Ähnlichkeit mit einer katholischen Messe am Sonntagmorgen besaß. Überrascht registrierte sie, dass anschließend nicht der Fleischtopf gereicht wurde, dessen köstlicher Duft bereits seit dem frühen Morgen durch das Haus zog, sondern ein anderes Menü.

Als Vorspeise gab es in Olivenöl eingelegten, säuerlichen Käse, dann Käsepastetchen. Ellin erfuhr, dass Käse ein traditionelles Chanukka-Essen war, es erinnerte an die überlieferte Geschichte von der Wiedereinweihung des zweiten jüdischen Tempels in Jerusalem, der längst zerstört war, aber durch die vielen Geschichten und leuchtenden Kerzen lebendig blieb. Anschließend wurden Fischkroketten serviert, die »Arook« genannt wurden, dann Meeresfrüchte, scharf gebratenes und gewürztes Gemüse, schließlich süße Sesamkringel und in Honig gewälzte Mandelkuchen mit einer Nussfüllung. Die lagen Ellin später schwer im Magen, aber der Wein half bei der Verdauung.

Es wurde ein geselliger Abend, selbst die ihr unbekannten Lieder, die die anderen bei Tisch sangen, gingen Ellin ins Ohr. Der Unterhaltung konnte sie nicht folgen, denn diese wurde weitgehend auf Hebräisch und Ladino, dem sogenannten *Judenspanisch* der Sepharden, geführt, hin und wieder wurde ihr etwas auf Englisch erklärt, doch Ellin war es nicht wichtig, an den Gesprächen teilzunehmen.

Sie hörte interessiert dem Klang der fremden Sprachen zu, wohl wissend, dass diese auch für Irving unverständlich waren, und versuchte trotzdem, eine Verbindung der Sprachmelodie zu seiner Musik zu finden. Es gelang ihr nicht. Vielmehr wurde ihr bewusst, wie sehr *ihr junger Mann* Amerikaner war. Seine Songs waren trotz seiner Herkunft nicht unbedingt das Ergebnis seiner Erziehung als Sohn eines jüdischen Kantors, sondern vor allem seines feinen Gespürs für die Empfindungen seiner Mitmenschen. Er traf einen Nerv, das war ein großer Teil seiner Begabung und machte seinen Erfolg aus. Lediglich seine Musikalität mochte Irvings Herkunft entspringen.

Meine Güte, fuhr es ihr durch den Kopf, ich bin so weit weg von ihm, und ich bilde mir ein, Irving täglich besser kennenzulernen und besser zu verstehen.

Donnerstag war Weihnachten gewesen, Freitag wurde Sabbat gefeiert, und auf den muslimischen *Tag der Versammlung* folgte am Sonnabend der Ruhetag der Juden und darauf der christliche Sonntag, an dem die Juden diesmal den Neumond feierten. Mit Weihnachten zusammen herrschte in Jerusalem – je nach Glaubenszugehörigkeit – vier Tage lang eine seltsam mystische Stille.

Ellin schleppte Josephine auf Spaziergänge durch die jeweils anderen Wohnviertel, weil ihr ein wenig Geschäftstüchtigkeit angenehmer war als die Einsamkeit an den Feiertagen, dennoch wirkte die Stadt zu jeder Zeit und an jedem Ort wie ein Freilichtmuseum. Ein Museum, das sie nicht ausreichend erforschen konnte, weil es zu groß war oder ihr als Christin schlichtweg der Zugang verwehrt wurde, wie etwa zur Al-Aqsa-Moschee oder zum Felsendom und natürlich der Klagemauer. Dennoch informierte sie sich über die Geschichte Jerusalems, wo sie nur konnte.

»Es ist einfach unfassbar, welche Bildung und Kultur hier bereits vor drei- oder viertausend Jahren herrschten«, sagte sie bewundernd zu ihrer Begleiterin, »während meine Vorfahren noch in den irischen Wäldern von Baum zu Baum hüpften und mit ihren Schwänzen wedelten.«

Am Sonntagabend schrieb sie am Tisch im Salon exakt diesen Satz in einen Brief an ihren Vater, während Josephine in einem Sessel saß und Handarbeiten verrichtete. Ellin hatte den Eindruck, ihre alte Gouvernante würde Strümpfe stopfen, vielleicht waren die ja durch die vielen Spaziergänge eingerissen. Sie fragte nicht nach, sondern verfasste ihre Gedanken, als würde sie in Harbor Hill persönlich von ihren Erlebnissen berichten.

»Miss Mackay, für Sie ist ein Kabel aus New York angekommen. Wegen des Sabbat gestern wurde es erst heute zugestellt.« Die Wirtin trat neben sie, reichte ihr ein Kuvert.

Ellin sah überrascht auf. Im ersten Moment war sie ein bisschen verärgert, dass ein Telegramm nicht unverzüglich ausgehändigt wurde. Dafür wurde es ja als eilige Mitteilung geschickt. Aber dann wurde ihr wieder einmal bewusst, wie anders die Uhren hier tickten. Auf jeden Fall langsamer.

»Danke«, sagte sie und rang sich sogar ein freundliches Lächeln ab.

»Hoffentlich ist niemand gestorben.«

Ellin hörte der Wirtin kaum zu, sondern riss das Kuvert auf – und las mit immer größer werdenden Augen die Nachricht:

BIN IRVING BERLIN BEI ALICE BEGEGNET +++ STOP +++ ER IST SEHR CHARMANT +++ STOP +++ HABE EINE LOGE FÜR DIE VORSTELLUNG MUSIC BOX REVUE AM 3. 1. RESERVIERT +++ STOP +++ MÖCHTE DIE ARBEIT MEINES KÜNFTIGEN SCHWIEGERSOHNS ERLEBEN +++ STOP +++ DEINE MUTTER +++

Es dauerte eine Weile, bis Ellin die Zusammenhänge begriff. Das billige gelbe Papier der Telegrafengesellschaft in ihrer zitternden Hand, wurde ihr nur langsam klar, was Katherines Telegramm bedeutete.

Vor ein paar Wochen hatte sie einen etwas vorwurfsvollen Brief ihrer Mutter erhalten. Ellin war gerade in Rom und nutzte die blaue Stunde in der Bar Golden Gate an der Via Veneto, um zu lesen, warum Katherine ihr schrieb, denn das kam relativ selten vor. Bereits in dem ersten Satz wurde klar, was ihre Mutter bewegte:

»Endlich habe ich erfahren, warum Du von Mai bis September so beschäftigt warst. Leider weiß ich noch immer nicht, welche Gründe Dich zu der Reise nach Europa trieben. Ich habe allerdings von verschiedenen Leuten gehört, dass Du eine tiefe Bewunderung für Irving Berlin empfindest. Als ich herausfand, wer er ist und woher er kommt, war mir jedoch klar, dass Du kein ernsthaftes Interesse an diesem Mann haben kannst.«

Katherine Duer Mackay Blake, die niemals zuvor einer Meinung mit ihrem geschiedenen ersten Mann gewesen war, stellte sich hinter den Vater ihrer Tochter. Jedes einzelne ihrer Worte zerriss Ellins Herz. Ausgerechnet ihre Mutter, die ihren Gatten und drei Kinder für ihren Liebhaber verlassen hatte, maßte sich an, über Irving zu urteilen.

Ellin war so empört gewesen, dass sie den auf edlem Bütten geschriebenen Brief zerreißen wollte, letztlich hatte sie ihn nur zerknüllt und in ihre Handtasche gestopft. Der Inhalt war ihr jedoch so präsent geblieben, dass sie, ohne den Brief noch einmal lesen zu müssen, ein paar Tage später in ihrem Zimmer im Hotel Hassler mit Blick auf die Spanische Treppe saß und einen leidenschaftlichen Bericht über die charakterlichen Eigenschaften ihres *guten Freundes*, wie sie ihn an dieser Stelle nannte, verfasste.

Das Antwortschreiben ihrer Mutter klang am Anfang etwas versöhnlicher:

»Wenn Du nach Deiner Rückkehr nach New York noch immer der Meinung bist, dass Du Mr. Berlin mehr liebst als alles an-

dere auf der Welt und ihn heiraten möchtest, werde ich sagen, dass es Dein Leben und Deine Wahl ist und dass Du mit dieser Ehe alles Glück der Welt erfahren sollst …«

Was einsichtig begann, steigerte sich im weiteren Verlauf zu denselben Vorurteilen, die Ellin aus den Diskussionen mit ihrem Vater kannte. Katherine machte Ellin auf die gesellschaftlichen Schwierigkeiten aufmerksam, die sie als Ehefrau eines Juden in New York erleben würde, und prophezeite, was das für gemeinsame Kinder bedeuten würde, nämlich eine Behandlung in ihren Kreisen, als wären es Aussätzige. Die Tradition verlangte es so. Außerdem behauptete sie, dass Irving seine Frau eines Tages hassen würde, weil eine Heirat nicht nur Ellins religiöses Fundament belastete, sondern auch seines. Dennoch schlug Katherine formvollendet ein Treffen mit Mr. und Mrs. Baline vor, um Ellins künftige Schwiegereltern kennenzulernen. Unter dem Deckmantel großzügiger Gastfreundschaft agierte sie mit einer gewissen Bösartigkeit, denn wenn sie sich umfassend über Irving informiert hatte – und davon war Ellin überzeugt –, musste sie wissen, dass seine Eltern nicht mehr lebten. Dieser Brief landete in vielen Schnipseln in einem Papierkorb im Luxusabteil des Simplon-Orient-Express. Doch die Worte hatten sich in Ellins Gehirn eingebrannt, als läge das Papier stets vor ihr.

Nun die Kehrtwende.

Es bedurfte nicht vieler Phantasie, sich vorzustellen, was geschehen war.

Ellin war so von Irvings neuem, für sie komponierten und getexteten Lied überwältigt, dass sie den Rest ihres Gesprächs beinahe vergessen hätte: »*Ich habe die Einla-*

dung von Alice Wellman zu einer festlichen Dinnerparty angenommen. Sie benötigte wohl mal wieder einen Tischherrn«, hatte Irving auch noch gesagt. Ellin hatte sich gefreut, weil er einen unterhaltsamen Weihnachtsabend verbringen würde.

Sie hatte nicht damit gerechnet, dass die liebe, intrigante, vorausschauende Alice einen Plan verfolgte und Irving ausgerechnet an die Seite Katherine Blakes zu setzen beabsichtigte – welche Dame sollte er sonst flankieren? Wahrscheinlich war aus einer Limonadenflasche Champagner ausgeschenkt worden, während man zwischen Truthahn und einer Dessertauswahl geplaudert, gelacht, womöglich sogar geflirtet hatte. Auf jeden Fall hatte Irving den Abend genutzt, um ihre Mutter mit seiner Persönlichkeit zu beeindrucken. Die Dame, die seine Schwiegermutter werden sollte.

Zärtlich strich Ellin über das Telegramm. Wie gern hätte sie in diesem Moment voller Dankbarkeit die Hand ihrer Mutter berührt. Gleichzeitig wünschte sie, ihre Fingerspitzen auf Irvings Wange legen zu können …

»Ist etwas passiert?« Josephines Stimme klang unnatürlich hoch. Sie war hinter Ellin getreten, umklammerte angespannt den Beutel mit ihrem Nähzeug.

Ellin sah erschrocken auf, für einen Moment orientierungslos.

»Mein Gott, was ist passiert?«, rief Josephine aus. »Du weinst ja!«

Tatsächlich liefen feuchte Rinnsale über Ellins Wangen. Sie spürte es erst jetzt. Natürlich zog Josephine die falschen Schlüsse, wusste nicht, dass es Freudentränen waren.

»Mit drei Tagen Verspätung habe ich mein Weihnachtsgeschenk bekommen«, erklärte Ellin langsam und mit rauer Stimme. Der Kloß in ihrem Hals wollte nicht weichen. »Es ist wie ein Wunder, Josephine, ein richtiges Weihnachtswunder.«

Sie wischte über ihr Gesicht, doch sie konnte nicht aufhören, gleichzeitig zu weinen – und zu lachen.

»White Christmas«

Beverly Hills
Dezember 1937

Kapitel 18

Vom Fox-Studio ließ sich Irving zurück in sein Hotel fahren. Die Aufnahmen waren gut gelaufen, die Szenen für heute im Kasten. Die Mitarbeiter vor und hinter der Kamera waren gut gelaunt auseinandergegangen, hatten sich mit Umarmungen und Wangenküsschen verabschiedet, jeder freute sich auf den einen Feiertag, den ihnen der mächtige Produzent bewilligte.

Irving saß mürrisch in dem Automobil des Studios, das ihn in sein Hotel brachte, und blickte auf den Verkehr und das bunte Treiben auf den Bürgersteigen hinaus. Wieder einmal wünschte er sich an einen anderen Ort als dieses im Sonnenuntergang rotgolden glitzernde Los Angeles mit den Alleen aus Palmen, die in der Brise leicht schwankten, und den Villen hinter gepflegten Rasenflächen. Seufzend kurbelte er das Fenster hinunter und fühlte die milde Luft auf seinem Gesicht. Ihm wäre ein eisiger Wind lieber.

Es ist verrückt, dachte Irving grimmig und schloss das Fenster, die Sonne scheint, das Gras ist grün, und ich schmachte nach dem Norden. Er ärgerte sich über sich selbst, weil er sich in der Wärme Kaliforniens nach der

Kälte Neuenglands sehnte. Dabei träumten viele Menschen gar nicht von einer weißen Weihnacht so wie er, das war ihm durchaus bewusst. Selbst gute Freunde aus New York siedelten im Winter in den Süden um, verbrachten die Feiertage in Florida oder in der Karibik. Für ihn war das jedoch keine Option. Seltsam. Warum fand er weiße Weihnachten nur so anziehend, ja so durch und durch romantisch? Als sei Schnee ein Ausdruck all dessen, was zu diesem christlichen Fest gehörte, als wären selbst die schmelzenden Flocken ein Sinnbild der Hoffnung.

»Du bist einfach ein sentimentaler Kerl«, murmelte er in sich hinein.

»Kann ich Ihnen helfen, Sir?«, erkundigte sich der Chauffeur.

Irving schüttelte den Kopf und hoffte, dass der Mann in den Rückspiegel sah. »Nein, danke. Ich führe nur Selbstgespräche …« Er unterbrach sich, überlegte kurz und fügte spontan hinzu: »Doch, Sie können mir eine Frage beantworten: Träumen Sie von weißen Weihnachten?«

»Weißen Weihnachten?«, wiederholte der Fahrer verwundert. Er trommelte mit seinen olivbraunen Fingern auf das Lenkrad, hob dann eine Hand und schlug sich gegen die Stirn. »Ah! Ich verstehe. Sie meinen Schnee, nicht wahr? Ich komme zwar aus Puerto Rico, einer Inselgruppe in der Karibik, und dort ist es viel zu warm für Schnee, aber seit ich hier bin, sehe ich im Winter an manchen Tagen die überzuckerten Gipfel der San Gabriel Mountains. Ich habe mir nie überlegt, dass man so ein Wetter an Weihnachten braucht, aber wahrscheinlich ist das schön. Da haben Sie wohl recht.« Richtig überzeugt klang er allerdings nicht.

Offenbar war auch sein Chauffeur nicht so begeistert von einer romantisch verschneiten Winterwelt wie er, resümierte Irving bedauernd. Vielleicht sollte er den Gedanken, ein Weihnachtslied zu schreiben, nicht weiterverfolgen, auch wenn ein solcher Song in eine Revue über die Jahreszeiten natürlich gehörte. Obwohl er selbst vor Jahren einmal an Weihnachten auf den Bahamas gewesen war und die bunte, laute Version des Festes dort erlebt hatte, fragte er: »Wie verbringen Sie die Feiertage?«

»Auf Puerto Rico tanzen wir Samba. Aber das machen meine Freunde und meine Familie hier in Kalifornien auch. Morgen werden wir tanzen. Die Musik macht meine Landsleute glücklich, verstehen Sie, Sir?«

Unwillkürlich schmunzelte Irving. »O ja, das verstehe ich sehr gut.«

Schweigend setzten sie die Fahrt fort. Es gab nichts mehr zu sagen, keine Gemeinsamkeiten zwischen dem berühmten Komponisten und dem Chauffeur der Filmstudios.

Irving blickte weiter aus dem Fenster auf den Sunset Boulevard und hing seinen Gedanken nach. Immer wieder gingen ihm Sätze wie *Die Sonne scheint, das Gras ist grün* und *Die Palmen schwanken hin und her* durch den Kopf. Aber das ergab keinen Sinn. Nicht einmal für einen sogenannten »Schimmel«, wie viele Komponisten eine Textzeile nannten, deren Wortmelodie als Basis für die Tonfolge diente. Vielleicht eigneten sich seine Fragmente für einen anderen Song als ein Weihnachtslied, dachte Irving. Er würde weiter darüber grübeln. Ausreichend Zeit hatte er ja in seinem Hotelzimmer, und es wäre nicht der erste Song, der ihm wochenlang durch den Sinn ging, bevor etwas Gutes daraus wurde. Wie ein Ohrwurm, der noch nicht komponiert worden war. Irgendetwas hatte seine Idee, er wusste nur noch nicht genau, was er damit anfangen sollte. Aber er war nun einmal wie ein Tüftler, der an seiner Erfindung bastelte – genauso probierte er oftmals lange herum, bis er den richtigen Text und die dazu passende Musik fand.

Er griff in die Innentasche seines Sakkos und zog einen Kugelschreiber hervor. Dann schob er den Jackenärmel hoch und notierte auf der Manschette seines weißen Oberhemds: *»The sun is shining, the grass is green …«* Im nächsten Moment starrte er auf seinen Schriftzug und dachte, wie albern diese beiden Sätze doch waren. Alles andere als ein Geistesblitz.

Nun, jetzt war es zu spät, sein Hemd war ruiniert. Er steckte den Stift wieder ein und lehnte sich zurück, schaute blicklos aus dem Fenster und dachte an schneebedeckte Straßen zwischen grauen Häuserschluchten und Flocken, die in den eisigen Fluten des Long Island Sunds versanken. Selbst im Winter besaß New York etwas Einzigartiges, das er auch bei seinen vielen Aufenthalten in Los Angeles zuvor schon vermisst hatte. Er reiste seit Jahren regelmäßig zur Arbeit hierher, der allererste Tonfilm weltweit, der vor exakt zehn Jahren gedrehte »The Jazz-Singer«, war mit dem Titel »Blue Skies« aus seiner Feder untermalt worden. Es war die Geschichte eines jungen Juden, der als singender Kellner in einem Biergarten arbeitete und sich wegen seines Talents mit seinem Vater, einem jüdischen Kantor, überwarf. Der Inhalt hatte nicht unbedingt Ähnlichkeit mit Izzys Jugend, da er erst nach dem Tod von Moses Baline in den Lokalen der Bowery angefangen hatte.

Aber das Drehbuch hatte ihn trotzdem sehr berührt, weil damit zum ersten Mal jüdisches Leben in einem Spielfilm von Bedeutung war. Der Streifen war ein großer Erfolg geworden – und Irvings musikalische Heimat hatte sich damals vom Broadway nach Hollywood verlagert.

Der Wagen glitt um das Rondell am Ende der Hotelauffahrt und stoppte vor dem überdachten Eingang. »Wir sind da«, meldete der Fahrer überflüssigerweise, bevor er aus dem Wagen sprang, weil er anscheinend dem Hotelboy zuvorkommen wollte. Der war aus der Tür getreten, um den Wagenschlag des Gastes zu öffnen. Irvings Chauffeur gewann das Wettrennen.

»Holen Sie mich bitte morgen Nachmittag ab«, sagte Irving, nachdem er ausgestiegen war. »Wir fahren dann zur Villa von Mr. Schenck.«

»Jawohl, Sir. Fröhliche Weihnachten, Sir. Ich hoffe, Sie haben ein schönes Fest mit Ihrer Familie.«

Irving zögerte. Dann: »Nein. Ich bin allein.«

Ohne dem jungen Mann aus Puerto Rico ebenfalls ein schönes Weihnachtsfest zu wünschen, steuerte er mit einem seltsam eisigen Gefühl von Einsamkeit im Herzen auf den Eingang zu. Der Portier hielt ihm die Glastüren auf, die in das Beverly Hills Hotel führten, ein rosa getünchtes Gebäude, das wie ein Märchenschloss aussah. Es fehlte nur der weiße Zuckerguss.

* * *

In seiner Suite angekommen, entledigte sich Irving seines Hemdes, auf dessen Manschette er die vermeintlichen Textfragmente notiert hatte. Nachdenklich blickte er auf die beiden Zeilen.

Die Sonne scheint, das Gras ist grün …

Das klang nach Slapstick und nicht nach einem Weihnachtslied. Kein Text, den er jetzt gebrauchen könnte. Und zu albern, um ihn aufzuheben. Er schüttelte über die eigene Einfältigkeit den Kopf, während er das Hemd zusammenknautschte, um es in den Papierkorb zu werfen. Doch plötzlich hielt er inne.

Ein Gedanke streifte ihn. Es war wie ein kurzer Blitz, ein Aufflammen nur. Aber er blieb in seinem Gehirn haften wie beim Fotografieren, wenn man geblendet blieb, nachdem das Licht des Scheinwerfers erloschen war. Worte kreisten wie Sterne durch seine Überlegungen.

Vielleicht waren die Sonne und das grüne Gras nicht so unsinnig, wenn er sie seinen eigenen Sehnsüchten gegenüberstellte. Sonne und Schnee, Palmen und Tannenbäume. Im Grunde war der Schlüssel genau das, was er selbst erlebte und herbeiwünschte.

Die Sonne schien, das Gras war grün, die Palmen schwankten im Wind – und er träumte von Schneebällen, Glockengeläut, Kerzenglanz und Mistelzweigen. Von einer klassischen weißen Weihnacht eben.

Von einer plötzlichen Begeisterung ergriffen, stürzte er zu seinem Piano, setzte sich, griff nach dem Block und Bleistift, die auf dem Korpus lagen, das Hemd ließ er in seinen Schoß sinken.

Seine Finger schlugen die schwarzen Tasten an. Zuerst erklang ein As, dann ein Des und ein Es. Mit seiner Art, Musik zu machen, gelangen ihm keine Intervalle und keine Halbtöne, die Feinarbeit überließ er seinen Bearbeitern. Dennoch sorgte er für ein perfektes Raster.

Schließlich legte er beide Hände auf die Klaviatur, während er sang:

»Die Sonne scheint, das Gras ist grün,
die Palmen schwanken,
es ist ein herrlicher Tag in Beverly Hills,
aber es ist der vierundzwanzigste Dezember
und ich träume von einer weißen Weihnacht …«

Nur mit Unterhemd und Anzughose bekleidet, zerbrach er sich den Kopf, wie der Text stimmiger und die Melodie dazu passender werden könnte. Aber es war ein Weg von seinen anfangs lächerlich simplen Sätzen bis zu einem Refrain. Und als Arbeitstitel würde er den Song »White Christmas« nennen, bis ihm etwas Besseres einfiel.

As …

Einer seiner Finger rutschte ab auf eine der weißen Tasten, ein Halbton tiefer erfüllte den Raum.

Irving erstarrte. Das klang gut. Das war es. Er konzentrierte sich wieder auf die Musik und schlug noch einmal das G an, das sich in der weißen Taste verbarg. As, G, As. Daraus könnte eine perfekte Melodie entstehen. Für den Satz *Ich träumte von einer weißen Weihnacht* schien er die richtigen Töne gefunden zu haben. Ein paar Noten genügten natürlich nicht, er würde noch lange weiter an dem Schlager feilen müssen, der ihm durch den Kopf schwirrte.

Auf diese Weise beschäftigt, tat es nicht mehr so weh, an Heiligabend allein zu sein.

»*Blue Skies*«

Kairo
Januar 1925

Kapitel 19

Man hat mir erzählt, dass das neue Stadtviertel *Paris am Nil* genannt wird«, bemerkte Mademoiselle Noel, während sie sich mit einem Briséfächer mit Elfenbeinstäben und feinen Pergamentblättern Luft zuwedelte. »Ehrlich gesagt, das echte Paris wäre mir lieber.«

Ellin lehnte sich in dem Korbsessel, in dem sie saß, zurück und streckte ihre Beine aus. Die Krempe ihres Strohhuts beschattete ihre Augen, und sie betrachtete einen Moment lang den sonnenüberfluteten Garten vom Shepheard's Hotel mit seinen gepflegten Palmengruppen, exotischen Blumen, deren Namen sie vergessen hatte, und Pfauen, die stolz zwischen den mondänen Gästen herumstolzierten und deren Schleppe selbst die eleganteste Dame und die am besten bestückte Ordensbrust eines britischen Offiziers an Schönheit und Eindruck übertrafen. Menschliche und tierische Balzrufe gehörten zu dem nachmittäglichen Treiben, von der Terrasse wehte sanfter Jazz zu ihnen heraus, der von einer Kapelle zum Tanztee gespielt wurde. Wenn nicht über allem ein Hauch von 1001 Nacht gelegen hätte, wäre Ellin durchaus geneigt, das ockerfarbene Gebäude am westlichen Nilufer mit anderen Luxushotels in Europa zu vergleichen, in denen sie bereits zu Besuch gewesen war. Hier war jedoch alles ein bisschen märchenhafter als in Paris, Rom oder London, sogar die Goldverzierungen waren ganz sicher aus echtem Gold und nicht vergoldet oder gar aus Messing.

Sie fand es gar nicht so unbequem in dem neuen europäischen Viertel Kairos, in dem sich an breiten Straßen Villen mit atemberaubend schönen Gärten, exklusive Geschäfte und imposante Hotels, von denen das Shepheard's das teuerste und beste war, aneinanderreihten. Es war ein starker Kontrast zu ihrem Aufenthalt in Jerusalem, zweifellos ein gut gewählter Ort, um sich langsam wieder an den Komfort ihrer Welt zu gewöhnen und gleichzeitig noch die Sehenswürdigkeiten des alten Ägypten zu entdecken, denn die Pyramiden und Tempel von Gizeh waren von hier aus leicht zu erreichen. Doch eigentlich war Ellin der touristischen Attraktionen müde, ihr kam es vor, als könne sie keine der vielen Geschichten mehr aufnehmen, die ihr von den alten Steinen erzählt wurden. Es war von allem zu viel, jede einzelne Attraktion zu beeindruckend, was sie inzwischen verwirrte. Palästina hatte sie so sehr gebannt – für Ägypten schien da einfach kein Platz mehr zu sein.

Aber ihre Zeit im Orient war inzwischen ohnehin begrenzt: In wenigen Tagen würden sie und Josephine an Bord eines Dampfers gehen und nach Südfrankreich reisen, um in Nizza den Train Bleu nach Paris zu nehmen, wo sie die letzten Wochen bis zu ihrer Einschiffung in Le Havre verbringen wollte. Mitte März wäre sie endlich wieder zu Hause. Nur noch zwei Monate durchhalten, dann wäre sie wieder in New York. Bei Irving.

»Wir sind ja bald in Paris«, tröstete sie ihre Begleiterin, fügte jedoch mit einem wohligen Seufzer hinzu: »Ich weiß gar nicht, was du hast – es ist doch sehr gemütlich hier.«

Josephine senkte ihre Stimme, beugte sich vor und wisperte laut genug, dass sicher nicht nur Ellin sie verstand: »Die Einheimischen behaupten, dieses Hotel sei ein Sündenpfuhl.«

»Tatsächlich?« Demonstrativ ließ Ellin ihre Finger über den runden Teetisch gleiten, der mit einer doppelten Lage schneeweißen, gestärkten Leinens gedeckt war.

Einer der Kellner missverstand ihre Geste und stürzte herbei. Er war ein junger Ägypter in weißen Pumphosen und Hemd, einem roten Bolero und einem roten Fes auf dem dunklen Haar. »Kann ich Ihnen noch etwas bringen, Miss Mackay?«

Sie griff nach dem von den Eiswürfeln beschlagenen Limonadenglas, das vor ihrem Platz stand, und schüttelte den Kopf. »Nein, danke, ich habe alles …« Ihr Blick streifte den Oberkellner im Hintergrund, der im Gegensatz zu seinen Untergebenen einen schwarzen Frack trug und die Szene an ihrem Tisch wie mit Argusaugen beobachtete. Er würde den jungen Mann gewiss zur Rede stellen und annehmen, er wäre nicht zuvorkommend genug aufgetreten, wenn sie nichts bestellte. »Doch, Sie können etwas für mich tun«, sagte sie freundlich lächelnd: »Ich habe meine heutige Post noch nicht gesehen. Bitte fragen Sie an der Rezeption, ob Briefe für mich angekommen sind, und wenn ja, wäre es nett, wenn Sie sie mir bringen würden.«

Der Kellner verbeugte sich und zog sich rückwärtsgehend zurück.

Während Ellin an dem köstlichen Zitronen-Minz-Getränk nippte, fand Josephine wieder ein Thema, über das sie nörgeln konnte: »Erwartest du schon wieder eine Nachricht aus New York? Ich kenne keine Frau mit einer derart umfangreichen Korrespondenz. Entweder ich sehe dich einen Brief schreiben oder lesen.«

»Ich habe alle Besichtigungstouren mit dir unternommen, die du dir gewünscht hast«, gab Ellin milde zurück.

»Das wundert mich ja so. Du schreibst und liest und schreibst und liest so viel, dass man meinen sollte, du hättest für nichts anderes Zeit. Wie viele Stunden hat dein Tag, Ellin?«

»Vierundzwanzig.« Sie richtete sich auf, stellte ihr Glas wieder zurück auf den Tisch. Unter der Hutkrempe warf sie Josephine einen eindringlichen Blick zu. »Ich schreibe nun einmal gern. Ob Kurzgeschichten oder Reisereportagen, spielt dabei keine Rolle. Im Moment sind es eben Berichte über den Orient.«

Josephines Augenbrauen hoben sich. »Ich dachte, du beschäftigst dich vor allem mit Songtexten …« In beredtem Schweigen brach sie ab, um dann fast ebenso zickig hinzuzufügen: »Der Barpianist soll einige Lieder von Mr. Berlin im Repertoire haben …«

»Meinst du deshalb, die American Bar wäre ein Sündenpfuhl?« Ellin brach in schallendes Gelächter aus.

»Nein. Natürlich nicht«, behauptete Josephine beleidigt. »Mr. Berlins Musik ist für die Einheimischen gewiss nicht so anstößig wie der viele Whiskey, der an der Bar in Strömen fließen soll. Der Alkohol widerspricht der Koranlehre, nicht der Jazz. Nehme ich jedenfalls an«, fügte sie hinzu.

»An Irvings Songs ist nichts Unanständiges. Und wenn du wissen willst, ob ich in all den Monaten auch nur einen einzigen Moment an meinen Gefühlen gezweifelt habe, dann sage ich dir: Niemals! Ich bin mir so sicher wie am Tag meiner Abreise, dass Irving Berlin der Mann meines Lebens ist.«

Josephine biss die schmalen Lippen zusammen und schwieg.

Unwillkürlich lag Ellin die Frage auf der Zunge, ob ihre Begleiterin das Thema im Auftrag ihres Vaters anschnitt. Sie hatte keine Ahnung, ob Josephine mit Clarence korrespondierte – und interessierte sich eigentlich auch nicht dafür. Auffallend war jedoch, dass Josephine zum ersten Mal während ihrer Reise auf diese Weise über Irving sprach. Mit einem Hauch Freundlichkeit, manchmal nachsichtig, zugleich lauernd. Als wollte sie Ellin aushorchen. Doch Ellin hatte in ihrer leidenschaftlichen Rede die Wahrheit gesprochen. Für sie hatte sich nichts geändert und wenn, dann ganz anders als von ihrem Vater beabsichtigt. Nach der Besichtigung des Heiligen Lands fühlte sie sich Irving näher als je zuvor.

»Miss Mackay …« Bevor Ellin etwas sagen konnte, erschien der junge Kellner an ihrem Tisch. Er hielt ein Silbertablett vor sich, auf dem zwei Kuverts lagen, die er balancierte wie eine Krone aus Diamanten auf einem Samtkissen. »Miss Mackay, für Sie sind ein Expressbrief und ein Telegramm aus Amerika angekommen.«

»Danke schön.« Ellin griff nach dem ersten Schreiben, drehte es hin und her, um den Absender zu lesen. Die Sonne blendete sie, aber der Name erschloss sich ihr im Bruchteil einer Sekunde. »Oh!«, entfuhr es ihr, und ihre

Wangen begannen nicht nur von der nordafrikanischen Nachmittagshitze zu glühen. Den zweiten Umschlag ließ sie unbeachtet in ihren Schoß fallen. »Per Eilbote von Irving …«

»Wenn man vom Teufel spricht«, murmelte Josephine.

Sie hörte kaum hin, während sie das Kuvert aufriss. Wie auf Bestellung umgab sie plötzlich die Melodie von »What'll I Do?«. Unwillkürlich horchte sie auf. Träumte sie?

Es war jedoch keine Einbildung, die Kapelle spielte zum Tanztee den Welterfolg von Irving Berlin. Selbst hier im besten Hotel Kairos war der geliebte Mann präsent. Was für eine Fehleinschätzung ihres Vaters. Clarence glaubte, dass sie ihn mit der Zeit und größtmöglicher geographischer Entfernung vergessen würde; er hatte nicht damit gerechnet, dass Irving sie auf die eine oder andere Weise immer begleitete. Sogar bis an den Nil. Schmunzelnd faltete sie das Briefpapier auseinander, um zum Klang seines Songs seine Zeilen zu lesen.

* * *

Über ihrem Kopf zwitscherten exotische Vögel in Palmen und riesigen blühenden Büschen. Die meisten Vögel waren so klein wie Sperlinge und besaßen ein buntes Federkleid, sie wirkten ein bisschen wie Kolibris, die Ellin von Reisen in die Karibik kannte, aber diese waren etwas größer und mehr von smaragdgrüner und saphirblauer Farbe. Hübsche kleine Kerle, wie geschaffen, sich vorzustellen, dass sie die Botschaften Liebender von einem Ort zum anderen trugen. Wie die Turteltauben, die auf den Simsen und Zinnen des ockerfarbenen Hotelgebäudes gurrten.

Ellin blickte jedoch nicht zurück, sondern spazierte gedankenverloren durch den Garten, der in einem Areal mündete, in dem ein echter Löwe untergebracht war. Als sie prompt ein leises Fauchen vernahm, blieb sie kurz stehen, ging dann aber weiter.

Sie hatte Josephine in der Obhut des jungen Kellners zurückgelassen. Tee, ein paar Sandwiches und eine Auswahl an süßen orientalischen Kuchen würde ihre Begleiterin beschäftigt halten, während Ellin sich die Beine vertrat. Sie musste sich bewegen, um sich zu sammeln. Luftsprünge waren gewiss nicht die geeignete Reaktion einer jungen Braut mitten im Garten des feinen Shepheard's Hotel auf einen formvollendeten Antrag. Nicht, dass es jemals in Zweifel gestanden hätte, dass Irving sie heiraten wollte. Aber bislang hatten sie sich nur die Versprechen heimlich Liebender gegeben. Jetzt entpuppte sich Irving als Gentleman der alten Schule. Und Ellin konnte nichts anderes tun, als den Park zu erkunden, während sie versuchte, diesen entscheidenden Augenblick zu genießen. Gleichzeitig musste sie über den kleinen Schönheitsfehler in ihrer Freude nachdenken.

Die beiden Briefe, die sie vorhin in Empfang genommen hatte, stammten von Irving und ihrer Mutter. Sie hätte wahrscheinlich erst Katherines Schreiben lesen sollen, aber selbstverständlich hatte sie zuerst den Brief von Irving geöffnet, obwohl der Inhalt auf gewisse Weise den Worten ihrer Mutter vorgriff.

Er schrieb Ellin, wie beeindruckt er von Katherine Duer Mackay war. Ihre Schönheit und ihren geschliffenen Verstand hatte er bereits während des Weihnachtsessens bei Alice Wellman bewundern dürfen. Nun hatte er Katherines Großzügigkeit und Herzlichkeit kennenlernen können. Irving war nach ihrem Besuch in seinem Theater in die Villa von Mr. und Mrs. Blake nach Tarrytown, New York, eingeladen worden. Zwar hegte er gewisse Vorbehalte gegen den Mann, der einem anderen die Frau ausgespannt hatte, aber das änderte nichts an seiner Hochachtung für eben jene Frau. Da Clarence sich weiterhin weigerte, ihn zu empfangen, hatte Irving schließlich bei Katherine um Ellins Hand angehalten. Sie hatte zugestimmt. Und deshalb stellte er hier nun Ellin die offizielle Frage, ob sie seine Frau werden wollte. Die Antwort würde er sich gern persönlich und so bald wie möglich in Paris abholen, wo sie gleich heiraten könnten, um dann als Ehepaar nach New York heimzukehren. Ellin war beseelt, als sie das las. Irvings Idee war unfassbar romantisch. Er wollte sie glücklich machen. Das sprach aus seinem Verhalten und aus jedem Wort in dem Expressbrief. Schöner hätte sie es sich nicht ausmalen können.

Mit zitternden Fingern hatte sie anschließend die erheblich kürzere Nachricht betrachtet, die ihre Mutter ihr sendete: »*Er hat um Deine Hand angehalten, und ich habe meine Zustimmung gegeben.*« Es klang wie eine Mischung aus »Es wird alles gut« und »Die Angelegenheit ist damit erledigt«. Doch es war weder das eine noch das andere.

Erst als das Fauchen lauter wurde, bemerkte Ellin, dass sie gedankenverloren vor dem Gehege des Löwen auf und ab schritt. Wahrscheinlich machte sie das Tier nervös.

Auch veränderte sich die Farbe des Himmels von einem strahlenden Blau zu einem satten Violett. Es würde gleich dunkel werden, dann sollte sie wieder bei Josephine sein und nicht durch den Park irren. Es gab jedoch noch so viel zu überlegen, was ihr leichter fiel, wenn sie in Bewegung blieb.

Ellin betrachtete den Löwen bei seinem ebenfalls ausweglosen Auf-und-ab-Laufen und fühlte sich in ihrem Geflecht aus Liebe, Pflichten, Verantwortung und Ehrgefühl ebenso gefangen, wie er es in seinem Käfig war. Ihre Mutter benahm sich ausgesprochen liebevoll, das rechnete sie ihr hoch an. Aber ihre Mutter war nicht der Mensch, der immer für sie da gewesen war, der sie großgezogen hatte. Katherine hatte ihre Kinder verlassen, um ihren eigenen Weg zu gehen. Vielleicht wollte sie ihre Versäumnisse heute gutmachen, aber das genügte eben nicht. Ellin konnte nicht heiraten ohne die Zustimmung ihres Vaters. Das konnte sie Clarence nicht antun – und sich selbst und Irving auf gewisse Weise nicht zumuten, weil es eine Belastung für ihre Ehe wäre, wenn sie ihres Vaters Meinung ignorierte.

Clarence hatte versprochen, dass sie nach den sechs Monaten auf Reisen noch einmal über ihre Zukunft sprechen würden. Warum nicht früher darüber reden? Ellins Schritte beschleunigten sich. Sie würde noch heute Abend ein Kabel nach Manhattan schicken, in dem sie ihren Vater von ihrem Wunsch unterrichtete, in Paris zu heiraten, und gleichzeitig um seine Zustimmung bat. Ja, das wollte sie tun. Sie war sich sicher, dass er ihr die Bitte nicht mehr abschlagen würde. Jetzt nicht mehr.

Und dann musste sie an Irving telegraphieren, dass sie seinen Antrag mit größter Freude annahm, er aber noch keine Passage nach Frankreich buchen sollte, da sie erst auf die Antwort ihres Vaters wartete.

Ellin sprang die letzten Schritte wie ein kleines Mädchen zurück zur Hotelterrasse, wo gerade der Aperitif serviert wurde. Die beiden Telegramme waren die beste Lösung. Sie würde keinen der beiden Männer, die sie mehr liebte als irgendjemanden sonst auf der Welt, verletzen und hätte am Ende gewonnen.

»I Never Had a Chance«

Paris
Januar 1925

Kapitel 20

Nach dem wochenlangen Aufenthalt im Orient und der Überfahrt nach Südfrankreich kam es Ellin bei ihrem Eintreffen in Paris so kalt vor, als wäre sie in Moskau angekommen.

Ellin stand im Foyer des Hotel Ritz und fröstelte schon bei dem Gedanken, in den nasskalten Nieselregen hinauszumüssen. Doch sie wollte den Termin bei Mademoiselle Chanel nicht erneut absagen. Nach Erhalt des Briefes ihres Vaters war sie im ersten Moment so schockiert gewesen, dass sie nicht mehr über ein Brautkleid nachgedacht und die Anprobe bereits einmal verschoben hatte.

Gleich nach ihrer Ankunft hatte sie hoffnungsfroh das Modehaus von Coco Chanel in der Rue Cambon besucht, um die Garderobe für ihre Hochzeit mit Irving auszusuchen. Es war gleichgültig, ob sie in Paris oder Manhattan heiraten würden, sie wollte die schönste Robe tragen, die es auf der Welt zu kaufen gab. Und wer könnte diese besser entwerfen als die ebenso talentierte wie berühmte Coco Chanel, eine moderne und selbstständige Frau, wie Ellin es ebenfalls war? Ein älterer, wenn auch berühmter

Herr wie Paul Poiret, den ihre Großmutter sicherlich vorschlagen würde, kam dafür nicht infrage. Ellin war sofort angetan von der zarten, eleganten Französin und deren Entwürfen. Ein sackartiges Kleid, an der Hüfte durch eine breite Schärpe betont, der Faltenrock vorn deutlich kürzer als hinten – Ellin legte ihr Aussehen für diesen einen besonderen Tag mit gutem Gefühl in die Hände von Mademoiselle Chanel, und die erste Anprobe nahm sie mit großer Freude wahr. Bei dem nächsten angesetzten Termin verkroch sie sich jedoch schluchzend in dem französischen Bett ihres Hotelzimmers. Denn dass sie sich so geduldig gefügt und ihr Versprechen gehalten hatte, änderte anscheinend nicht das geringste an der Meinung ihres Vaters.

Es war Clarence zwar in den vergangenen Monaten nicht gelungen, neben den seiner Ansicht nach vorhandenen Fehlern von Mr. Berlin weitere hinzufügen zu können, doch alles, was er ihr auf die Bitte um seine Heiratserlaubnis antwortete, waren die bekannten Vorurteile: Die jüdische Religion des Bräutigams, sein Alter, ihre unterschiedliche Herkunft, was das für ihre gemeinsamen Kinder bedeuten würde, ihre gesellschaftliche Reputation, der Unterschied zwischen dem Broadway und Harbor Hill. Nichts davon war neu, was umso verstörender für Ellin war, weil ihr Vater offenbar keinen Schritt von dem abweichen wollte, was er von Anfang an über Ellins Beziehung zu Irving Berlin äußerte.

Wie konnte er nur so verbohrt sein? Irgendwann in diesen tränenreichen Stunden wurde ihr bewusst, dass ihr Vater wahrscheinlich nur deshalb so reagierte, weil sie nicht persönlich mit ihm redete. Eine Korrespondenz war nun einmal etwas anderes als ein Gespräch. Wenn sie ihm gegenübersaß, würde er sein Urteil korrigieren. Er hatte ihr eine neue Diskussion nach ihrer Rückkehr versprochen, dann würde er sich bestimmt offen für das zeigen, was sie zu sagen hatte. Ihre Gegenargumente waren schließlich nicht mehr die einer verliebten Göre, sie fühlte sich durch ihre Erfahrungen auf der Reise, spätestens seit Jerusalem und durch viele einsame Stunden des Nachdenkens, gereifter und besonnener.

Getrocknete Tränen und die Überlegung, dass sie ein halb fertiges Kleid wahrscheinlich ebenso bezahlen musste wie das perfekt sitzende Endergebnis, führten zu einer neuen Terminvereinbarung mit dem Modehaus Chanel. Außerdem wollte sie Irving unbedingt heiraten, egal wann, dafür brauchte sie nun einmal etwas anzuziehen. Warum also nicht das Kleid von Coco Chanel, das sie ausgesucht hatte, als sie noch sicher war, den Himmel im Sturm erobern zu können?

Ellin telegraphierte Irving, dass eine Hochzeit in Paris ausgeschlossen war und er in New York auf sie warten möge, dabei rann dann doch noch eine Träne über ihre Wange. Und während sie diese fortwischte, öffnete der Himmel seine Schleusen. Als wäre es nicht kalt genug, wurde es nun auch noch unangenehm feucht. Selbst die Place Vendôme vor dem Hotel Ritz büßte in dem Dunst einen erheblichen Teil ihrer Schönheit ein. Der Gedanke, dass dies das übliche Wetter ihrer irischen Vorfahren war, hob Ellins Laune auch nicht. Dennoch verließ sie nach einem unglücklichen Blick aus dem Fenster ihr Zimmer und überlegte sich beim Hinuntergehen, dass sie nicht durch den Hintereingang zu Fuß in die danebenliegende Rue Cambon gehen würde, sondern sich heute ein Taxi für diesen kurzen, besonderen Weg nehmen wollte. Deshalb durchquerte sie die Halle zum Haupteingang.

Die Drehtür schwang herum, ein Page salutierte für einen neu eintreffenden Gast.

Ellin war so in Gedanken versunken, dass sie kaum auf den Fremden achtete und beinahe mit dem mittelgroßen Mann zusammengestoßen wäre, wäre er ihr nicht ausgewichen.

Er blieb in ihrem Rücken stehen und rief ihren Namen.

Beim Klang der vertrauten Stimme wandte sie sich überrascht um.

»Joe?«, fragte sie ungläubig.

Der Mann lüftete seinen zerknautschten, regennassen Hut. Darunter kam ein bekanntes, nicht sonderlich attraktives, aber freundliches Gesicht zum Vorschein. Seine Augen blitzten auf. »Ellin«, erwiderte er und fügte nach einer winzigen Pause, in der er ihre Gestalt eingehend betrachtete, hinzu: »Es tut gut, dich gesund und munter zu sehen.«

»Was machst du in Paris?«

Joseph Schenck breitete die Arme aus, um Ellin an sich zu ziehen. »Ich bin vor dem eisigen Winter in New York geflüchtet. Allerdings war die Überfahrt so stürmisch, dass ich manchmal dachte, ich wäre wohl besser in den Schneeverwehungen irgendwo an der Ostküste stecken geblieben.« Er ließ sie wieder los und fügte ernst hinzu: »Irving schickt mich. Er macht sich Sorgen um dich. Da du ihm verboten hast, selbst zu kommen, bat er mich, nach dem Rechten zu sehen.«

Ihre Augen weiteten sich. »Du hast die lange Überfahrt auf dich genommen, weil Irving wissen will, wie es mir geht?«

»Ich bin sein bester Freund, Ellin.«

»Das weiß ich …«, murmelte sie. Joes Besuch freute sie, machte sie aber gleichzeitig verlegen. Warum hatte Irving nichts gesagt? Sie telefonierten regelmäßig miteinander, er musste doch wissen, wie sie sich fühlte. Machte er sich Sorgen wegen ihrer Absage? Glaubte er ihr nicht, was ihre Beweggründe waren? Wollte er sie kontrollieren? Die Fragen schwirrten durch ihren Kopf wie Bienen um einen Honigtopf.

Ein kläffendes weißes Hündchen hopste auf Ellin zu, bremste jedoch vor Joes Hosenbein, an dem es aufgeregt schnupperte. Am anderen Ende seiner langen Leine schlenderte eine ältere Dame, deren Gesicht unter einem altmodischen Wagenradhut verborgen war. Unwillkürlich trat Joe von einem Fuß auf den anderen und dabei versehentlich den Terrier in die Seite. Dieser jaulte auf, und fast im selben Moment ergoss sich eine französische Schimpftirade über den Produzenten, der seit Neuestem zweiter Präsident der Filmgesellschaft United Artists war.

»Verzeihung«, beeilte sich Joe zu sagen. »Entschuldigen Sie … *Pardon, Madame* …«

Doch die Hundebesitzerin nahm seine Worte nicht wahr. Schimpfend zog sie ihren Liebling von dem anscheinend bösen Mann fort. Das Tier sträubte sich, woraufhin sich die Proteste der Dame nunmehr auf das Hündchen konzentrierten.

Ellin sah von dem Terrier zurück zu Joseph Schenck. Schmunzelnd schlug sie vor: »Du solltest vielleicht besser klarstellen, dass du nur der Schwager von Buster Keaton bist und nicht dessen Double.«

Er gab ein mürrisches Schnauben von sich. Dann blickte er sich suchend um und fragte: »Wollen wir uns später irgendwo unterhalten, wo wir ungestört sind?«

»Natürlich. Wir können uns zum Tee oder zum Dinner treffen oder zu beidem …« Ellin unterbrach sich. Einer plötzlichen Eingebung folgend hakte sie sich bei Joe unter. »Aber als bester Freund Irvings könntest du mich auch jetzt gleich zu meinem Termin begleiten.«

Verblüfft sah er an seinem hellen Mantel hinunter, auf dem der Regen dunkle Flecken hinterlassen hatte. Dann blickte er zu dem Hotelboy, der in gebührendem Abstand zu ihm und Ellin stand und offenbar sein Gepäck bewachte. »Für einen Termin mit der Verlobten meines besten Freundes würde ich mich gern ein wenig frisch machen …«

»Keine Zeit!«, fiel ihm Ellin ins Wort. Sie zerrte an seinem Arm. »Dich schickt der Himmel. Ich habe keine Ahnung, ob es angemessen ist, wenn der Trauzeuge des Bräutigams hilft, das Hochzeitskleid auszusuchen. Aber ich bin sicher, es bringt uns Glück, wenn du mich berätst.«

Ellin wusste selbst nicht genau, welcher Teufel sie ritt, Joseph Schenck in das Modehaus Chanel mitnehmen zu wollen. Jedenfalls schien er ihr eine unterhaltsamere Begleitung zu sein als Josephine Noel oder eine ihrer anderen Pariser Bekannten. Sie langweilte sich in diesem Kreis inzwischen so sehr, dass sie lieber allein zur Anprobe ging als in Gesellschaft einer dieser – in den Augen ihres Vaters – gesellschaftlich akzeptablen Damen. Außerdem wollte sie sofort mit Joe über den Grund seiner Reise nach Paris reden und nicht erst bis zum Nachmittag oder Abend warten.

Der zögerte, blickte zu dem Hotelboy mit seinem Gepäck, dann wieder zu Ellin. Schließlich seufzte er. »Na gut. Weißt du, Ellin, ich bin vor allem deshalb hierhergefahren, weil ich finde, dass du und Irving heiraten solltet. Und wenn es denn notwendig ist, dass ich dir bei der Auswahl deiner Garderobe behilflich bin, mach ich das. Ich habe zwar keine Ahnung, wofür ich dir nützlich sein kann, aber wenn du es möchtest, gehe ich mit dir einkaufen. Gib mir bitte fünf Minuten, um mich an der Rezeption anzumelden.«

Ihr Herz flog ihm entgegen. Joseph Schenck war der erste Mensch, der ihr offen seine Freude über eine bevorstehende Heirat mitteilte. Mit Ausnahme ihrer Mutter natürlich. Doch in diesem Moment war ihr die Meinung von Irvings bestem Freund wichtiger.

Sie sah ihm nach. Dabei dachte sie, dass Joe in Sachen Mode wahrscheinlich sogar ein besserer Ratgeber war als manch anderer Mann. Als Produzent hatte er auch mit Filmausstattung zu tun, er besaß also zweifellos ein gewisses Auge für die passende Optik.

Ein Lächeln glitt über ihr Gesicht. Es tat gut, Irvings besten Freund an ihrer Seite zu wissen.

* * *

Vier Stunden später kehrten Ellin und Joe ins Ritz zurück. Erschöpft ließ er sich in einen der roten Samtsessel in der Hotelhalle sinken, streckte seine Beine aus und orderte bei dem herbeieilenden Kellner ein Bier. Ellin verteilte die Tüten und Hutschachteln mit ihren Einkäufen um sich herum auf dem Sofa, auf dem sie Platz genommen hatte, und bestellte sich einen Tee. Sie strahlte, ihre Wangen glühten.

»Findest du Mademoiselle Chanel nicht auch ganz hinreißend?«, erkundigte sie sich.

»Ich frage mich, warum ihr noch niemand ein Filmangebot gemacht hat. Sie ist eine ausgesprochen schöne Frau.«

»Bist du sicher, dass ich das richtige Hochzeitskleid ausgesucht habe?«

»Ja. Ganz sicher. Du wirst die schönste Braut der Welt sein.«

»Meinst du wirklich, ich werde Irving gefallen?«

»Davon bin ich überzeugt.« Joe seufzte leicht genervt, schenkte ihr aber ein gutmütiges Lächeln.

Ellin war klar, dass sie Joes Geduld mächtig beanspruchte. Im Salon in der ersten Etage über Coco Chanels Boutique hatte er sich mit angemessenem Interesse umgesehen, in dem angebotenen Sessel Platz genommen und gewartet, bis sie den Traum aus Seide und Chiffon mithilfe der Directrice übergestreift, sich präsentiert und dann still gestanden hatte, damit Mademoiselle Chanel persönlich die Nähte absteckte, wo es nötig war. Joe hatte Ellin in den richtigen Momenten anerkennende oder bewundernde Blicke zugeworfen und wohlwollend gemurmelt, einmal sogar applaudiert, als sie sich ein paar Schritte lang wie auf einem Laufsteg oder dem Zugang zu einer Kirche bewegte. Oder würden sie in einer Synagoge heiraten? Egal, auch die besaß eine Tür. Wahrscheinlich würden sie ohnehin zweimal vor den Altar treten müssen. Nach der Anprobe rauchte Joe eine Zigarette mit der

Modeschöpferin, während Ellin Hüte aufprobierte, die keinen Brautschleier ersetzen sollten, aber irgendwie zu gebrauchen sein würden und einfach nur Spaß machten, und natürlich kaufte sie viel zu viel. Am Ende schenkte ihr Joe einen Flakon von Mademoiselle Chanels Parfüm N° 5 und sagte: »Das ist ein Gruß von Irving.«

Nun servierte der Kellner die Getränke, und Joe nahm einen großen Schluck aus dem Bierglas.

Ellin rührte in ihrem Tee. Das zwischen ihnen entstandene Schweigen ließ ihre euphorische Aufregung verklingen, sie wurde ernst. Jetzt war die Gelegenheit, Joe nach dem wahren Grund seiner Reise zu fragen. Sie gab sich einen Ruck. »Warum bist du hier?«

»Ich habe es dir bereits gesagt: weil Irving mein bester Freund ist.«

»Ja. Das sagtest du. Aber wieso fährst du einmal rund um den Globus, um Irving einen Gefallen zu erweisen? Er hat doch keinen Grund, sich Sorgen um mich zu machen.«

Joe schmunzelte. »Ach, Ellin, das wissen Männer nicht immer so genau, auch wenn der Anschein durchaus dafür spricht, dass alles in Ordnung ist. Selbst der stärkste Mann wird unsicher, wenn er liebt. Und, Ellin, er liebt dich mehr, als er dir sagt. Mehr, als du dir vorzustellen vermagst.«

Still erwiderte sie sein Lächeln. Vor ihrem geistigen Auge verwandelte sich Joes breites Gesicht in das attraktive Äußere ihres Liebsten. Vier lange Monate hatte sie Irving nicht gesehen – und doch erinnerte sie sich an jedes seiner Lachfältchen, an die Grübchen in seinen Wangen, als würde er vor ihr sitzen und sie verschmitzt anschauen. Dafür brauchte sie keine Fotografie, obwohl sie heimlich eine besaß.

Vor ihrer Abreise hatte sie sich das Buch »Seven Lively Arts« gekauft, eine Betrachtung der zeitgenössischen populären Kunst des Journalisten Gilbert Seldes, der einige Passagen Irving Berlin gewidmet hatte. Es befand sich eine Aufnahme des Songwriters darin, ein Porträt, das ihn in ernster Pose zeigte und dank dessen der in Japanpapier gebundene und mit javanesischer Batik verzierte Band inzwischen abgegriffener war als jeder Reiseführer in Ellins Gepäck.

Sie sah ihrem gemeinsamen Freund fest in die Augen.

»Ich habe nicht eine einzige Sekunde daran gezweifelt. An ihm nicht – und an meinen Gefühlen auch nicht. Das kannst du ihm sagen, wenn er es mir nicht glaubt.«

»Oh, das glaubt er dir. Sonst wäre ich nicht hier.« Joe neigte sich zu ihr hin und fügte mit gesenkter Stimme hinzu, als müsse er heimliche Zuhörer fürchten: »Es geht ihm um etwas anderes. Er weiß, wie wichtig die eigene Familie ist. Und er weiß auch, wie wichtig dir dein Vater und deine Großmutter sind. Er möchte nicht, dass du dich seinetwegen mit ihnen überwirfst. Dennoch fürchtet er nichts und niemanden so sehr wie deine Familie.«

Irving hatte Angst davor, dass sie einen Rückzieher machte, wenn sie noch länger warteten. Nun war klar, warum Joe die Überfahrt nach Europa auf sich genommen hatte. Ellin verstand. Sie nickte.

»Ich habe Irving ein Versprechen gegeben«, antwortete sie langsam. »Und ich habe meinem Vater mein Wort gegeben. Ich werde beide Zusagen einhalten, die eine aus Liebe, die andere aus Pflichtgefühl.«

Joe nickte nachdenklich. »So ähnlich habe ich mir das schon gedacht. Du sitzt zwischen allen Stühlen, nicht wahr?«

»Nun ja …« Sie zögerte. Ihr fiel auf, dass sie noch immer den silbernen Teelöffel in der Hand hielt. Mit einem leisen Klirren ließ sie ihn auf den Unterteller fallen. »Ich habe meinem Vater versprochen, dass ich diese sechs Monate durchhalte. Wenn ich will, dass er sich meine Argumente, die natürlich alle für unsere Heirat sprechen – wenn ich also will, dass er sich das anhört«, sie legte eine Kunstpause ein, »dann muss ich meinen Teil der Abmachung erfüllen. Es ist nicht nur mein Pflichtgefühl als Tochter, Joe, es ist Diplomatie, Verhandlungstaktik – nenn es, wie du willst …« Sie seufzte und wusste nicht mehr weiter.

»Vielleicht ist es wie beim Poker«, räumte er sanft ein. »Du setzt auf das Glück in deiner Hand und hoffst, dass du die besseren Karten als dein Gegner hast.«

»Es könnte sein, dass dein Vergleich zutrifft.«

Joe grinste. »Das solltest du Irving am besten selbst sagen. Er wird begeistert sein. Du weißt, wie gern er Poker spielt.«

»Natürlich weiß ich das. Seine Pokerrunde ist sein Heiligtum. Sobald wir wieder miteinander telefonieren, werde ich …«

»Irving will in ein paar Wochen kommen, um alles Weitere mit dir persönlich zu besprechen.«

»Was?« Ellin glaubte, sich verhört zu haben.

»Er möchte im Februar nach Paris reisen«, erklärte Joe. Wahrscheinlich als Reaktion auf ihren entsetzten Gesichtsausdruck wurde seine Miene ernst.

Sie starrte ihn an, ihr Unterkiefer zuckte wie der ihres Vaters, wenn seine Pläne durchkreuzt wurden. Es kam ihr vor, als befände sich ihre Stimme auf einer Schallplatte, die wieder und wieder abgespielt wurde, als sie sagte: »Es ist unmöglich, dass Irving nach Paris kommt. Ich habe versprochen, ihn sechs Monate lang nicht zu sehen. Daran werde ich mich halten! Wie oft muss ich das noch wiederholen?«

»Es geht dabei nicht um die Hochzeit, Ellin. Irving heiratet dich an jedem Ort, an dem du zum Standesamt gehen möchtest. Wenn es nicht Paris ist, dann eben anderswo. Er geht jeden Kompromiss ein, um dich glücklich zu machen. Aber er möchte mit dir darüber reden – nicht telefonieren oder schreiben.«

Tränen traten in ihre Augen. »Ich will ihn nicht sehen. Vor meiner Rückkehr nach New York Ende März kann ich es nicht.«

Schweigen trat zwischen sie. Das Gemurmel anderer Gäste im Hintergrund, leises Klirren des Porzellans, die zarten Töne, die der Pianist für eine *Valse Musette* anschlug, selbst der Schlag einer Standuhr zur vollen Stunde – all das erschien Ellin mit einem Mal unnatürlich laut. Sie spürte, wie eine Träne über ihre Wange perlte, und wischte sie fast ruppig fort.

Joe räusperte sich. »Weißt du was? Wir ruhen uns jetzt beide etwas aus, machen uns frisch, und dann gehen wir zum Dinner aus. Wohin darf ich dich einladen, Ellin?«

»Ich möchte ins Quartier de Montparnasse«, entfuhr es ihr.

Sie war selbst erstaunt über ihre prompte Antwort, immerhin war dies eines der wenigen Viertel von Paris, in denen sie sich kaum auskannte, zudem derzeit wohl das verruchteste. Aber sie hatte keine Lust auf ein Abendessen bei »Fouquet's« an den Champs-Élysées oder auch bei »Prunier« in der Avenue Victor Hugo. Das waren noble Restaurants, die den Ansprüchen ihres Vaters entsprachen. Doch Ellin wollte wenigstens an diesem Abend etwas Ausgefallenes tun, wofür sich als Begleiter niemand besser eignete als der beste Freund von Irving.

»Lass uns ins Café du Dôme gehen«, bat sie, und die rote Farbe kehrte in ihre Wangen zurück. »Alle Künstler, die etwas auf sich halten, sollen dort verkehren. Maler, Schriftsteller, Schauspieler. Es wird ein Durcheinander aus vielen Sprachen gesprochen, und die Atmosphäre gilt als einzigartig. Ich möchte so gern dorthin.«

Joe schenkte ihr ein verschwörerisches Lächeln. »Ich stehe zu Ihrer Verfügung, Mademoiselle Mackay.«

Glücklicherweise fragte er nicht, ob auch Komponisten zu den Gästen des bei der Bohème beliebten Restaurants gehörten. Andernfalls wäre Ellin vielleicht doch noch mitten in der Halle des Hotel Ritz in Tränen ausgebrochen.

»What'll I do?«

New York
April 1925

Kapitel 21

Obwohl es natürlich nicht an der Stadt lag, empfand Ellin ihre letzten Wochen in Paris als pure Qual. Sie konnte es kaum abwarten, nach Hause zu kommen – mit dem Ergebnis, dass sie die Situation in New York nach ihrer Rückkehr als überaus beklemmend empfand und sich zurück in ihre hoffnungsfrohe Zeit an der Seine wünschte. Statt des erhofften Jubels vergoss sie nun wieder Tränen, denn mit Ausnahme des Wiedersehens mit Irving war nichts so, wie sie es sich vorgestellt hatte.

Offenbar hatte ihr Vater seine Meinung in den sechs vergangenen Monaten kein einziges Mal auch nur überdacht. Starrsinnig hielt er an seinen Vorurteilen und Warnungen fest. Er wollte nichts von ihren Erlebnissen in Jerusalem hören und reagierte unwirsch auf ihre Frage, ob sich Irving in ihrer Abwesenheit etwas habe zuschulden kommen lassen. Zu seinem Ärger besaß der Geliebte seiner Tochter tatsächlich einen Leumund, gegen den Clarence Mackay anrannte wie einst Don Quijote gegen Windmühlen. Letztlich verweigerte er jede weiterführende Diskussion über eine Ehe mit Mr. Berlin, und Ellin traf die bittere Erkenntnis, dass sie sich ohne Wenn und Aber an die Vereinbarung gehalten hatte, ihr Vater dies jedoch wohl zu keiner Stunde beabsichtigt hatte.

»Du bist wütend auf Clarie«, stellte Louise fest, als Ellin ihr in Harbor Hill Gesellschaft bei der nachmittäglichen Teezeremonie leistete.

Ellin presste die Lippen zusammen, betrachtete mit düsterem Blick das Motiv des orientalischen Teppichs zu ihren Füßen. Sie hatte nicht die Absicht, sich bei ihrer Großmutter über deren Sohn zu beschweren. Das gehörte sich nicht. Vor allem schien ihr jede Klage sinnlos. Anfangs hatte sie ihrer Großmutter hoch angerechnet, dass die sich aus dem Thema Irving Berlin weitgehend heraushielt. Marie Louise freute sich über Ellins Rückkehr, war sehr freundlich zu ihr und hörte den Geschichten zu, die Ellin über ihre Reise erzählte, aber sie fragte nicht nach dem Zustand ihres Herzens. Wenige Tage nach Ellins Rückkehr zog sich Louise zudem nach Long Island zurück. Ellin blieb in Manhattan, um endlich wieder in Irvings Nähe zu sein. Jede Meile, die sie nun noch trennte, war definitiv eine zu viel für sie. Bis zum Vortag. Da kam der Moment, in dem sie die Gegenwart ihres Vaters in der Stadtvilla nicht mehr ertrug. Sie brauchte frische Luft, ein freundliches Gesicht und nicht diese beklemmende Atmosphäre, die sich schließlich auch auf die Stunden niederschlug, die sie mit Irving verbrachte. Deshalb war ihr eine längere Fahrt zu ihm für eine Weile lieber, und sie fuhr zu ihrer Großmutter, von der sie nicht erwartet hätte, dass sie den Konflikt mit Ellins Vater direkt ansprechen würde.

Um den Frieden noch ein wenig zu wahren, murmelte sie: »Wie kommst du darauf?«

»Ich frage mich, ob du hier herausgekommen bist, weil du das Zusammensein mit deinem Vater nicht mehr erträgst. Welchen Grund solltest du sonst haben, bei diesem schlechten Wetter hier herumzusitzen?«

Wie zur Untermauerung ihrer Worte öffnete der Himmel seine Schleusen, und schwere Regentropfen begannen gegen die Fensterscheiben zu trommeln. Es nieselte schon den ganzen Tag, und das Wetter hatte Ellin bei ihrem Spaziergang vorhin durch den Park komplett durchnässt, so dass ihr der heiße Tee guttat.

Sie sah auf. »Granny, ich möchte bei dir sein.« Im Stillen betete sie, dass Marie Louise ihr diese schlichte Erklärung kommentarlos abnahm.

Doch sie irrte.

»Nein«, widersprach ihre Großmutter. »Nein. Du möchtest bei Irving Berlin sein.«

Sie spürte, wie ihre Wangen glühten. »Das auch. Natürlich. Aber ich dachte, ein paar friedliche, ruhige Tage bei dir könnten nicht schaden.«

»Ach Ellin …« Louise beugte sich vor und tätschelte kurz ihre Hand, bevor sie sich zurücklehnte. »Auch wenn ich in deinen Augen gewiss schon uralt bin, was mit über achtzig wohl auch zutrifft, bin ich noch nicht so senil, dass ich vergessen habe, wie es ist, jung und verliebt zu sein …«

»Granny, ich …«, hob Ellin an, doch Louise brachte sie mit einer Handbewegung zum Schweigen.

»Du bist vor der Hartnäckigkeit deines Vaters davongelaufen«, stellte die alte Dame sachlich fest. »Ich weiß jedoch nicht, ob Harbor Hill dir eine gute Zuflucht sein kann. Die Saison hat noch nicht begonnen, und selbst mir ist es gerade ziemlich langweilig hier.«

Es war wie ein Schock. Ellin starrte ihre Großmutter an. »Ich bitte dich, schick mich jetzt nicht weg.« Die Vorstellung, wieder irgendwohin reisen zu müssen, um Irving auf Befehl ihrer Familie zu vergessen, war nicht nur absurd, sondern ein Horror für sie.

»Das habe ich nicht gesagt. Ich wollte dich nur darauf vorbereiten, dass du dich darauf einrichten musst, ab morgen allein hier zu sein. Wie gesagt, im Moment ist mir Long Island zu langweilig, und dieser Regen schlägt mir auf das Gemüt. Deshalb fahre ich nach Manhattan zurück.«

»Oh!«

Marie Louises Lächeln wirkte ausgesprochen zufrieden. Es erlosch ein wenig, als sie nach einer Weile, in der sie wohl annahm, dass sich Ellin von der Überraschung erholt hatte, hinzufügte: »Möchtest du nicht mit mir kommen? Ich kann mir zwar nicht erklären, was du an Mr. Berlin findest, aber wenn du ihn wirklich liebst, solltest du weiter um ihn kämpfen. Und zwar am besten dort, wo es sich zu kämpfen lohnt.«

Der Rat ihrer Großmutter traf Ellin wie ein Pfeil, der von einem pausbäckigen, goldverzierten Barockengel abgeschossen wurde. Plötzlich leuchtete vor ihrem geistigen Auge ein Einfall so grell auf die wie Reklame einer Broadwayrevue. Sie sagte: »Wenn du Irving Berlin kennenlernen würdest, könntest du mich verstehen.«

»Wie man hört, soll sogar Katherine seinem Charme erlegen sein. Dabei war deine Mutter anfangs einer Meinung mit Clarie, was mich zugegebenermaßen sehr verwundert hat. Sie war eigentlich nie einer Meinung mit deinem Vater.«

»Begleite mich ins Theater«, schlug Ellin vor. Sie schloss für einen Moment die Augen, atmete tief durch. Sie musste sich selbst erst einmal beruhigen, bevor sie ihren kühnen Plan offenbarte. Sie hob die Lider und fuhr fort: »Da du sowieso nach Manhattan fahren möchtest, könnten wir dort zusammen in seine Revue gehen. Bei dieser Gelegenheit wirst du ihn kennenlernen, Granny, ohne dass eine große Sache daraus werden muss. Du kannst dir deine eigene Meinung über Irving bilden und …«

»Meine Güte, Kind, was hast du nur für Ideen? Aber es ist dein Ernst, nicht wahr?« Louise klatschte kurz in die Hände, als wolle sie ihre Fähigkeit prüfen, Applaus zu spenden. »Als ich jung war, besuchte eine Lady keine Revuen mit Tänzerinnen, die ihre nackten Beine vor aller Welt zur Schau stellen. Das hat sich ja nun gründlich geändert. Wenn ich dir damit einen Gefallen erweise, werde ich eben diese Revue besuchen. Das ist gewiss eine Erfahrung, für die man nie zu alt ist.«

»Ich danke dir!« Ellin sprang auf und fiel ihrer Großmutter um den Hals.

»O bitte, Ellin. Keine Ovationen! Wir sind hier nicht auf der Bühne.« Die Mahnung blieb jedoch sanft. Louise schob ihre Enkelin von sich. »Deine Freude ist verfrüht. Wirst du sehr enttäuscht sein«, fragte sie, »wenn ich nicht so angetan von Mr. Berlin bin? Oder wenn ich trotz seines Charmes weiterhin die Meinung deines Vaters teile?«

Ellin schüttelte den Kopf. »Du wirst ihn mögen. Ich bin sicher, dass es so ist.« Sie war unendlich glücklich darüber, ihre Großmutter auf ihre Seite ziehen zu können.

* * *

Irving Berlins Music Box Theatre befand sich mitten im Theaterviertel an der 45th Street unweit des Times Square und in direkter Nachbarschaft zu dem Plymouth Theatre, wo Komödien aufgeführt wurden, und dem Imperial-Musiktheater. Mit nicht einmal eintausend Plätzen war es kleiner als die anderen Häuser, die von Säulen getragene Fassade war schlichter, aber ebenso wie das Interieur ausgesprochen elegant. Ellin fand, dass das Understatement der Architektur Irvings persönlichem Stil entsprach, und sie war ungemein stolz, als sie ihrer Großmutter den Mann ihres Lebens und dessen Arbeit präsentierte.

Er empfing sie im Foyer, und wenn Marie Louise Hungerford Mackay gleich zu Anfang eine peinliche Szene erwartet hatte, wurde sie enttäuscht. Schmunzelnd und mit einem Glitzern in den Augen registrierte Ellin die Zufriedenheit im Gesichtsausdruck ihrer Großmutter, als Irving sich formvollendet vor ihnen verneigte und dann kurz Ellins Hand an seine Lippen führte; er küsste sie nicht auf die Wange oder gar auf den Mund, was er unter anderen Umständen sicher getan hätte. Louise hakte diese Zurückhaltung vermutlich als ersten Punkt unter den positiven Eindrücken ab, die sie bei dieser Begegnung sammelte. Das änderte zwar nichts an Ellins Nervosität, aber die überspielte sie ebenso bravourös, wie Irving durch sein vorbildliches Benehmen auffiel.

Sie saßen im Rundbogen der Proszeniumsloge, blickten auf das Parkett und zum Balkon, während die Lichter erloschen. Ellin bemerkte, dass der Zuschauersaal nicht ganz so gut gefüllt war wie sonst, und sie hoffte, ihrer Großmutter würde das nachlassende Interesse an der vierten

»Music Box Revue« nicht auffallen. Irving hatte ihr erzählt, dass er für die nächste Saison eine Show mit den Marx Brothers in einem anderen Theater plane und auf dieser Bühne erstmals eine Komödie aufgeführt werden solle – mit einem gänzlich unbekannten, aber hervorragenden jungen Schauspieler namens Humphrey Bogart in der Hauptrolle, den Irving mochte, weil er von einem irischen Kindermädchen erzogen worden war und ihm ähnliche Geschichten aus seiner Kindheit erzählte wie Ellin. Doch von alldem wusste Louise natürlich nichts. Kaum hob sich der Vorhang, amüsierte sich die alte Dame über die Couplets von Fanny Brice, lauschte dem wunderschönen Sopran von Grace Moore und lachte über die Späße des beliebten Schauspielers Bobby Clark. Ganz offensichtlich kam die Revue gut an, selbst die nackten Beine des Ballettkorps schienen Louise nicht so sehr zu schockieren, wie sie in Harbor Hill behauptet hatte. Ellin war überzeugt davon, dass es eine gelungene Vorstellung war. Jedenfalls für ihre Großmutter.

Dennoch lehnte Marie Louise Irvings Einladung zu einem späten Dinner im Restaurant des Astor Hotels ab. »Verzeihen Sie, dass ich so ungesellig bin«, sagte sie liebenswürdig, »aber in meinem Alter geht man nach einem Theaterbesuch besser nach Hause. Der Broadway ist etwas für jüngere Menschen. Ich bin erschöpft von all den Eindrücken, die mir dieser Abend bescherte.«

Als sie neben Ellin im Fond des Wagens saß, der sie zur Stadtvilla in die 75th Street brachte, erkundigte sie sich dann geradezu empört: »Warum kam Mr. Berlin eigentlich nicht auf die Idee, mich in eine dieser neuen Austernbars auszuführen? Ich bin schließlich noch keine hundert!«

»Oh!« Ellin benötigte ein paar Sekunden, um sich von diesem überraschenden Protest zu erholen. »Wenn ich gewusst hätte, dass das dein Wunsch ist, hätte dem nichts im Wege gestanden. Vielleicht beim nächsten Mal …« Ihr letzter Satz schwebte in der Luft. Hoffnung, Versprechen und Sehnsucht gleichzeitig.

Louise tätschelte Ellins Hand, was ihr in der Dunkelheit des Automobils deutlich leichter fiel. »Ich denke nicht, dass es ein *nächstes Mal* geben wird, mein Kind.«

»Wie bitte?«

»Ich habe Augen im Kopf, ich habe gesehen, dass Mr. Berlin ein attraktiver und erfolgreicher Mann ist, er benimmt sich zudem tadellos …« Sie unterbrach sich, zog ihre Hand zurück und knetete die arthritischen Finger, bis die Knöchel leise knackten. »Ich verstehe deine Mutter bis zu einem gewissen Punkt, denn auch ich kann wirklich nichts gegen ihn sagen. Dennoch ist er Jude, und eine Ehe wäre für dich gesellschaftlich ebenso inakzeptabel wie die Anerkennung der Kinder daraus. Warum Katherine das nicht sieht, ist mir ein Rätsel.«

Alles umsonst, fuhr es Ellin durch den Kopf. Sie hätte den Abend lieber allein mit Irving bei einem guten Gespräch in seinem Penthouse verbringen sollen. Dazu hätte sie auch bequemere Kleidung tragen können als anlässlich des Theaterbesuchs mit ihrer Großmutter. Ihre Abendrobe war tief ausgeschnitten, und es fröstelte sie leicht, das Frühjahr war noch zu kühl für derartige Offenherzigkeit. Aber sie hatte ganz besonders aussehen wollen, wenn Louise ihren Segen gäbe. Zu keinem Zeitpunkt hatte Ellin damit gerechnet, dass genau das Gegenteil passieren würde. Alle Mühe umsonst!

Sie schluckte den Kloß hinunter und spürte dabei leichte Halsschmerzen. Anscheinend wollte auch ihr Körper signalisieren, dass alles in die falsche Richtung lief. »Du machst mich traurig«, sagte sie.

»Du bist eine Mackay«, erwiderte Louise. »Das ist etwas ganz anderes, als wenn du Miller oder Smith heißen würdest.« Für den Rest der Fahrt schwieg sie.

Kapitel 22

Sie wurde krank – und so bald nicht mehr gesund.

Natürlich hatte sie sich in dem regnerischen Frühling erkältet. Der anfängliche Schnupfen wurde von Ellin jedoch nicht weiter beachtet, sie schonte sich nicht, weil jeder Tag im Bett einen Tag weniger bedeutete, an dem sie sich mit Irving treffen konnte. Doch aus der anfangs erträglichen Erkältung wurde durch ihren Leichtsinn rasch ein fiebriger Infekt mit einer schweren Angina. Schließlich bestand Louise darauf, den Hausarzt zu rufen, und der verordnete strikte Bettruhe – und schlug überdies eine Mandeloperation vor, sobald die Halsentzündung abgeklungen war.

Ellin hatte das Gefühl, ihr Körper sei wund, ihre Gliedmaßen schmerzten, der Kopf schien ausschließlich mit Watte ausgestopft und trotzdem so schwer, als sei ihr Gehirn mit Blei gefüllt. Vor allem aber belastete die Erkrankung ihr Gemüt. Das Herz tat ihr weh, weil sie den Mann nicht mehr sah, den sie liebte. Die sechsmonatige Trennung war noch nicht verwunden, und nun kam schon wieder ein neuer Aufschub. Es ging ihr jedoch so schlecht, dass sie ihm nicht einmal schreiben konnte, und die täglichen heimlichen Telefonate mussten ebenfalls eingestellt werden, weil sie nur noch ein klägliches Krächzen herausbrachte. Sie lag im Bett ihres alten Mädchenzimmers und verzweifelte an den Umständen, sofern sie nicht in einen erschöpften Schlaf fiel. Die ihr ebenso treu ergebene wie verschwiegene Mary Finnerty, genannt Finny, Ellins Zofe, nahm Irvings Anrufe entgegen; der alten Mrs. Mackay und dem Hausherrn sagte sie jedes Mal, der Anrufer sei falsch verbunden, mehr als einen liebevollen Gruß übermittelte sie Ellin aber ohnehin nicht.

So verstrichen Wochen, die in ihrer Familie den Eindruck erweckten, ihre Romanze mit Irving fände nun ein mehr oder weniger natürliches Ende. Doch Ellin dachte überhaupt nicht daran, die Liebe ihres Lebens aufzugeben. Sie beschloss vielmehr, dass keine Angina der Welt sie davon abhalten dürfte, Irving zu treffen – und teilte dem Arzt mit, dass sie so schnell wie möglich operiert werden wolle. Wenn die Tonsillen draußen waren, würde sie kein Schnupfen mehr so umhauen, dass sie kein Wort mehr über die Lippen brachte. Dachte Ellin.

Tatsächlich erlebte sie eine schreckliche halbe Stunde in der Praxis eines Spezialisten. Die Entfernung der Mandeln stellte sich als ausgesprochen blutige Angelegenheit heraus, die nur mit örtlicher Betäubung durchgeführt wurde, während der Ellin auch noch die kleine Nierenschale unter ihrem Kinn halten musste. Ernüchtert von ihrer romantischen Idee, litt sie zunächst so starke Halsschmerzen, dass sie sich ihre Angina zurückwünschte. An ein Wiedersehen mit Irving war natürlich nicht zu denken.

Während sie die Eiswürfel aus ihrem Limonadenglas lutschte und in eine Decke gehüllt im Liegestuhl auf dem Balkon von Harbor Hill in der zunehmend wärmeren Frühlingssonne zu genesen versuchte, begann sie sich wieder einmal darüber klar zu werden, dass sie wie eine Gefangene lebte. Eine Gefangene ihrer Gefühle. Und jeder Ausbruchsversuch schien in einem neuen Beweis ihrer Hilflosigkeit zu münden, sei es ihre weite Reise nach Jerusalem oder die Entfernung ihrer Halsmandeln, ganz zu schweigen von dem Theaterbesuch mit ihrer Großmutter. Alles, worauf sie ihre Hoffnungen setzte, zerstob im Wind wie die Sprossen eines Löwenzahns. Es schien keinen Weg aus ihrem Dilemma zu geben, sie blieb hin- und hergerissen zwischen ihrer Liebe zu Irving und der Zuneigung und dem Pflichtgefühl für ihren Vater und ihre Großmutter. Das war natürlich alles nicht neu, aber inzwischen fühlte sich Ellin wie gelähmt durch die Last ihrer anscheinend unlösbaren Probleme.

Gegen den Rat ihres Arztes fuhr sie nach Manhattan zurück, um Irving zu treffen.

»Ich kann nicht mehr länger ohne deine Nähe sein«, erklärte sie ungeachtet des Dieners zur Begrüßung, als sie in sein Apartment rauschte. Sie nickte Ivan kurz zu, redete aber fast ohne Atemholen und trotz des wunden Halses weiter: »Wenn ich noch länger herumliegen soll, werde ich sterben. Alle wollen mich von dir fernhalten – und das ertrage ich einfach nicht mehr.«

»Alle?«, fragte Irving mit hochgezogenen Augenbrauen. Er folgte ihr in sein Arbeitszimmer und trat dort sogleich an das geöffnete Fenster, um es zu schließen und Ellin vor der Zugluft zu schützen. Währenddessen erklärte er: »*Alle* sind deine Großmutter und dein Vater. Es ist deine Familie. Sie sorgen sich um dich.«

»Lass das Fenster ruhig offen«, sagte sie, müde, ständig darauf hinweisen zu müssen, dass sie nun endlich von ihrer Erkrankung genesen war. Sie hatte keine Lust mehr, wie ein rohes Ei behandelt zu werden und mit einer Reihe von Verboten leben zu müssen.

»In diesem Fall zähle ich mich zu allen dazu, die dich lieben. Auch ich sorge mich um dich.« Er grinste verschmitzt. »Deshalb bleibt das Fenster geschlossen.«

Sie sank in einen der Sessel neben seinem Klavier. »Ich würde so gern einen Ausflug machen. Mir fällt die Decke auf den Kopf. Können wir nicht in den nächsten Tagen einmal nach Connecticut fahren?«

»Das ist zu anstrengend«, warnte Irving. »Du solltest dich noch erholen.«

»Ich habe nicht vorgeschlagen, mich neben deinem Auto im Dauerlauf vorwärtszubewegen.«

»Ach Ellin.« Seufzend trat er neben sie, berührte sie jedoch nicht, sondern lehnte sich gegen das Klavier. »Ich würde mir große Vorwürfe machen, solltest du einen Rückfall erleiden.«

»Aber wenn ich vor Langeweile eingehe, machst du dir keine Vorwürfe?«

Sie diskutierten noch eine Weile, aber am Ende gab Irving nach. Ellin stellte immer munterere Forderungen, sie sehnte sich nicht mehr nur nach einem Ausflug, sondern wollte zum Tanzen ausgehen, gern auch ein Kino besuchen. Sie wusste zwar, dass sie sich an Irvings Seite besser nicht in der Öffentlichkeit zeigte, um die Spekulationen der Klatschreporter nicht anzuheizen und damit ihren Vater zu provozieren, aber Irving kam ihr plötzlich wie ihr ganz persönliches Tor zur Außenwelt vor. Doch der wollte es nicht zu weit aufstoßen und gab schließlich nur so weit nach, wie er es zähneknirschend für vertretbar hielt – schließlich willigte er in eine Tagesreise nach Connecticut ein. Er vergaß jedoch nicht, anzumerken, dass er ihren Wunsch nicht verstand, da der Zauber von Long Island unübertroffen war.

Letztlich ging es Ellin nicht um die Landschaft, sondern darum, etwas mit Irving gemeinsam zu unternehmen. Im Minerva würde sie nicht jedermann sofort erkennen, sie konnten sich herumfahren lassen, die Scheiben herunterschieben und den Duft des Frühlings genießen, sich dabei unbeobachtet an den Händen halten und einfach nur an der Gegenwart des anderen erfreuen. Natürlich sollte das alles nicht schweigend stattfinden.

Gleich als sie losfuhren, begann Ellin von ihrem Plan zu erzählen, das Schreiben wieder aufzunehmen. Sie wollte Artikel über ihr Leben in New York verfassen. »Die Cousine meiner Mutter war neulich in Harbor Hill zu Besuch und hat mich dazu ermutigt«, berichtete sie. »Hatte ich schon erwähnt, dass es sich um Alice Duer Miller handelt, die bekannte Schriftstellerin? Ihre Stücke werden auch am Broadway aufgeführt.«

»Ich hatte das Vergnügen, sie auf einer Cocktailparty bei Alice Wellman kennenzulernen.«

»Ach je, du weißt schon alles, und ich rede und rede und …«

»Ich denke, es wäre für deinen Hals besser, wenn du eine Weile lang mehr schreibst als sprichst«, erwiderte Irving schmunzelnd.

»Ja. Natürlich. Aber ich muss dir vorher erzählen, welches Thema ich mir überlegt habe …« Und dann plapperte sie munter drauflos, während ihr Irving aufmerksam zuhörte.

Sie wollte es wagen, die ältere Generation zu kritisieren, ebenso wollte sie sich über die Konventionen lustig machen, die die jungen Menschen heutzutage einengten. Es war ihr ein Anliegen, jene ungeschriebenen gesellschaftlichen Regeln anzugreifen, die ihr persönlich das Leben so schwer machten. »Mit Humor sollte es doch möglich sein, die Wahrheit zu sagen, meinst du nicht? Meine Wahrheit. Am Beispiel des Theaters mit den scharfzüngigen Stücken der Kabarettisten würde ich meine Kritik am Establishment …«

Während sie sprach, wurde ihr Ton krächzender, ihr Hals begann furchtbar zu schmerzen, und ihre Stimme klang schließlich so rau, als habe sie Schleifleinen verschluckt. Unwillkürlich stieg der Drang zu husten in ihrer Kehle auf, der so stark wurde, dass sie die Hand vor den Mund hielt und dem Bedürfnis nachgab. Plötzlich spürte sie eine klebrige Masse an deren Innenfläche. Erstaunt sah sie in ihre Linke – und bemerkte blutigen Schleim.

»O mein Gott, Ellin!«, entfuhr es Irving. Er griff sein blütenweißes Einstecktuch, tupfte damit über ihr Kinn. »Du musst in ein Krankenhaus.«

Sie war viel zu verstört, um ihm zu widersprechen. Übelkeit stieg in ihr hoch.

Im nächsten Moment ergoss sich ein Blutschwall über Irvings weißes Hemd.

Kapitel 23

Ich sehe diesem Unsinn nicht länger zu!«, polterte Clarence. »Sieh nur, was mit dir passiert, wenn du dich mit diesem Mann triffst.«

Ellin wollte aufschreien: »Er kann nichts dafür! Er kann doch nichts dafür, wenn ich zu viel rede. Ich habe die Nachblutung ganz allein zu verantworten.« Doch sie konnte nicht sprechen. Deshalb versuchte sie, ihren Protest in ihren Blick zu legen, aber nach der Operation war sie zu müde, um ihren Vater böse anzufunkeln.

»Du wirst Mr. Berlin nicht mehr wiedersehen!«

Entsetzt schüttelte sie den Kopf. Sie unterließ die lebhafte Bewegung allerdings wieder, weil ihr der Hals wehtat.

»Ich habe – wider besseres Wissen – alles für dich gegeben«, fuhr Clarence fort. Er wanderte mit der ihm eigenen Entrüstung vor ihrem Bett auf und ab, ignorierte das Schaffell, das die Teppichumrandung ersetzte, stolperte in Gedanken versunken, fing sich, verlor aber offenbar den Faden. Die nächsten Schritte tat er mit verschlossener Miene und ohne einen Kommentar. Aber er hörte nicht auf, hin und her zu laufen.

Allein beim Zusehen wurde Ellin schwindelig. Sie wünschte, ihr Vater würde sie allein lassen, aber das konnte sie ihm nicht vermitteln. Und er meinte es ja auch nur gut. Der Schock über die Nachricht aus dem Krankenhaus war ihm noch immer, obwohl Stunden vergangen waren, anzusehen.

Jack, Irvings Chauffeur, hatte sie sofort in die nächstgelegene Klinik gebracht. Zu ihrem Glück hatten sie die Stadtgrenze noch nicht lange hinter sich gelassen, so dass ihre Nachblutung im angesehenen Hospital von White Plains gestillt wurde. Die Operation verlief sehr gut, mit einer Reihe von Maßregelungen seitens des Arztes und vieler Auflagen durfte Ellin nach Hause. Inzwischen war ihre Großmutter in der Mackay-Limousine vorgefahren; Louise hatte Irving fortgeschickt und sich tatkräftig um Ellin und deren Rückfahrt nach Manhattan gekümmert. Das Letzte, das Ellin von Irving sah, war sein von einigen Blutstropfen verunstaltetes Unterhemd, über dem er sein leichtes Reisesakko trug. Das blutgetränkte Oberhemd hatte er ausgezogen, aber ganz unversehrt war auch die Unterwäsche nicht geblieben. Wie in einem Horrorfilm, dachte Ellin und rief sich das zuversichtliche Lächeln ins Gedächtnis, das er ihr zum Abschied geschenkt hatte.

Seufzend schloss sie die Lider, das Bild seiner schmunzelnden Lippen und der Grübchen in seinen Wangen vor ihrem geistigen Auge.

»Nun ist Schluss«, fuhr Clarence ungeachtet ihrer Mattigkeit fort. »Ich habe mich von deiner Großmutter überzeugen lassen, mich um deinetwillen mit Mr. Berlin auseinanderzusetzen. Unsere Anwälte haben sich getroffen und die Vermögensfrage geklärt …«

Ellin starrte ihren Vater an. Sie klappte den Mund auf, aber es kam kein Ton heraus.

Er registrierte ihre Fassungslosigkeit, blieb vor dem Fußende ihres Bettes stehen und fragte gereizt: »Was ist dagegen einzuwenden? In unseren Kreisen spricht man zunächst über das Geld, wenn eine Verlobung ernsthaft in Aussicht gestellt wird. Das weißt du sehr wohl.«

Natürlich waren ihr Eheverträge und andere Vereinbarungen bekannt. Aber sie hätte niemals für möglich gehalten, dass ihre Liebe zu Irving davon betroffen sein könnte. Das war etwas anderes als eine ausgehandelte Hochzeit zwischen den Kindern reicher Leute. Unwillig schüttelte sie wieder den Kopf, bis sie vor Schmerzen innehalten musste.

»Ich habe ihm ausrichten lassen, dass du keinen Cent Mitgift von mir bekommst, wenn du den Irrsinn weiterbetreiben und ihn heiraten solltest.«

Ellin senkte die Lider. Über Geld hatte sie nie nachgedacht, als sie eine Zukunft mit Irving plante. Genau genommen hatte sie noch niemals in ihrem Leben über Geld nachgedacht. Was sollte sie tun?

»Der Mann ist ein Idiot«, fuhr Clarence unerbittlich fort. »Das kommt zu allem, was ich gegen ihn vorbringen kann, noch hinzu. Er behauptete doch glattweg, zwei Millionen Dollar zu besitzen und deshalb nicht auf Zuwendungen angewiesen zu sein. Er besaß die Frechheit, zu behaupten, dass er dir ein angemessenes Leben bieten könne. Als wüsste man am Broadway, was ein gesellschaftlich akzeptabler Haushalt kostet.« Er schickte diesen Worten ein höhnisches Lachen hinterher. »Und wenn sein Geld für dich nicht reicht, ließ Mr. Berlin mir ausrichten, würde er eben mehr arbeiten und dadurch mehr verdienen. Mit Musik. Was für ein Witzbold!«

In Ellins Körper breitete sich indes Wärme aus. Dass Irving die Angriffe ihres Vaters parierte, sprach ebenso wie alle anderen Eigenschaften, die sie an ihm liebte, für ein Leben an seiner Seite. Es erstaunte sie, dass ihren Vater die Anständigkeit hinter den Argumenten ihres Liebsten nicht kümmerte. Clarence wollte sie gut versorgt wissen, das war ihr klar, aber er musste doch auch sehen, dass sie mit einem ehrlichen Mann besser bedient war als mit einem Nachbarsjungen, der sich womöglich als Hasardeur an der Börse hervortat, das Vermögen seiner Familie einsetzte und ihres gleich mit. Letzterer gälte in den Augen ihres Vaters zweifellos als gesellschaftlich akzeptabler als ein Komponist von Revuen. Und mit Spekulationen war heutzutage vermutlich sogar viel mehr Geld zu verdienen als am Broadway. Insofern hatte er womöglich sogar recht, auch wenn Ellin das nicht genau wusste.

Als habe er ihre Gedanken erraten, fügte Clarence mit sanfterer Stimme hinzu: »Ich will wirklich nur dein Bestes, mein Kind, und deshalb sage ich dir hier und heute, dass mit Mr. Berlin ein für alle Mal Schluss ist. Es wäre schrecklich für mich, zusehen zu müssen, wie du einen schwerwiegenden Fehler begehst. Du bist jung und verliebt. Darauf kann man keine Zukunft bauen. Aber zum Glück gibt es Eltern, die erkennen können, was sich hinter der Fassade romantischer Luftschlösser befindet. Vertrau mir, Ellin, ich weiß, was richtig für dich ist. Ich kenne dich schließlich länger als Mr. Berlin.«

Sie spürte den Geschmack von Eisen auf der Zunge. Es

war wohl ausgeschlossen, dass die Nähte in ihrem Hals wieder aufbrachen. Wahrscheinlich war es ihr Herz, das blutete. Was sollte sie nur tun?

Kapitel 24

Ellin hatte durchaus Respekt vor den Ratschlägen anderer. Sie wusste, dass sich alle aus Liebe um sie sorgten. Aber das änderte nichts daran, dass sie sich über kurz oder lang von eben jenen Menschen wie erstickt fühlte, die sie liebten. Von ihrer Familie ebenso wie von dem Mann, den sie zu heiraten begehrte, letztlich auch von dem öffentlichen Interesse, denn in den Klatschspalten wurden seit ihrer Rückkehr immer wieder neue Meldungen über sie und Irving lanciert, die meist nicht den Tatsachen entsprachen.

Die privaten Diskussionen setzten sich auf beiden Seiten mit Vehemenz fort. Clarence engagierte den prominenten Rechtsanwalt Max Steiner, ebenfalls aus jüdischer Familie und in der Lower East Side aufgewachsen, der sich als harter Jurist einen Namen gemacht und es dadurch zu großer Bekanntheit in Manhattans Upperclass gebracht hatte. Erst fand Ellin es unangemessen, dass ausgerechnet ein Mann derselben Herkunft wie Irving das Leben und Bankkonto des Songwriters im Auftrag ihres Vaters durchleuchten sollte. Andererseits: Warum sollte Steiner das Mandat ablehnen? Es war sein Job, und er wurde sicher fürstlich für seine Tätigkeit entlohnt. Ellin hoffte, dass die Findigkeit von Dennis »Cap« O'Brien, einem am Broadway berühmten Anwalt, ausreichte, dem Eifer eines Max Steiner etwas entgegenzusetzen. Sie selbst ließ sich von ihrem Schwager Kenneth beraten, der zufällig auch O'Brien hieß, wie so viele Einwanderer aus Irland.

Es widerte Ellin an, dass ihre Liebe zu einem Verhandlungsobjekt verkam – und das entfremdete sie von Irving. Ihre Genesung nahm viel Zeit in Anspruch, in der vor allem Finny die Botin seiner Nachrichten war. Aber als sie sich im Juni wieder treffen konnten, belasteten die nüchternen Zahlen und die haltlosen Behauptungen über Irvings Lebenswandel ihr Zusammensein.

Mr. Steiner präsentierte einen Informanten, der anonym bleiben wollte und eine Reihe haarsträubender Behauptungen von sich gab: Angeblich litt Irving Berlin an einer schweren Erbkrankheit, war überdies drogensüchtig und ein Gangster, dessen Familie der »Kosher Nostra«, der jüdischen Mafia in New York, angehörte. Mr. O'Brien hielt dagegen und entlarvte geduldig jede der Anschuldigungen als das, was sie waren – Lügen.

Doch Clarence gab trotzdem nicht auf. Er ließ seinen Anwalt wissen, dass Ellin einen labilen Charakter habe und deshalb die falsche Frau für einen so emotionalen Mann wie einen Songwriter sei. Die Gesundheit beider Ehepartner würde eines Tages leiden, allein deshalb wäre eine Heirat ein schwerer Fehler. Am schlimmsten war jedoch das Interview, das Clarence Mackay der *Variety* gab: Darin verkündete er, eine Hochzeit käme nur über seine Leiche zustande.

Irving teilte seinem Rechtsberater daraufhin mit, dass er niemals Vater und Tochter trennen wolle, Miss Mackay zwar nach wie vor über alles liebe, aber in seiner Entscheidung auch von dem Wunsch nach einem harmonischen Verhältnis mit ihrer Familie geleitet werde. Im Grunde fasste er in Worte, was Ellin fühlte. Dass Irving ihren eigenen Gedanken so nah war, überzeugte sie zwar noch einmal mehr, dass er der Richtige sei, dennoch war sie inzwischen nur noch genervt von dem ganzen Hin und Her. Eine Braut sollte sich auf ihre Hochzeit freuen, dachte sie verzweifelt, und diesen Tag nicht auf Biegen und Brechen erzwingen wollen, um dem unwürdigen Vorspiel endlich ein Ende zu bereiten. Und je mehr sie darüber grübelte, desto mehr kam sie zu dem Schluss, dass sie ihr Pflichtbewusstsein über ihre Liebe stellen musste.

Wie alle Lebewesen, die in die Enge getrieben werden, sann sie auf Flucht. Sie brauchte eine Pause – und musste sich letztlich klar darüber werden, wie sie ohne die Liebe ihres Lebens weiterleben wollte. Zwei Monate nach der schweren Erkältung, die zu der Mandeloperation und natürlich auch zu den Nachblutungen geführt hatte, war sie alles andere als gesund. Die Sorgen, die sie belasteten, taten ihrem Körper nicht gut. Deshalb nahm sie den Vorschlag ihrer Großmutter an, die Sommermonate nicht auf Long Island, sondern auf Reisen zu verbringen. Die Zugfahrt von New York nach Vancouver quer durch den nordamerikanischen Kontinent und anschließend eine Reise die Westküste entlang bis nach Kalifornien schienen ihr der Strohhalm zu sein, der sie aus ihrem Dilemma zöge. Gleichzeitig hoffte sie auf ihre körperliche Genesung und damit auf neue Kraft, sich den Herausforderungen in New York zu stellen.

Natürlich stand im Raum, dass es sich nunmehr um die endgültige Trennung von Irving handeln könnte. Was der Aufenthalt in Europa und im Vorderen Orient nicht vermocht hatte, würde eine Fahrt quer durch Amerika bewirken. Der Gedanke brach ihr das Herz. Sie war nicht in der Lage, mit Irving darüber zu sprechen, ohne in Tränen auszubrechen. Eine sachliche Auseinandersetzung war ihr nur über die Kabelleitungen von Long Island nach Manhattan möglich. Sie beschloss, Irving vor vollendete Tatsachen zu stellen, und schickte ihm ein Telegramm:

BITTE SORGE DICH NICHT +++ STOP +++ FAHRE MORGEN FORT +++ STOP +++ WERDE ALLES ERKLÄREN +++ STOP +++ KOMME IM SEPTEMBER ZURÜCK +++ STOP +++ BITTE RUF MICH NICHT AN, ICH WERDE MICH BEI DIR MELDEN +++

Nachdem sie den Text telefonisch bei der Telegraphengesellschaft ihres Vaters aufgegeben hatte, brach sie schluchzend zusammen.

»White Christmas«

Beverly Hills
Dezember 1937

Kapitel 25

Es war weit nach Mitternacht. Irving hatte noch nicht geschlafen, er beschäftigte sich mit dem Weihnachtslied, das ihm durch den Kopf ging, schrieb Strophe für Strophe auf und versuchte, an seinem Klavier eine dazu passende Melodie zu komponieren. Während er konzentriert arbeitete, vergaß er die Zeit. Das war eine glückliche Fügung, denn seit neun Jahren konnte er in der Heiligen Nacht kein Auge zutun und versank meist in dunkle Grübeleien.

Als er jetzt auf die Uhr sah, zählte er automatisch drei Stunden weiter – in New York war es vier Uhr dreißig morgens. Zu früh, um jemanden anzurufen. Selbst ein Telefongespräch mit seiner rechten Hand Helmy Kresa sollte er jetzt besser nicht anmelden, obwohl der ihm seit über zehn Jahren Tag und Nacht zur Seite stand, um seine musikalischen Ideen in Notenschrift umzusetzen. Aber Helmys Frau war schwanger, und Irving sollte ihn nicht in der letzten Weihnachtsnacht zu zweit aus dem Bett klingeln. Trotz des genialen Einfalls, der sich Irvings bemächtigt hatte.

»Es ist nicht nur ein gutes Lied«, murmelte er vor sich hin. »Es ist das beste Lied, das je geschrieben wurde.«

Dann schlug er die Tasten an und sang für sich allein in dieser einsamen Nacht, was aus seinem Herzen strömte: *»I'm dreaming of a white Christmas …«*

»They Say It's Wonderful«

New York
November 1925

Kapitel 26

Die aktuelle Ausgabe des Magazins *The New Yorker* lag vor Ellin auf dem Tisch im Salon. Die Zeitschrift war auf der Seite mit der neuen Kolumne, die sich an jüngere Leser wandte, aufgeschlagen, die schwarzen Druckbuchstaben leuchteten auf dem weißen Papier, als wären sie aus Signalfarben:

Warum gehen wir ins Kabarett?
Eine ehemalige Debütantin berichtet
von Ellin Mackay

Es war unfassbar, den eigenen Namen als Autorenbezeichnung unter einem Artikel zu lesen – und nicht mehr nur als Bestandteil einer Klatschmeldung oder einer Gästeliste. Ellin konnte nicht zählen, wie oft sie schon auf die Seite geschaut, vor- und zurückgeblättert und immer wieder kontrolliert hatte, ob dort wirklich der Text aus ihrer Feder stand. Jedes Mal, wenn sie die Überschrift las, begann ihr Herz schneller zu klopfen, und wenn sie wieder und wieder ihre Worte fand, die in gedruckter Form so ganz anders wirkten als in der ersten handschriftlichen Fassung und danach auf einer Reiseschreibmaschine getippt, konnte sie kaum atmen vor Freude, Aufregung – und Stolz über das Erreichte.

»Das ist eine ziemlich skandalöse Betrachtungsweise der gesellschaftlichen Strukturen«, meinte ihre Großmutter. »Aber es steht seit jeher wohl jeder Generation zu, in der Jugend Kritik zu üben …«

Clarence schnaubte, zog an seiner Zigarre und versteckte seine Miene hinter einem dichten Rauchschleier. Als die Zimmertür leise von einem Mitglied des Hauspersonals geöffnet wurde, ließ die Zugluft die Schwaden über die Sitzgruppe wehen, anstatt dass sie nach oben stiegen.

Unwillkürlich hustete Ellin.

Sie saß mit ihrer Familie vor dem Kamin, ein abendliches Beisammensein, dessen harmonische Stimmung auf den ersten Blick über das Feuer hinwegtäuschte, das in Ellin loderte wie die Flammen unter der elegant geschwungenen Marmorbrüstung. Seit ihrer Rückkehr aus Kalifornien Ende September kam sie sich wie ein Vulkan vor, der kurz vor dem Ausbruch stand. Sie hatte sich schließlich von Irving getrennt, weil sie die Vorstellung, mit ihrem Vater und ihrer Großmutter zu brechen, noch schlimmer fand. Mit dem Schmerz, der sich danach einstellte, hatte sie in dieser verheerenden Form jedoch nicht gerechnet. Es gab keinen Tag, nicht einmal eine Stunde, in der ihre Gedanken nicht zurück zu den Momenten wanderten, in denen sie glücklich gewesen war. Sie behauptete gegenüber den anderen, zufrieden zu sein, war jedoch so unglücklich wie nie zuvor.

Dabei eröffneten sich ihr große Möglichkeiten: Kurz vor ihrer Abreise im Juni hatte sie ein Manuskript an den Chefredakteur des *New Yorker* geschickt, und als sie Station im kanadischen Vancouver machte, erhielt sie eine Nachricht von Harold Ross, der nicht nur diesen Text, sondern gern auch weitere Kolumnen von ihr haben wollte. Das war die Verwirklichung eines lang gehegten Traums, überdies war es der Schritt in ein ganz neues Leben, da Ellin mit dem Honorar zum ersten Mal eigenes Geld verdiente. Plötzlich hatte die Dollarprinzessin einen Job. Doch gleichzeitig fehlte ihr die Person, die ihre Freude teilen und ihre Gedanken verstehen würde, wie nichts sonst auf der Welt.

Ein falsches Wort von Vater, dachte Ellin, und ich gehe!

Wie oft hatte sie das in den vergangenen zwei Monaten gedacht – ohne zu handeln?

Der Zorn brodelte in ihr, über die eigene Entscheidung, aber besonders auf ihren Vater, der den Verlust ihrer großen Liebe als selbstverständliche Lappalie abtat und mit keiner Geste als das würdigte, was es für sie war. Für ihn ging das Leben unverändert weiter, er benahm sich, als sei Irving Berlin nichts mehr als eine kurze Episode gewesen. Nicht anders ihre Großmutter, die zwar insgesamt ein wenig feinfühliger war, aber den Namen des Songwriters niemals in den Mund nahm und Ellin mit sanfter Direktheit daran erinnerte, dass es Zeit wurde für eine adäquate Verlobung. So auch jetzt:

»Du bist zweiundzwanzig Jahre alt«, fuhr Louise fort. »Als Jugendsünde kann man dein Verhalten eigentlich nicht mehr tolerieren. Du solltest endlich einen netten jungen Mann aus unseren Kreisen heiraten, mein Kind, bevor du noch eine alte Jungfer wirst und dich um Kopf und Kragen schreibst.«

»Verplempere deine Zeit nicht mit solchem Geschreibsel«, knurrte Clarence. »Du siehst ja an deiner Mutter, dass Ambitionen nur zu Flausen führen.«

Ellin war kurz davor, zu explodieren. Die Missachtung ihres Vaters war noch schwerer zu ertragen als das ewige Lamento ihrer Großmutter. Aber eine stumme Frage dämpfte den Ausbruch: Was hatte sie erwartet? Dass sich Clarence Mackay von Grund auf ändern würde, nur weil sein *Goldengel* sich seinen Wünschen fügte? Dass die alte Dame in einer vorteilhaften Verbindung für Ellin nicht mehr die Priorität sah? Wenn schon nicht ein Leben an der Seite von Irving möglich war, so konnte sich Ellin durchaus mit dem Gedanken anfreunden, als Schriftstellerin von ihrer Arbeit erfüllt zu werden und unverheiratet zu bleiben. Spätestens seit der Veröffentlichung ihres Artikels war es mit einer Rückkehr in die himmelblaue Rüschenwelt, in der sie sich als junges Mädchen schon so unwohl gefühlt hatte, vorbei. Wieso sah das keiner ihrer engsten Angehörigen? Im nächsten Moment kannte sie jedoch auch diese Antwort: Das Verhalten ihrer Mutter, die zu ihrer Zeit ein ausgesprochen selbstständiges Leben geführt und mit der amerikanischen Frauenbewegung viel erkämpft hatte, war eine große menschliche Enttäuschung für ihre Granny und ihren Vater gewesen. Beide wollten verhindern, dass Ellin einen ähnlich skandalösen Weg beschritt.

Sie müssen verstehen, dass ich eine andere Person bin, sinnierte sie, die in einer anderen Zeit erwachsen geworden ist.

»Das hier ist etwas ganz Besonderes«, erklärte sie und nahm das Magazin an sich. »Mr. Ross beschäftigt nur die besten Autoren.«

»Natürlich gehört meine Tochter zu den Besten. Wozu sonst?« Clarences Worte klangen nicht wie ein Kompliment – und waren wohl auch nicht so gemeint.

Ellin klappte ihren Mund auf, doch ein Räuspern im Hintergrund unterbrach ihren Versuch, sich mehr Respekt zu verschaffen. Erstaunt wandten sie sich um. Sie hatte nicht darauf geachtet, wer vom Personal vorhin eingetreten war. Jetzt erblickte sie ihre Zofe, Finny stand neben der zweiflügeligen Zimmertür und winkte sie zögerlich heran.

»Entschuldigen Sie, bitte, darf ich Sie kurz sprechen?«

Clarence grunzte eine Unfreundlichkeit, Marie Louise richtete sich kerzengerade auf und sah Finny scharf an.

Bevor ihre Großmutter mit einer Zurechtweisung auf die Bitte reagieren konnte, sprang Ellin auf. Sie klemmte sich die Zeitschrift unter den Arm und eilte auf Finny zu. Deren Verhalten war tatsächlich ungewöhnlich, aber sie würde niemals ein abendliches Familienzusammensein stören, wenn es nicht wichtig wäre. Ellin nickte ihr zu und verließ ohne ein weiteres Wort den Salon. Erst hinter der von Finny verschlossenen Tür drehte sie sich mit hochgezogenen Augenbrauen um. »Ja?«

»Entschuldigen Sie«, wiederholte Finny leise, »ich dachte, Sie möchten vielleicht nicht, dass ich Sie vor … na ja … da ist ein Telefonanruf für Sie …«

Während Finny sprach, spürte Ellin ein Ziehen in ihrem Magen, und ihre Hände begannen zu zittern.

»Es ist Mr. Berlin am Apparat. Ich habe ihm gesagt, ich

wüsste nicht, ob Sie mit ihm sprechen möchten, aber er wollte warten.«

Sie hatte geglaubt, Irving wäre ein Teil ihrer Vergangenheit. Niemand, der einen Platz in ihrer Gegenwart einnähme. Dennoch hatte sie alles, was sie über ihn in den einschlägigen Zeitungen finden konnte, aufgesogen wie ein Schwamm das Wasser. Zwar bemühten sich ihre Freunde, in ihrer Gegenwart nicht über ihn zu sprechen, aber die Tuscheleien hinter vorgehaltener Hand erreichten Ellin auf die eine oder andere Weise trotzdem, Klatschmäuler gab es schließlich genug, und ein Broadwaystar war ein glanzvolles Opfer, mit dem sich die Schwätzer gern schmückten. Sie hörte von den Sketchen über einen liebeskranken Songwriter, die die Runde machten, las die ersten Kritiken über Irvings neues Musical »The Cocoanuts« nach den Vorpremieren in Philadelphia im Oktober und kürzlich in Boston – angeblich handelte es sich nicht um Mr. Berlins beste Show. Es gab keine andere Frau in seinem Leben, und offenbar litt er ebenso wie sie unter der Trennung. Nun war er am Telefon. Er hatte den Mut besessen, anzurufen und zu riskieren, abgewiesen zu werden. Was für ein wunderbarer Mann!

»Ich nehme das Gespräch in meinem Zimmer an«, sagte Ellin mit erstickter Stimme.

Dann rannte sie die Treppe hinauf, verlor unterwegs einen Schuh, ließ ihn liegen, streifte den zweiten ab und lief barfuß weiter. Sie konnte kaum erwarten, mit Irving zu sprechen. Ihre Sehnsüchte und ihre Gefühle, die sie in den vergangenen Wochen so sehr zu unterdrücken versucht hatte, traten mit aller Macht an die Oberfläche, als wären sie niemals in die Tiefe ihres Herzens versunken.

Sie legte die Zeitschrift auf einen Stuhl, warf sich auf ihr Bett und griff nach dem Hörer des Telefons, das auf ihrem Nachttisch stand. Nach Luft schnappend meldete sie sich.

»Hallo, Irving.«

»Hallo, Ellin«, erwiderte er schlicht.

Plötzlich schwiegen sie. Als wüssten sie nicht, was sie einander sagen sollten. Ellin kam es vor, als stürme zu viel auf sie ein. Vielleicht erging es ihm ebenso. Wo neu anfangen, nachdem es eigentlich niemals ein richtiges Ende gegeben hatte?

Nach einer Weile räusperte sich Irving. »Ich rufe an, um dir zu deinem Artikel im *New Yorker* zu gratulieren. Es ist großartig, dass du es geschafft hast.«

»Danke.«

Schweigen.

Ellin hatte nicht die geringste Ahnung, was sie sagen, wie sie, die immer zu viel redete, in Worte fassen sollte, was sie gerade fühlte. Die Freude, ihn zu hören. Die Sehnsucht, die die vor Monaten beschlossene Trennung unerträglich für sie machte. Sie konnte nicht ohne ihn leben. Sie wollte es nicht, denn eine Zukunft ohne ihn war nicht nur farblos, sondern ausgesprochen düster. Sie wollte keine alleinstehende Autorin sein, sie wollte ihre Gedanken mit dem Mann teilen, den sie liebte, sich in seinem Verständnis für ihre Arbeit weiterentwickeln. Und ihr stand deutlicher als je zuvor vor Augen, was sie noch auf keinen Fall sein wollte: die Frau eines Erben aus Long Islands Nachbarschaft, den ihr ihre Großmutter aussuchte.

Wenn sie jetzt zögerte, würde sie nie wieder mit Irving sprechen, ihn niemals wiedersehen, nie ein Teil seines aufregenden Lebens sein dürfen. Wenn sie jetzt nicht endlich den Mund aufmachte, schickte sie ihn für immer fort. Dabei war er alles, was sie jemals begehrt hatte. Ihre Probleme waren zwar nicht gelöst, aber er war der Richtige – und deshalb würden sie alle Fragen gemeinsam bewältigen, die sich aus ihren unterschiedlichen Religionen und gesellschaftlichen Hintergründen ergaben. Ihr Vater irrte, wenn er glaubte, dass diese Themen ihr Zusammensein zerstören würden – sie schweißten sie vielmehr zusammen, weil sie beide eine Lösung finden wollten.

»Tja …« Irvings Enttäuschung über ihr Schweigen summte durch die Telefonleitung von der West 46th Street zur 75th Street Manhattans. »Ich hoffe, noch mehr von dir zu lesen. Das ist eine schöne Kolumne. Den Inhalt kannte ich ja schon ein wenig, aber …«

»Du erinnerst dich daran?«, rief sie aus. Für einen kurzen Moment wurde ihr schwindelig.

»Wie könnte ich diese Autofahrt jemals vergessen?« Er lachte kurz auf. »Ich sah danach aus wie mein Vater, wenn er von seiner Arbeit in der koscheren Schlachterei nach Hause kam.«

Sie lachte auch. Sein Vergleich war vielleicht ein wenig zu dick aufgetragen, aber sie fand ihn lustig. Erleichterung erfasste sie. Wenn sie wieder zusammen lachen konnten, würde alles gut.

Und dann fiel ihr auf, dass Irving mehr von ihr lesen wollte. Er interessierte sich ernsthaft für ihre Arbeit, tat sie nicht als das Hobby einer gelangweilten Debütantin ab, die auf Männersuche war. Sicher wusste er, dass es eine Ehre war, für den *New Yorker* schreiben zu dürfen – und keine Selbstverständlichkeit, selbst für die Tochter eines der reichsten Männer der USA. Natürlich besaß er eine Ahnung davon, wie schwer es war, als Künstler Fuß zu fassen, einerlei, ob als Schriftstellerin oder als Komponist. Sie war zwar keineswegs so berühmt wie er, stand noch am Anfang ihrer Karriere, aber er erlaubte ihr, ihm auf Augenhöhe zu begegnen. Auch dafür liebte sie ihn.

»Wie geht es dir?«, fragte sie, als ihr Lachen zu einem leisen Kichern abebbte.

»Gut«, antwortete er knapp.

»Ist das alles?«

»Nein, Ellin, das ist es natürlich nicht.« Jetzt klang er sehr ernst. »Ich habe im Sommer und Herbst viel gearbeitet, aber ›The Cocoanuts‹ ist trotzdem nicht die beste Revue geworden, die ich je geschrieben habe. Es gab da ein paar Probleme mit meinen Texten, der Drehbuchautor George Simon Kaufman und ich hatten unterschiedliche Auffassungen von dem, was wir auf der Bühne wollten.« Er seufzte. »Nun ja, am achten Dezember ist die Uraufführung im Lyric Theatre am Broadway, und wir werden sehen, was das Publikum sagt.«

»Die Vorpremieren sollen doch gar nicht so schlecht gewesen sein«, entfuhr es ihr. Erst einen Atemzug später zögerte sie, weil sie ihm auf diese Weise zu verstehen gab, dass sie seinen Lebensweg verfolgt hatte. Andererseits war es kaum möglich, Informationen über Irving Berlin zu ignorieren, wenn man jung und am kulturellen Leben New Yorks interessiert war.

Er schmunzelte. Sie hörte es deutlich und stellte sich sein Lächeln bildlich vor. Wie gut sie es kannte.

»Ich bin verwöhnt von den Music Box Revuen«, erwiderte er.

Jetzt oder nie …

Ellin schluckte, holte tief Luft. Bevor sie es sich anders überlegen konnte, stieß sie hervor: »Ich würde dich gern zur Premiere begleiten.«

Als es raus war, schloss sie die Augen. Die Gefahr, dass er ablehnte, war für sie genauso groß wie vorhin die Möglichkeit für ihn, dass Finny ans Telefon zurückkam und erklärte, Miss Mackay sei nicht erreichbar. Auf Augenhöhe, fuhr es Ellin durch den Kopf, wir sind Partner auf Augenhöhe.

»Ellin, ich …« Er unterbrach sich, zögerte, überlegte.

Ihr Herz krampfte sich zusammen. Hatte sie sich in seinen Gefühlen getäuscht?

»Gott und die Welt werden uns zusammen sehen«, warnte er schließlich. »Die Presse ist da und alle, die in New York bei Premieren dabei sein wollen. Das Lyric Theatre hat ein deutlich besseres Image als die Music Box, da kommen sogar die, die sonst nicht in eine Broadwayshow gehen.«

»Das weiß ich.«

»Wenn man uns zusammen sieht, könnte man annehmen …«

»Ja, Irving, das könnte man annehmen«, fiel sie ihm ins Wort. »Dass wir wieder ein Paar sind.«

»Aber …«

Es gab so viele ungeklärte Fragen. Was würde ihr Vater zu der neuen Entwicklung sagen? Ihre Großmutter? Sie werden mich nicht gleich aus dem Haus werfen, dachte Ellin zuversichtlich.

»Da darf es kein Aber geben«, widersprach sie energisch.

Irving lachte. »Doch. Ich würde dich *aber* gerne wiedersehen, bevor wir unter der Beobachtung von halb Manhattan stehen. Ganz allein. Nur wir beide.«

Es fiel ihr schwer, ihr innerliches Jauchzen zu unterdrücken. »Wann soll ich bei dir vorbeikommen?«

»The Best Thing For You (Would Be Me)«

New York
Dezember 1925

Kapitel 27

Sie trafen sich nicht in seinem Apartment. Zu ihrem größten Erstaunen schlug er als Treffpunkt den Central Park vor. »Da sind wir vor der Presse und neugierigen Blicken sicher. Um diese Jahreszeit wird uns dort an einem ganz normalen Nachmittag niemand erkennen«, behauptete er. Das klang zwar irgendwie logisch, die Wahl des Ortes blieb aber dennoch verwunderlich, zumal er sich mit ihr an einer Straßenecke verabredete.

Dort stand er unter einer Laterne. Die winterliche Dämmerung hatte früh eingesetzt, und als Ellin ihn sah, flammte das Licht auf. Wie in einen goldenen Heiligenschein hüllte es die schmale, nicht besonders große Gestalt in dem eleganten dunklen Mantel und mit dem tief ins Gesicht gezogenen Hut ein. Er bemerkte sie nicht – und tat etwas, das sie hasste: Er kaute Kaugummi. Während seine Kiefer mahlten, bewegte er den Kopf gedankenverloren hin und her, und sein Hut hüpfte auf und ab.

Unwillkürlich blieb Ellin stehen.

Ist dieser Mann es wert, alles aufzugeben?, fragte sie sich still. Deine Familie, deinen gesellschaftlichen Stand, dein Erbe? Sie hoffte zwar auf die Einsicht ihres Vaters, aber sicherlich würde der sich zunächst einmal furchtbar über ihr Wiedersehen mit Irving aufregen. Und was sie am Ende verlor, war nicht absehbar. Aber möglicherweise gewann sie mehr als das.

Ja, dachte sie. Ja.

Ein wärmendes Glücksgefühl erreichte ihr Herz, während der Frost in ihre pelzgefütterten Stiefeletten kroch.

Ein Lächeln breitete sich auf ihrem Gesicht aus. Sie hob die Hand und rief seinen Namen.

Das Kaugummi verschwand in seiner Tasche und ruinierte dort vermutlich eines der blütenweißen Taschentücher mit seinem Monogramm. Dann trat er auf sie zu.

Es war, als hätte es die vergangenen Monate nicht gegeben. Sie sanken sich ohne ein weiteres Wort in die Arme, und die Uhr schien zurückgedreht. Nichts war anders. Ihre Gefühle nicht, das Gespür für den anderen, die Wärme, Zärtlichkeit, ihre Liebe. Sie machten dort weiter, wo sie aufgehört hatten – und Ellin war klar, dass sie niemals wirklich auseinandergegangen waren und es auch nie tun könnten. Warum sich also noch einmal dem Schmerz einer Trennung aussetzen? Nichts war so aussichtslos wie die Vorstellung, ohne den anderen leben zu müssen. Sie hielten einander fest umschlungen und wussten in diesem Moment beide mit absoluter Klarheit, dass sie sich nicht mehr verlassen wollten. Irvings langer, leidenschaftlicher Kuss bestärkte Ellin darin.

»Komm«, sagte er schlicht und schob sie, den Arm um ihre Schulter gelegt, tiefer in den Park.

Hinter einer Baumgruppe verborgen wartete ein Pferdewagen, der Kutscher stand daneben, hielt sein Ross am Halfter und nickte dem offensichtlich verliebten Paar freundlich entgegen.

Verblüfft blieb Ellin stehen. »Du willst doch jetzt nicht in einer Kutsche mit mir durch den Central Park fahren – oder?«

»Warum nicht?« Irving grinste verschmitzt. »So sind wir allein. Ich wette mit dir, dass uns niemand beobachtet. Und es ist ein schönes Erlebnis.«

»Mein Ritter, der mich mit Pferd und Wagen entführt«, resümierte Ellin kichernd. »Hast du auch irgendwo eine Rüstung versteckt?«

Irving blickte an sich hinunter. »Ich fürchte, Ritterrüstungen sind in der Savile Row gerade aus.«

Lachend stiegen sie in das Fuhrwerk. Der Lenker breitete eine Wolldecke und dann noch einen Pelzüberwurf auf ihren Knien aus, und Ellin fand es gar nicht mehr so kalt wie zuvor. Ihr eleganter Tuchmantel mit Pelzkragen und -manschetten war nicht warm genug für die Fahrt in einem offenen Wagen, doch mit Irvings Körper dicht neben sich fühlte sie sich behaglich unter der Decke. Sie überließ Irving ihre Hand, lehnte sich zufrieden zurück und dachte, dass es völlig absurd war, an einem späten Nachmittag in der ersten Dezemberwoche durch den stillen, dunklen Central Park zu fahren. Altmodisch. Romantisch. Verwirrend. Und einsam. Kein Pressevertreter, der sich um diese Uhrzeit auf einem der verschneiten Wege herumtrieb. Kein Fotograf, der sein Blitzlicht auf den Broadwaystar und die Dollarprinzessin gerichtet hatte. Irving hatte recht – es war eine phantastische Idee.

Der Fahrtwind spielte mit Ellins Haaren, die unter ihrem Glockenhut hervorlugten, kühlte ihre erhitzten Wangen. Flocken wirbelten durch die Luft. Während die Räder durch den frisch gefallenen Schnee pflügten und dabei leicht knirschten, erzählte Irving von seiner Arbeit und von den Zusammenkünften an dem legendären Algonquin Round Table, dem Künstlerstammtisch in einem Hotel im Theaterdistrikt, zu dem Ellin nun endlich einmal mitkommen sollte, um seine Freunde kennenzulernen. Irgendwann fiel ihm das leise Klingeln der Glöckchen am Zaumzeug des Kutschpferdes auf, und er meinte: »Das wäre eine hübsche Melodie, wenn ich einmal ein Weihnachtslied schreiben wollte.«

»Ja, das wäre es«, stimmte Ellin versonnen zu und legte ihren Kopf an seine Schulter. Dass ein Jude ein Weihnachtslied komponieren würde, erschien ihr zwar eher unwahrscheinlich. Aber da sie keine Diskussion über ihre Religionen auslösen wollte, fragte sie nur: »Was wirst du an den Feiertagen machen?«

»Sicher werde ich arbeiten, und möglicherweise werde ich die Einladung zu irgendeinem Dinner annehmen.« Er zögerte, dann: »Ich wünschte, ich könnte mit dir zusammen feiern.«

Als Antwort kuschelte sie sich enger an ihn. Es stand außer Frage, dass sie es ebenso ersehnte, jeden Tag mit ihm verbringen zu dürfen. Sie konnte sich im Moment allerdings nicht vorstellen, dass sie ihre Großmutter oder gar ihren Vater dazu bringen würde, Irving an Weihnachten zu empfangen. Dazu war es noch zu früh, die Gelegenheiten bis dahin knapp bemessen. Clarence umzustimmen würde viel Zeit und Kraft kosten, bis zu den Feiertagen war das kaum möglich. Aber nichts ist aussichtslos, fuhr es ihr durch den Kopf.

»Wir werden uns auf jeden Fall sehen«, versprach sie und klang dabei plötzlich seltsam bedrückt. Etwas fröhlicher fuhr sie fort: »Was wünschst du dir von mir?«

»Deine Liebe«, kam es prompt zurück. »Ich wünsche mir deine Liebe für immer und ewig.«

»O Irving, die hast du …«

»Unsere Trennungen zermürben mich. Leider werden wir aber schon Silvester wieder Abschied nehmen müssen.«

Sie richtete sich kerzengerade auf. »Wie bitte?«

»Ich konnte ja nicht wissen, dass wir uns wiedersehen«, erwiderte er ein wenig verlegen. »Auch nicht ahnen …«

»Wovon redest du?«

»Ich habe eine Passage nach Übersee gebucht, Ellin. Am zweiten Januar fahre ich nach Europa. Es ist eine längere Reise geplant, ich habe in London viel zu tun wegen meiner Revuen …« Er unterbrach sich und fügte munterer hinzu: »Ich kann versuchen, in der Savile Row eine Ritterrüstung aufzutreiben.«

Vier Wochen, rechnete Ellin stumm nach, wir haben vier Wochen. Und danach war sie wieder allein.

Obwohl ihr das Herz schwer wurde, schenkte sie Irving ein strahlendes Lächeln. »Ja, nach einer maßgeschneiderten Ritterrüstung solltest du unbedingt Ausschau halten. Und ich verspreche, dass ich wie im Märchen hundert Jahre auf dich warten werde, wenn es sein muss.«

»*Sleeping Beauty*«, murmelte er, hob die Hand und stupste eine Schneeflocke von ihrer Nase. Dann beugte er sich über sie.

Sein Kuss verschloss ihre Lippen und nahm ihr für einen Moment die Furcht vor dem erneuten Alleinsein.

In ihrem Kopf hallte nur noch das dumpfe Pferdegetrappel und das Knirschen der Kutschenräder im Schnee nach – und das süße Spiel der Glöckchen. Alles andere versank in seiner Zärtlichkeit.

Kapitel 28

Die Fotos von Ellin Mackay und Irving Berlin anlässlich der Uraufführung von »The Cocoanuts« am Broadway waren in allen Zeitungen. Mal sah man das schöne, vertraut wirkende Paar auf dem roten Teppich vor oder im Foyer des Lyric Theatre, ein anderes Mal auf dem Weg zu der Premierenfeier, die Herbert Bayard Swope, der Chefredakteur der angesehenen *New York World*, ausrichtete. Meist lächelte Ellin selbstbewusst in die Kameras, Irving wirkte dagegen ein wenig gedankenverloren und nervös, aber bei genauerem Hinsehen erkannte man den Stolz auf die Frau an seiner Seite und das Glück in seinen Augen.

Marie Louise blieb nach den Veröffentlichungen mit einer Migräne im Bett, so dass Ellin dem Zorn ihres Vaters allein ausgesetzt war. Doch sie fühlte sich seltsam unangreifbar. Die Adventszeit hatte sie stets in eine besondere Stimmung versetzt, und Irving wiedergefunden zu haben, machte die Tage zu etwas ganz Besonderem. Inzwischen war der Gedanke an seine Abreise am Sonnabend nach Silvester nicht einmal mehr so schlimm. Ja, es war nicht schön, ohne ihn sein zu müssen. Aber seine Abwesenheit bot ihr die Chance, in Ruhe mit ihrem Vater zu sprechen und ihn bis zu Irvings Rückkehr umzustimmen. An diesem Morgen wirkte Clarence jedoch so aufbrausend wie eh und je.

»Swope schreibt in seinem Leitartikel über euch …« Er warf einen Blick auf die Lektüre, das Zeitungspapier raschelte in seiner Hand. Er schnappte kurz nach Luft, dann: »Ich zitiere: *Ich bin ein Freund der Liebesromanze …«* Er sah wieder auf. »Ist der Mann verrückt geworden?«

Ellin rührte seelenruhig Zucker in ihren Kaffee. »Mr. Swope ist der Papst unter den amerikanischen Journalisten. Ich nehme an, er weiß, was er schreibt.« In Gedanken fügte sie hinzu, dass sie es wunderbar fand, einen solchen Fürsprecher zu haben.

»Unsinn!«, polterte Clarence. »Swope gehört zur Pokerrunde von Mr. Berlin und ist nicht objektiv.«

Ellins Hand hielt kurz in der Bewegung inne. »Du bist gut informiert.«

Im nächsten Moment wurde ihr bewusst, dass ihr Vater offenbar nicht nur jeden Schritt, den Irving unternahm, durch einen Detektiv hatte beobachten lassen, sondern auch dessen Freunde durchleuchtete. Hatte sich sein Anwalt im Sommer noch auf dubiose, anonyme Zeugen berufen, konzentrierte sich Clarence inzwischen anscheinend auf bekannte Namen. Begriff er nicht, wie peinlich das war? Er, der so großen Wert auf Ellins gesellschaftliche Stellung legte, benahm sich unmöglich und ließ berühmte Literaten und andere Künstler, deren einziges Vergehen eine Verbindung zu Irving Berlin war, ausspionieren. Das war unfassbar. Wenn die Betroffenen davon erfuhren, wären die Folgen des Skandals kaum absehbar. Wie tief wollte ihr Vater eigentlich noch sinken, um ihre Heirat zu verhindern?

»Ich kenne Swope persönlich«, zischte Clarence mit hochrotem Kopf. »Der Mann ist nicht nur verrückt, sondern ein Verräter!«

Seufzend legte sie den silbernen Kaffeelöffel auf den Unterteller. Sie schluckte die Antwort, die ihr auf der Zunge lag, hinunter. Es war besser, eine Diskussion heute Morgen zu vermeiden, um in der Rage nicht Dinge zu sagen, die ihr anschließend leidtäten. In zwei Wochen war Heiligabend – war das kein Grund, in der Familie Frieden herbeizusehnen? Es würde ihr im neuen Jahr noch genug Zeit für eine Unterredung mit Clarence bleiben.

Als habe er ihre Gedanken erraten, fuhr ihr Vater fort: »Dass du es weißt, Ellin: Ich habe meine Meinung über deine *Romanze*, wie Swope es nennt, nicht geändert. Und – so wahr mir Gott helfe! – das werde ich auch niemals tun.«

Lieber Gott, betete sie still, ich wünschte, er würde nicht auch noch Dich in diese Sache hineinziehen.

Sie senkte die Lider, biss die Lippen zusammen und schwieg beharrlich.

Kapitel 29

Versonnen betrachtete Ellin die Auslagen im Tiffany Building an der West 38th Street. Ein Schaufenster war für Verlobungsringe reserviert, auf dunkelblauem Samt lag ein Solitär neben dem anderen, Diamanten im berühmten Schliff von Charles Lewis Tiffany in unterschiedlichen Größen, die seit Generationen zum Statussymbol einer jeden Braut geworden waren.

Wahrscheinlich träumten die meisten Backfische von einem kostbaren, funkelnden Zeichen der Liebe wie diesem, sinnierte Ellin, während sie auf ihre eigenen Hände blickte, die in dunkelgrauen Lederhandschuhen steckten. Auch ohne den direkten Blick auf ihren Ringfinger wusste sie natürlich, was dort fehlte. Ihre Heirat mit Irving war schon so lange ein Thema zwischen ihnen beiden und ihrer Familie, aber das nach außen sichtbare Zeichen ihrer Verlobung besaß sie nicht.

Noch nicht, tröstete sich Ellin. Sie versuchte, den leichten Stich in ihrem Herzen zu ignorieren, was ihr jedoch nicht so gut wie erhofft gelang.

Vielleicht öffnete er ja heute eines der türkisblauen

Kästchen von Tiffany für sie. Irving hatte sie zum Tee in seine Wohnung gebeten, wollte mit ihr allein ein wenig feiern.

Auf dem Weg zu ihm vertrieb sich Ellin die Zeit mit einem Schaufensterbummel. Das war immerhin angenehmer, als die schwierige Stimmung zu ertragen, die trotz der Weihnachtstage in ihrem Elternhaus herrschte. Clarence ließ nichts unversucht, um seinem peinlichen Verhalten die Krone aufzusetzen, was das Verhältnis zwischen Vater und Tochter nicht verbesserte. Kurz nachdem die Fotos von der »Cocoanuts«-Premiere erschienen waren, gab Clarence der *New York Times* ein Interview, in dem er noch einmal bekräftigte, dass er seine Tochter Ellin enterben würde, falls sie Irving Berlin heiratete. Er nannte auch eine Summe, die er ihr dann vorenthalten wollte: Neben anderen Werten ging es um einen Treuhandfonds in Höhe von zehn Millionen Dollar. Die Frage des Reporters, ob eine große Liebe so viel Geld wert sei, blieb unbeantwortet. In Ellin wuchs jedoch der Groll gegen diese öffentliche Schlammschlacht.

Es war der Nachmittag vor Heiligabend. Stunden, die sie von jeher geliebt hatte, mit Freude und Harmonie erfüllen wollte. Der Streit mit Clarence drohte sie zu ersticken.

Ihre Gedanken wanderten zurück zu ihrem Aufenthalt in Bethlehem vergangenes Jahr, eine Reise, die ihr angesichts des Lichtermeers von Manhattans Geschäftsstraßen völlig irreal erschien. Sie versuchte, ein wenig von dem Zauber des Ortes der Geburt Christi nachhallen zu lassen, indem sie den Weihnachtsliedern lauschte, die aus den Straßenorgeln über den Verkehrslärm wehten, und sie belohnte die frommen Gesänge der Heilsarmee-Salutisten mit einer Münze in deren Spendenkorb. Sie sog den Duft von Zuckerbackwaren, der aus den Kaffeehäusern strömte, ein und verglich ihn mit dem Aroma von Mandeln, Rosinen, Granatapfelkernen und Rosen, die in der Küche ihrer sephardischen Wirtin vorgeherrscht hatten, als diese eine Süßspeise zubereitete.

Die glitzernden Auslagen von Tiffany & Co brachten ihre Gedanken zu Irving zurück und zu der Frage, ob der Grund seiner Einladung nur das Weihnachtsfest an sich war. Oder verfolgte er ein anderes Ziel? Würde er ihr heute den ersehnten Ring überstreifen? An welchem Datum könnte man die offizielle Entscheidung über eine gemeinsame Zukunft romantischer treffen als am vierundzwanzigsten Dezember? Doch gleich darauf tauchte eine andere Frage in ihrem Hinterkopf auf: Würde ein Mann jüdischen Glaubens das ebenso sehen? Sie hatte in Palästina so viele Gemeinsamkeiten zwischen ihren Religionen entdeckt, aber darauf wusste sie keine Antwort. Es war doch ein wenig schwieriger als gedacht, alles in Einklang zu bringen.

Ellin seufzte, und ihr Atem verwandelte sich in kleine Dampfwölkchen, die die Schaufensterscheibe beschlagen ließen. Sie widerstand der Versuchung, ein Herz in das Kondenswasser zu malen oder einen Tannenbaum. Mit einem letzten verträumten Blick auf die Juwelen wandte sie sich ab und setzte ihren Weg zu Irvings etwa zehn Blocks entferntem Penthouse fort. Gedankenverloren stapfte sie durch den Matsch, der sich auf den Straßen gebildet hatte und in der Nacht zu einer Eisschicht frieren würde.

Da sie von dem Portier in Irvings Apartmenthaus angemeldet worden war, stand er bereits in der offenen Wohnungstür. Er strahlte sie an und streckte beide Hände nach ihr aus, um sie an sich zu ziehen und zu umarmen.

»Fröhliche Weihnachten, mein Liebling!«

»Fröhliche Weihnachten, Irving«, flüsterte sie an seinem Mund.

Während er sie küsste, warf er die Tür mit einem Fußtritt zu. Inzwischen hatte er eine gewisse Perfektion darin entwickelt, es war zu einer Art Begrüßungsritual geworden, um den Rest der Welt – vor allem aber neugierige Nachbarn – von ihrem Glück auszuschließen.

Nach einer Weile nahm er ihr den Mantel ab, sie reichte ihm ihren Hut, und dann folgte sie ihm in seinen Wohnraum. Als sie vorige Woche hier gewesen war, hatte er zu Ehren des in jenen Tagen begangenen jüdischen Lichterfestes die Kerzen auf dem neunarmigen Chanukkaleuchter entzündet, der auf einem Sideboard vor der breiten Fensterfront unter den Lalique-Lüstern stand. Heute brannten die Kerzen fast am selben Platz auf einem bis zur Decke reichenden Tannenbaum, der mit silbernen Weihnachtskugeln, Lametta und weißen Watteböllchen geschmückt war. Der Glanz und die Wärme berührten Ellins Herz. Irving hatte sich unendlich viel Mühe gegeben, um den ohnehin sehr kostbar eingerichteten Raum in einen Ort zu verwandeln, an dem eine Christin Heiligabend feiern wollte.

»Tee, Kaffee? Oder möchtest du lieber ein Glas Champ… Limonade?«, korrigierte sich Irving schmunzelnd.

Angesichts ihrer Hoffnung auf eine offizielle Verlobung

unter dem Weihnachtsbaum hätte sie gern Sekt getrunken, doch sie entschied sich für eine Tasse Tee. Es war alles bereits angerichtet, auf einem Beistelltisch standen eine bauchige Teekanne und eine hohe, schmale Kaffeekanne auf einem Stövchen, daneben warteten Tassen auf Untertassen, Zuckerdose und Sahnekännchen auf ihren Einsatz, ebenso eine Etagere mit kleinen Kuchen und hübsch angerichteten winzigen Sandwiches. Ellin bediente sich selbst, weil sie sich in Irvings Junggesellenwohnung schon fast so gut zurechtfand wie in dem Stadthaus der Mackays oder Harbor Hill. Dabei dachte sie, dass ihre hausfraulichen Fähigkeiten kaum über das Einschenken eines Getränks hinausreichten. Wenn sie den durchschnittlichen Frauenmagazinen glauben durfte, waren das keine guten Voraussetzungen für ihre Zukunft als Ehefrau. Andererseits war sie sicher, dass Irving immer für einen gewissen Standard, also auch für ausreichend Personal, sorgen würde. Seltsam, dass sie sich niemals über die kleinen Dinge Gedanken gemacht hatte, wenn es um eine Ehe ging.

»Du hast alles wunderschön hergerichtet.« Sie strahlte ihn an und ließ sich in einem Sessel nieder.

Er setzte sich zu ihr auf die Lehne. »Ach Ellin, ich wünsche mir, dass dies das letzte Weihnachten ist, an dem wir nicht jede Stunde zusammen sind.«

»Ja …«, murmelte sie und senkte die Lider. Ihre Stimme verlor sich, schwang in der Luft wie ein auf der Klaviertaste angeschlagener Ton, der noch nachklang.

»Ich werde auf dich warten. Immer.«

Auch noch bis nächstes Weihnachten?, fuhr es ihr durch den Kopf. Wie lange war ein Mann bereit, auf eine

Frau zu warten, die sich nicht von ihrem Elternhaus lossagen konnte? Wann würde das ganze Hin und Her wieder zu einer Belastung anwachsen, die ein kreativer Kopf dann aber nicht mehr aushielt? Als sie sich im Sommer von Irving trennte, hatte sie mehr an die angebliche Unüberwindlichkeit ihrer Lebensstile und ihre eigenen familiären Verpflichtungen gedacht, nicht aber in dem gebührenden Maße an seine persönliche Verfassung. Sie hatte geweint und getrauert, sich hinter ihrer Einsamkeit verkrochen, während Irving seinen Alltag lebte, arbeitete, arbeitete und noch einmal arbeitete. Sie wusste, wie sehr er gelitten hatte – und doch hatte sie bei ihrer Entscheidungsfindung niemals berücksichtigt, was eine Trennung mit ihm machte.

Sie hob ihren Blick und sah ihm in die Augen. »Nächstes Weihnachten werden wir zusammen feiern.«

Irgendetwas wird mir einfallen, fügte sie still hinzu, ich werde eine Lösung finden und meinen Vater endlich umstimmen. In einem Jahr habe ich das geschafft.

»Das Schicksal ist nicht immer fair«, sinnierte er und küsste sie sanft auf den Scheitel. »Wir können nur versuchen, uns mit dem zu arrangieren, was uns möglich ist. Ich werde dich immer lieben, ganz egal, was passiert. Immer.«

»Ich werde dich auch immer lieben. Aber warum betonst du nun schon zum zweiten Mal dieses *immer* so?«

Er machte eine Handbewegung, die nicht wegwerfend wirkte, sondern eher so, als sei ihm das Thema unangenehm. »Ich habe im Sommer ein Lied geschrieben, das den Arbeitstitel ›Always‹ trägt. Es ist noch nicht fertig, und es ist nicht die richtige Zeit, es dir vorzuspielen.«

Bevor sie etwas antworten, die Bitte äußern konnte, den neuen Song dennoch hören zu wollen, stand er auf. »Ich habe ein Geschenk für dich«, verkündete er und trat an den Christbaum, unter dem einige Päckchen lagen.

Wahrscheinlich waren dies Geschenke, die Freunde oder Verehrer in den letzten Tagen an ihn schicken ließen, und Ellin konstatierte, dass sie Irving immer mit dem Broadway würde teilen müssen.

Er nahm ein ganz oben liegendes, in rotes Papier gewickeltes Päckchen mit einem hübschen goldenen Band an sich. Es war so klein und flach wie etwa ein schmaler Gedichtband. Auf jeden Fall besaß es nicht die Größe der Schmuckschatullen, in die ein Juwelier für gewöhnlich Diamantringe verpackte. Für einen Ring mit einem kostbaren Stein war es viel zu flach.

Also keine offizielle Verlobung, stellte Ellin fest. Sie schluckte das Seufzen hinunter, das in ihrer Kehle aufstieg, und blinzelte die Tränen fort, die sich in ihre Augen schlichen. Einen Atemzug lang fragte sie sich, was schmerzlicher war – dass Irving auf den Segen ihres Vaters wartete oder dass ihr Vater diesen verweigerte.

Sie zwang sich zu einem Lächeln, als Irving ihr das Geschenk in die Hand drückte.

»Von mir für dich zu Weihnachten«, sagte er feierlich. Er blieb neben dem Sessel stehen und blickte erwartungsvoll auf sie hinab. »Mit all meiner Liebe.«

Vorsichtig öffnete sie die Schleife, schlug das Papier auseinander. Zum Vorschein kam ein goldenes Etui. Es war ein Zigarettenetui. Wertvoll, solide und gleichzeitig praktisch. Sie öffnete es und las die Widmung, die in die Innenseite graviert war:

I'll be loving you always
Ich werde dich immer lieben

»Jetzt werde ich zur Kettenraucherin«, flüsterte Ellin.

»Ich möchte dir jeden Tag sagen, dass ich dich liebe.«

»Danke.« Sie hob die Hand, ihre Finger verflochten sich mit den seinen. »Wenn du aus Europa zurück bist, sehen wir weiter.«

Und unser Abschied wird eine kleine Hölle für mich sein, dachte sie.

»Always«

New York
Januar 1926

Kapitel 30

Miss Mackay, ein Anruf für Sie.«

Ellin stand am untersten Treppenabsatz, Handtasche und Handschuhe griffbereit, und wartete eigentlich darauf, dass ihr der Butler ihren Mantel brachte und nicht zuerst das Telefon bediente. »Ich bin nicht zu sprechen«, erwiderte sie ungehalten. »Sehen Sie nicht, dass ich ausgehen will?«

Sie war zwar nur auf dem Weg zum Friseur, aber jeder Termin, der sie von ihrem Elternhaus fernhielt, war wichtig. Seit sie sich in der Silvesternacht von Irving verabschiedet hatte, war sie schlechter Laune. Drei Tage voller Sehnsucht nach ihm hatte sie hinter sich, aber es stand ihr noch eine ewig lang erscheinende Zeit ohne ihn bevor. Mehr als je zuvor wurde sie sich in diesen Stunden bewusst, dass sie nicht mehr ohne ihn leben wollte. Ihr Vater spielte bei der Betrachtung ihrer Gefühle inzwischen keine oder nur noch eine untergeordnete Rolle. Genau genommen ertrug sie Clarences deprimierende Stimmung ebenso wenig wie die anhaltenden Verkupplungsversuche ihrer Großmutter. Dass sie sich in der Weihnachtszeit mit

Irving in der Öffentlichkeit gezeigt hatte und immer wieder betonte, er sei der Richtige für sie, änderte nichts an der Stimmung in ihrem Elternhaus. Es kam ihr vor, als redete sie seit eineinhalb Jahren gegen eine Wand – und sie war sich im Klaren darüber, dass sie das auf Dauer nicht ertragen würde. Schlimmer noch: Sie fragte sich, ob nicht jeder Versuch, die Ihren umzustimmen, Zeitverschwendung sei. Einen Ausweg wusste sie dennoch nicht. Jedenfalls keinen besseren, als etwa zum Friseur zu flüchten.

»Miss Mackay, der Anrufer sagt, es sei dringend.«

»Hat er auch einen Namen?«, schnappte sie.

»Den hat er nicht genannt.«

Wahrscheinlich irgendein Pressevertreter, der sie aushorchen wollte. Dass Irving New York vorigen Samstag Richtung Europa verlassen hatte, wurde gewiss heute, am Montag, in den Klatschspalten und Theaternachrichten vermeldet. Ellin hatte bisher keine Zeitung angerührt, weil sie nicht nachlesen wollte, was sie ohnehin schon wusste. Aber für einen Reporter galt das natürlich nicht. Der wollte doch nur wissen, ob sie und Mr. Berlin nun endgültig getrennt waren, dachte sie erbost.

Sie schenkte dem Hausdiener einen wütenden Blick und marschierte zu dem Telefon, das unter der Treppe an der Wand hing. Eigentlich war das der Apparat für die Dienstboten, an dem Anrufe entgegengenommen und weitergeleitet, mit Lieferanten verhandelt und Handwerker bestellt wurden. Sie hatte jedoch keine Lust, für ein kurzes, unangenehmes Gespräch mit einem Journalisten in die Bibliothek zu gehen.

»Ja, hallo?«

»Ellin? Warum klingst du so streng? Hier ist Irving.«

Ihr fiel fast der Hörer aus der Hand. »Wie bitte?«

»Hier ist Irving«, wiederholte er, und er klang aufgebracht. Auf keinen Fall wie ein Mann, der sich gerade auf einer langen Überfahrt nach Europa befand. Und vom Schiff hätte er sie ja auch nicht angerufen. Überhaupt schien er nah zu sein, die Geräusche in der Leitung ließen nicht darauf schließen, dass er sich außerhalb Manhattans befand.

Es ist etwas passiert, fuhr es ihr durch den Kopf. Ihre Kehle wurde trocken, ihr Herz trommelte bis in ihren Hals, das Blut pulsierte hektisch in ihren Adern. Warum hatte er ihr nicht früher gesagt, dass er in der Stadt geblieben war? Hielt ihn ein gesundheitliches Problem davon ab? Befand er sich etwa in einem Krankenhaus? »Wo bist du?«

»Ich bin bei mir zu Hause. Ich bin nicht abgereist.« Seine Worte kamen stoßweise und atemlos. »Seit Tagen denke ich an nichts anderes, Ellin, ich halte unsere Situation nicht mehr aus. Willst du mich heiraten?«

Ihre Knie wurden weich. Sie legte die Hand auf die Wand neben dem Telefon, um sich abzustützen. Tief durchatmend antwortete sie: »Ja. Natürlich … Ja! Aber ich verstehe nicht …«

»Ich meine«, unterbrach er sie, »willst du mich *heute* heiraten? Jetzt gleich?«

»Was?« Ihr wurde schwarz vor Augen. Das Tapetenmuster, auf das sie blickte, verschwamm zu einer wirbelnden Masse.

»Komm zu mir, und wir fahren gemeinsam ins Rathaus. Lass uns heiraten, Ellin! Es wird Zeit. Der Ring wartet hier schon so lange auf dich.«

Sein eindringlicher Tonfall schärfte auf seltsame Weise ihre Sinne. Freudige Überraschung ergriff von ihr Besitz. Dann war da die Erkenntnis, dass ihr Brautkleid aus Paris seit bald einem Jahr in ihrem Kleiderschrank hing. Sie hatten beide niemals über die Vorbereitungen zu einer Hochzeitsfeier gesprochen – und nun …?

Sie sah an sich hinunter. Für ihren geplanten Friseurbesuch hatte sie ein nicht besonders mondänes graues Kostüm angezogen, das sie anschließend in die Reinigung geben wollte. Für eine Hochzeit war ihre Garderobe gänzlich ungeeignet.

Aber spielte es eine Rolle, was eine Braut auf dem Standesamt trug? War es nicht egal, in welchem Rock sie endlich Mrs. Irving Berlin wurde? Sollte sie nicht – unabhängig von Äußerlichkeiten – die Gelegenheit beim Schopf packen und das tun, wonach sie sich so sehr sehnte? Irving war nicht nach London aufgebrochen, weil er Tatsachen schaffen wollte. Nun lag es an ihr, den richtigen Weg in die eine oder andere Richtung einzuschlagen. Entweder gab sie alles auf und heiratete ihn noch heute Vormittag – oder sie musste ihn für immer freigeben.

Ihr stand die Entscheidung ihres Lebens bevor.

Ellin holte tief Luft. »Warte auf mich. Ich komme.«

Sie legte den Hörer behutsam auf die Gabel. Für einen Moment wurde ihr schwindelig.

Dann rief sie: »Ich brauche meinen Mantel. Schnell. Ich habe es eilig.«

* * *

Den Ring, den sich Ellin am vierundzwanzigsten Dezember gewünscht hatte, bekam sie nun in einer etwas weniger romantischen Szene am vierten Januar. Irving steckte ihn ihr nicht während eines formidablen High Tea unter dem Tannenbaum an, sondern unter der amerikanischen Flagge im Standesamt der City Hall in eher schlichter Atmosphäre. Vorausgegangen waren mehrere peinliche Szenen, über deren Lösung Ellin später dermaßen erleichtert war, dass ihr bei der Trauung der nötige Ernst zu fehlen schien und sie ständig kicherte. Aber tatsächlich klopfte ihr Herz so verrückt wie bei jeder anderen Braut, ihre Hände waren ebenso feucht wie ihre Augen, und sie konnte sich nicht erinnern, wann sie jemals zuvor so glücklich gewesen war.

Zu Irvings Wohnung hatte sie ein Taxi gebracht. Als sie bei ihm erschien, drängte er sofort zum Aufbruch. Vielleicht fürchtete er, sie würde es sich sonst anders überlegen. Möglicherweise hatte er auch Angst vor seiner eigenen Courage.

Er ergriff Ellins Hand und zog sie zum Fahrstuhl. »Wir nehmen die U-Bahn«, verkündete er. »So fallen wir am wenigstens auf. Wenn wir mit meinem Wagen vor dem Rathaus vorfahren, werden nur Neugierige auf uns aufmerksam.«

Ellin starrte ihn an. »Wie macht man das? Es ist das erste Mal, dass ich mit einer U-Bahn fahre …«

»Es ist für alles das erste Mal, mein Liebling«, gab er lachend zurück.

Also stapfte sie an seinem Arm mutig zur nächsten Haltestelle am Broadway. Es war Montagmorgen, und die Theater und anderen Vergnügungsstätten schienen nach den Weihnachtstagen und Neujahr in einem tiefen Schlaf versunken zu sein. Auf dem Bürgersteig und in der

New York City Subway herrschte dagegen viel Betrieb, doch Irving mischte sich mit bewundernswerter Selbstverständlichkeit unter die Menschenmassen. Ellin indes drängte sich an ihn, weil sie noch niemals zwischen so unterschiedlichen gesellschaftlichen Gruppen unterwegs gewesen war. Erstaunt registrierte sie die Männer in Anzug und Mantel, die offensichtlich in ihre Büros fuhren, neben den anderen in Arbeiterkleidung, adrette Verkäuferinnen und Frauen, die ihrem Habitus nach eher einem Gewerbe nachgingen, über das sich Ellin keine Gedanken machen wollte, dazwischen bettelnde Kriegsveteranen und andere Opfer der historischen Umstände. An ihrem Ziel City Hall schob Irving sie aus dem Waggon und zog sie energisch mit sich zum Ausgang. Wie kann ein Mann, der noch nicht einmal einen Meter siebzig groß ist, so lange Schritte machen?, fragte sie sich und hastete neben ihm her an Messingleuchten vorbei. Die erstaunlich schönen grün-gelben Fliesen an den Gewölben nahm sie nur aus den Augenwinkeln wahr.

Außer Atem erreichten sie das Rathaus, wo großer Andrang herrschte. Meine Güte, dachte Ellin verwundert, was machen all diese Leute morgens in der City Hall? Vor dem Kassenhäuschen hatte sich eine lange Schlange gebildet, in die sich Irving und sie einreihen mussten, um eine Heiratslizenz zu erwerben. Ellin besaß nicht die geringste Ahnung, welche Dokumente sie dafür benötigten, und sie konnte nur hoffen, dass Irving so umsichtig war, sich vorher informiert zu haben.

Das hatte er wohl. Ellin hörte nicht, was er durch die Glasscheibe mit dem Sachbearbeiter besprach, der sie an einen Schaffner an einem Fahrkartenschalter erinnerte.

Sie hielt sich im Hintergrund und wartete geduldig ab. Es schien alles in Ordnung.

Plötzlich klopfte Irving hektisch auf seine Taschen, suchte im Mantel, dann in seinem Sakko nach irgendetwas. Mit düsterem Blick fuhr er zu Ellin herum.

»In der Aufregung habe ich meine Geldbörse zu Hause vergessen«, gestand er. »Kannst du mir zwei Dollar für die Gebühren leihen?«

Flammende Röte überzog Ellins Wangen. »Ich habe kein Bargeld bei mir.«

»Warten Sie, bitte, ich regle das«, erklärte Irving dem Beamten. »Kann man hier irgendwo telefonieren?«

»Dort hinten ist eine Fernsprechkabine«, knurrte der Mann hinter dem Sichtfenster.

»Ich komme gleich wieder«, versprach Irving, nahm Ellins Hand und rannte in die angegebene Richtung. Dort befand sich tatsächlich eine Telefonzelle. Allerdings war die gerade besetzt.

Ellin hatte das Gefühl, keine Luft mehr zu bekommen, weniger wegen der körperlichen Überanstrengung als wegen der Widrigkeiten, denen sie und Irving begegneten. Es schien ihr, als hätte sich das Schicksal gegen sie verschworen. Nichts schien zu klappen. »Wie willst du telefonieren, wenn du kein Geld hast?«, fragte sie ihren zukünftigen Ehemann.

Irvings Lachen beruhigte sie nicht, sondern machte sie noch nervöser.

»Es gibt die Möglichkeit eines R-Gesprächs. Ich melde das Telefonat an, und der Empfänger bestätigt dem Fräulein vom Amt, dass er die Kosten übernimmt. Ganz einfach.«

»Ah, ganz einfach«, murmelte sie nachdenklich. In welcher Welt hatte sie fast vierundzwanzig Jahre gelebt, dass sie solche Sachen nicht wusste? *Ganz einfach*. Nichts schien plötzlich einfach.

Am Ende war es das aber doch. Irving rief in seinem Musikverlag Boune & Co an, und sein Büroleiter Benny Bloom erschien zwanzig Minuten später mit einem Geldbeutel voller Münzen, gefolgt von Max Winslow, einem alten Freund und Geschäftspartner von Irving. Ellin hatte Winslow flüchtig kennengelernt und wusste, wie sehr Irving diesen Mann schätzte. Deshalb wunderte es sie nicht, dass er gekommen war, um ihr Trauzeuge zu sein.

»Dass du mit geliehenem Geld in deine Ehe startest, ist eigentlich kein guter Anfang.« Winslows Grinsen widersprach seinen Worten. Er klopfte Irving gutmütig auf die Schulter und fügte hinzu: »Aber bei zwei so vermögenden Menschen ist es wahrscheinlich die beste Alternative, die sich zu Prunk finden lässt.«

Jedenfalls wurde die Heiratslizenz bezahlt, Ellin lachte mit Irving über die Schwierigkeiten, und schließlich standen sie vor einem ältlichen Friedensrichter, der die Trauung vornahm. Eine schmucklose, kurze Zeremonie machte aus ihnen beiden Mann und Frau. Ehe sie es sich versah, war aus Miss Mackay Mrs. Berlin geworden. Und Ellin hatte das Gefühl, alles nicht wirklich mitbekommen zu haben.

Etwas verwirrt stand sie neben Irving und seinen Freunden in der Eingangshalle des Rathauses. Als begriffe sie erst jetzt, was wirklich geschehen war, überdachte sie ihr Wagnis noch einmal. Sie hatte sich über den Willen ihres Vaters hinweggesetzt und war dem Wunsch ihres Herzens gefolgt. Ab jetzt würde nicht mehr Clarence Mackay für sie sorgen, sondern Irving Berlin, der Mann, der ihr erlaubte, auf Augenhöhe mit ihr zu sein. Der Mann, der sie nicht bevormundete, sondern einfach nur liebte, so wie sie war. Zweifel an ihrem Tun waren da nicht. Jedoch meldete sich ihr Pflichtgefühl.

»Ich glaube, jetzt muss ich ein Telefongespräch führen«, sagte sie.

Kommentarlos reichte Irving ihr die Münzen, die sie dafür brauchte. Er verstand sie ohne jede Erklärung.

»Mr. Mackays Haus«, meldete sich kurz darauf eine Frauenstimme am anderen Ende der Leitung.

Unwillkürlich lächelte Ellin. »Hallo, Finny. Ich bin's …«

»Miss Mackay …«

Ellin ließ ihre Zofe nicht aussprechen. Zum ersten Mal sagte sie voller Stolz laut und deutlich: »Ich bin jetzt Mrs. Berlin. Finny, ich habe Irving Berlin geheiratet.« Wie wunderbar es sich anhörte!

»Oh …«, brachte Finny hervor, dann verstummte sie. Ein Stöhnen und ein Poltern folgten. Ungewöhnliche Geräusche, die Ellin nicht einordnen konnte.

»Hallo?« Ellin tippte auf die Telefongabel. »Hallo? Warum wurde mein Gespräch unterbrochen?« Doch das Fräulein vom Amt meldete sich nicht. Hilflos sah sie sich nach Irving um, der zuckte nur mit den Schultern.

»Wer ist da?« Eine wohlbekannte Männerstimme schaltete sich in das Telefonat ein.

»Mundy!« Ellin stieß den Namen des Dieners ihres Vaters mit einem erleichterten Seufzen aus. »Was ist mit Finny? Unser Gespräch wurde unterbrochen.«

»Mir scheint, Finny ist ohnmächtig geworden, Miss Mackay.«

»Ich bin nicht mehr *Miss Mackay*, Mundy«, erwiderte Ellin ein wenig beunruhigt. Sie hatte nicht einmal geahnt, dass sich ihre Zofe in einer so desolaten gesundheitlichen Verfassung befand. Nur war das nicht der Grund ihres Anrufs. Mundy würde sich um Finny kümmern. Zuvor wollte Ellin die Neuigkeit ihrem Vater mitteilen.

Sie lächelte still, als sie wiederholte: »Ich habe gerade geheiratet und bin ab jetzt Mrs. Irving Berlin.«

Einen Moment lang herrschte Schweigen.

Dann sagte Mundy: »Ich werde Mr. Mackay darüber informieren, Mrs. Berlin. Mr. Mackay befindet sich bereits auf dem Weg in sein Büro. Ich werde ihn dort verständigen.«

Warum nur klang Mundy auf einmal so steif wie sonst nie? Als wäre Ellin eine Fremde und nicht die Tochter seines Dienstherrn, die er hatte aufwachsen sehen. Es war wie eine kalte Dusche.

»Ja«, erwiderte Ellin kühl. »Tun Sie das, Mundy.«

Kurz überlegte sie, dass sie selbst in der Mackay Telegraph and Radio Company anrufen könnte. Aber dann verwarf sie den Gedanken. Sie wollte sich ihr Glück nicht schmälern lassen. Wenn Clarences Butler schon so entsetzt auf ihre Heirat reagierte, wollte sie die Tiraden ihres Vaters lieber nicht hören. Nicht jetzt.

Ohne ein weiteres Wort beendete sie das Gespräch.

Ellins zweiter Anruf galt ihrer Mutter. »Bitte setz dich hin und hör mir zu«, begann sie das Gespräch. »Ich muss dir etwas sagen …«

»Sag es nicht«, rief Katherine in ihren Apparat. »Lass

mich raten.« Sie legte eine wirkungsvolle Kunstpause ein, machte kurz »hm« und verkündete mit einem leisen Jubilieren in ihrer Stimme: »Du hast es getan. Du hast Irving Berlin geheiratet. Stimmt's?«

Ihr Herz flog voller Dankbarkeit ihrer Mutter zu. »So ist es. Wir haben gerade in der City Hall geheiratet.« Ellin drehte sich, den Telefonhörer fest umklammert, zu ihrem Mann um, der hinter ihr stand und eine Zigarette rauchte.

»Nun, das kommt doch etwas überraschend …«, hob Katherine unverändert fröhlich an.

»Für uns auch«, gab Ellin lächelnd zu.

»Ich verstehe, es war eine Blitzhochzeit. Nun ja, wahrscheinlich ist es das Beste, das ihr tun konntet. Was habt ihr jetzt vor?«

»Keine Ahnung. Ich … wir …«

»Papperlapapp«, unterbrach ihre Mutter. »Ich habe eine Einladung zum Lunch bei George Blumenthal und seiner Frau Florence. Komm mit Irving zu den Blumenthals, Ellin, wir feiern dort alle zusammen. Beeile dich, sonst seid ihr zu spät zum Mittagessen.« Ohne die Zustimmung oder Absage ihrer Tochter abzuwarten, hängte Katherine ein.

Belustigt betrachtete Ellin den Telefonhörer in ihrer Hand. Dann legte sie auf und drehte sich zu Irving, um ihrem Ehemann zu sagen, dass sie ihre Hochzeit bei einem der reichsten Männer der Stadt feiern würden, dem Bankier und Kunstmäzen George Blumenthal. Ihrem Vater würde das gewiss nicht gefallen. Das waren seine gesellschaftlichen Kreise, nicht der Broadway. Er würde sagen, dass sich Irving durch Ellin in die High Society einschlich.

Aber sie stellte fest, dass ihr Clarences Meinung erstaunlicherweise egal war. Von nun an. Für immer.

Benny Bloom war vor dem Brautpaar aus dem Rathaus getreten, drehte jedoch sofort wieder um und schloss die Tür hinter sich. »Macht euch auf etwas gefasst«, warnte er. »Da draußen ist die Hölle los. Irgendjemand muss der Presse gesteckt haben, dass ihr hier seid.«

Neugierige Passanten, die in die City Hall strömten, rempelten Ellin an, blieben stehen, musterten die kleine Gruppe interessiert, bevor sie ihres Weges gingen.

Ellin fing Irvings bestürzten Blick auf. Aber dann schenkte er ihr sein zärtliches, zuversichtliches Lächeln, legte seine Hand auf ihren untergehakten Arm.

Er zwinkerte ihr zu. »Wir schaffen das, Mrs. Berlin, oder sind Sie da anderer Ansicht?«

»Ganz wie Sie meinen, Mr. Berlin«, erwiderte sie beschwingt.

Bloom hielt ihnen das Eingangsportal auf, und hocherhobenen Hauptes traten Mr. und Mrs. Irving Berlin hinaus in den winterlich grauen Vormittag.

Unterhalb der Treppe hatte sich eine Menschenmenge versammelt. In der ersten Reihe standen unzählige Reporter. Ellin erkannte kein Gesicht, bemerkte nur eine verschwommene Masse. Sie lächelte in hochgerissene Kameras, während sie Irvings Nähe neben sich spürte und wieder dachte, dass sie die richtige Entscheidung getroffen hatte. Bei diesem Gedanken strahlten ihre Augen mehr als ein ganzer Sternenhimmel.

Kapitel 31

Jack, Irvings Chauffeur, fuhr das Brautpaar am Nachmittag im Minerva die knapp einhundertdreißig Meilen nach Atlantic City. Nach einem ausgiebigen Lunch bei den Blumenthals fühlte sich Ellin ein wenig beschwipst. Sie hatte das Gefühl, dass sie zu aufgeregt war, um jemals wieder zu schlafen, und hätte den Rest des Tages und die Nacht durchtanzen mögen. Doch Irving hatte durch sein Büro die Honeymoon-Suite im mondänen Ritz-Carlton Hotel an der Promenade des Strandbads gebucht, und nüchtern betrachtet klang es vernünftig, Manhattan unter den gegebenen Umständen zu verlassen. Obwohl keine Saison mehr war, konnte man schließlich auch in Atlantic City tanzen. Oder nicht? Über all der Aufregung nickte Ellin an Irvings Schulter ein und erwachte erst wieder, als Jack vor dem achtzehn Stockwerke hohen Hotelpalast vorfuhr.

Überrascht registrierte Ellin das Klavier im Salon ihrer Suite. »Willst du jetzt etwa arbeiten?«

Einen Wimpernschlag später dachte sie: Himmel, ich klinge schon wie eine vorwurfsvolle alte Ehefrau.

»Nein, Ellin. Heute nicht.« Irving zog sie lachend an sich. »Ich habe das Piano aus der Hotelbar heraufschaffen lassen, weil ich dir etwas vorspielen möchte.«

»Wie schön …«

»Allerdings habe ich deiner Mutter versprochen, künftig noch mehr zu arbeiten als je zuvor.«

Ellin legte ihren Kopf in den Nacken und sah ihn verwundert an. »Was hat denn meine Mutter mit deinen Songs zu tun?«

»Sie fragte mich, wie ich deinen Lebensstandard halten wolle.« Er küsste sie auf die Nasenspitze, bevor er fortfuhr: »Ich habe ihr geantwortet, dass ich dafür mehr arbeiten werde. Mehr Geld zu verdienen scheint mir wirklich einfacher zu sein, als dich an ein anderes Leben zu gewöhnen. Und ich wollte dich ja so, wie du bist, und möchte nichts an dir verändern.«

Er sagte das sehr liebevoll, aber wirklich nett war es dennoch nicht. Sie erinnerte sich, dass ihr Vater damals von einer ähnlichen Diskussion zwischen seinem Anwalt und Irving gesprochen hatte. »Bin ich wirklich so verwöhnt?«

»Du bist eine sehr kluge Frau. Sonst hätte ich dich nicht geheiratet. Und du mich wohl auch nicht.« Irving grinste, dann schob er sie sanft von sich. »Möchtest du dich vielleicht ein wenig frisch machen? Die Hoteldirektion hat Bademäntel und sonstige Utensilien für eine junge Dame besorgt und …«

»Ach je!« Zum ersten Mal fiel Ellin ein, dass sie ihr Elternhaus nur mit ihrer Handtasche und in einem schlichten, reinigungsbedürftigen Kostüm verlassen hatte. Sie besaß nichts als das, was sie am Leibe trug. »Ich habe überhaupt nichts anzuziehen …«

»Wir kaufen morgen ein. Oder wir lassen alles liefern, was du brauchst. Hier in Atlantic City gibt es nicht nur Casinos, sondern auch Geschäfte, und übermorgen sind wir zurück in Manhattan. Den Rest besorgen wir in Paris oder London.«

»In Paris oder London?«, echote sie. »Was tun wir denn da?«

»Hast du vergessen, dass ich eigentlich längst auf dem Schiff in Richtung Europa unterwegs sein sollte? Ich muss unbedingt nach London und habe die Passage umgebucht. Wir stechen am kommenden Samstag an Bord der *Leviathan* in See.«

»Wir?«

»Natürlich. Mr. und Mrs. Berlin reisen gemeinsam nach Europa. Was dachtest du denn?«

Er wirkte so ratlos, dass sie lachend die Arme um seinen Hals schlang. »Das ist eine wunderbare Idee. Aber bis zu unserer Überfahrt muss ich unbedingt einkaufen. Wie soll ich denn ohne Garderobe eine Schiffsreise überstehen?«

»Seekrank?«

Sie schüttelte den Kopf. »Keine Chance.«

»Ich liebe dich, Ellin.«

»Ich liebe dich, Irving.« Nach einem zärtlichen Kuss fügte sie hinzu: »Und auch ohne passende Kleidung freue ich mich sehr auf unsere Hochzeitsreise.«

»Du hast ja keine Ahnung«, behauptete er schmunzelnd. »Was hältst du davon, wenn wir einen Abstecher nach Madeira machen, nachdem meine Termine erledigt sind? Auf der Insel soll dann schon Frühling sein, und das Reid's Palace in der Hauptstadt Funchal ist wohl ein sehr angenehmer Ort für zwei Leute wie uns.«

»O ja, das klingt phantastisch.«

Ellin wusste gar nicht, wohin mit ihrer Freude. Sie hatte ein wenig Angst vor den ersten Tagen in Manhattan gehabt, wenn sie in Irvings Junggesellenwohnung einziehen würde und relativ nah an ihrem Elternhaus weilte, aber doch so fern war. Natürlich hatte sie nicht die geringste Ahnung, wie ihr Vater auf Mundys Nachricht reagiert hatte, was ihre Großmutter zu der Neuigkeit sagte. Ihre Mutter hatte versprochen, sich zu kümmern und ein gutes Wort für das frischgebackene Ehepaar einzulegen. Doch am Ende würde Ellin selbst an die Tür klopfen und um Einlass bitten müssen. Nicht nur in das Haus, sondern auch in das Herz ihres Vaters, den sie ohne ein Wort verlassen hatte. Wenn sie nun erst einmal auf Reisen ging, war alles anders. Dann konnte sie das tun, was ihr am meisten lag – sie konnte schreiben, ihrer Familie in einem Brief erklären, wie es inzwischen um sie stand. Darüber hinaus war es eine wundervolle Vorstellung, gemeinsam mit Irving Abstand von alldem zu gewinnen und die schönsten Städte Europas zu erobern. Sie war schon so oft in England und Frankreich gewesen, aber durch Irvings Augen würde sie alles neu erleben. Und danach Madeira …

Sie blickte über Irvings Schulter durch die raumhohe Fensterfront, hinter der sich in grauen, von weißer Gischt gesprenkelten Wellen das Meer austobte. Der Atlantik in einem Wintersturm. Auf der kleinen Insel an dessen anderem Ende würden bald die ersten Knospen in der Sonne sprießen. Ach, es war ein Traum.

* * *

Als Ellin in einen dicken, flauschigen, samtig anmutenden Frotteestoff gehüllt aus dem Badezimmer zurückkam, saß Irving in Gedanken versunken am Klavier. Sie wollte ihm gerade erzählen, dass nicht nur heißes und kaltes Süßwasser aus der Leitung floss, sondern es auch Wasserhähne gab, aus denen Salzwasser sprühte. Doch stattdessen ließ sie ihn in Ruhe, setzte sich in einen Sessel und zog die Beine unter sich. Stumm beobachtete sie ihren Mann, der an dem Instrument saß. Sie hatte ihn schon so oft in dieser Pose gesehen, aber doch war es in diesem Moment etwas anderes. Es war intimer.

»Da bist du ja.« Mit reichlich Verspätung wurde ihm bewusst, dass sie sich frisch gemacht hatte. Er lächelte glücklich, als er sich auf dem Klavierhocker ganz zu ihr drehte. »Ich habe schon vor einer ganzen Weile ein Lied für dich geschrieben. Es heißt ›Always‹, und ich möchte es dir zur Hochzeit schenken.«

Always, wiederholte sie stumm. Immer.

Es war keine Floskel, wenn sie sich versprachen, einander für immer zu lieben. Ellin war überzeugt davon, dass das Band zwischen ihnen bis an ihr Lebensende halten würde. Und wenn Irving ihr nun diesen Song widmete, war es das schönste Hochzeitsgeschenk, das sie sich wünschen konnte.

Als habe er ihre Gedanken gelesen, fuhr Irving ernst fort: »Ich möchte, dass du finanziell versorgt bist, Ellin. Egal, was passiert, du sollst nicht von mir abhängig sein. Deshalb habe ich das Lied unter der Bedingung bei der Urheberrechtsgesellschaft angemeldet, dass du die gesamten Einnahmen aus den Aufführungen erhältst. So hast du immer dein eigenes Geld.«

Ihr Kinn klappte herunter. Sie starrte ihn mit offenem Mund an, weil sie weder wusste, was sie sagen, noch, wie sie damit umgehen sollte, plötzlich *Eigentümerin* eines Songs zu sein. Sie hatte sich noch nie Gedanken darum gemacht, Geld zu verdienen, außer natürlich bei der Veröffentlichung ihres ersten Textes im *New Yorker*, doch das war etwas anderes gewesen. Vor allem aber waren die Dimensionen, die möglicherweise auf sie zukamen, wenn ihr Vater ernst machte mit seinen Drohungen, nicht überschaubar.

Während sie noch zwischen Freude, Grübeln und Dankbarkeit schwankte, wandte Irving sich wieder der Klaviatur zu. Er legte seine Hände auf die schwarzen Tasten und begann eine Melodie zu spielen, die Ellin sofort als langsamen Walzer erkannte. Dann hob er an:

»I'll be loving you – always
What a love that's true – always …«

Irvings Text erzählte von einer großen Liebe, die für immer bestehen würde. Dieses Lied war ein musikalischer Ausdruck ihrer immerwährenden Liebe und ungebrochenen Treue, der andauernden Hoffnung auf Erfüllung ihrer Träume. Jede Textzeile erschien Ellin wie das Echo auf ihre eigenen Gefühle. Den Refrain hatte er ihr in das goldene Zigarettenetui, ihr Weihnachtsgeschenk, gravieren lassen.

Als er endete, schwammen ihre Augen in Tränen.

»Ich liebe dich«, raunte sie. »Für immer. *Always*.«

Kapitel 32

Dank Mundy war Clarence glücklicherweise bereits über die Hochzeit informiert. Ansonsten hätte Marie Louise befürchtet, ihr Sohn würde einen Schlaganfall oder zumindest einen Nervenzusammenbruch erleiden, wenn er die aktuelle Ausgabe der *New York Times* in Händen hielt. Und der Autor des Artikels wusste so gut Bescheid, dass Louise schon einen Informanten in ihrem nächsten Umkreis fürchtete.

Marie Louise hatte durch Clarence von Ellins neuem Familienstand erfahren. Als er mit aschfahlem und vor Zorn versteinertem Gesicht zu ihr gekommen war, hatte sie das Schlimmste erwartet. Sie wusste natürlich, dass Ellin das Haus am Morgen verlassen hatte und niemals bei ihrem Friseur erschienen war. Der hatte später angerufen und an den Termin erinnern wollen, doch keiner im Hause Mackay konnte ihm weiterhelfen. Ihr selbst hatte auch niemand etwas erklärt – Clarences Butler sprach zuerst mit seinem Dienstherrn, und Finny erholte sich, wie Louise später erfuhr, in ihrer Kammer von einem Ohnmachtsanfall.

»Mutter, ich bringe sehr schlechte Nachrichten«, verkündete Clarence, als er aus dem Büro nach Hause kam.

Louise hatte ihn sofort verstanden. »Versuchst du, mir zu sagen, dass Ellin nun doch Irving Berlin geheiratet hat?«

Er hatte sich einen großen Whiskey eingegossen, und Louise fürchtete erst, er würde das Glas gegen den Kaminsims schleudern, doch so tief sank ihr Sohn trotz allem nicht.

»Ich werde dafür sorgen, dass dieser Jude keinen Pfennig bekommt«, presste er zwischen zusammengebissenen Zähnen hervor und knallte den in einem Zug ausgetrunkenen Becher auf den Tisch. »Der soll sich nicht einbilden, mit einer reichen Erbin ausgesorgt zu haben. Ab heute ist Ellin nicht mehr meine Tochter.«

Louise schwieg. Sie sagte weder etwas zu Clarence noch zu sonst jemandem. Womit sie jedoch nicht gerechnet hatte, war die Schlagzeile der *New York Times*, die am Dienstagmorgen auf der Titelseite in fetten Lettern prangte:

Ellin Mackay heiratet Irving Berlin

In dem ebenfalls fett gedruckten Vortext wurden der breiten Öffentlichkeit alle Informationen vermittelt, deren Verbleib Louise eigentlich gern innerhalb dieser Wände gewusst hätte. Da stand, dass Ellin nach einem Telefongespräch am Morgen das Haus verlassen habe und ihr Vater vollkommen überrascht von der Hochzeit sei. Das Paar schmiede nun Pläne für die Zukunft und werde womöglich ins Ausland reisen, während die Familie des *Society Girl* die Eheschließung mit dem *Jazz Composer* missbillige. Besonders diese Feststellung ärgerte Louise, weil sie ihr die Möglichkeit nahm, sich für die Öffentlichkeit eine etwas weniger skandalöse Version der Geschichte zurechtzulegen.

Wer hatte mit dem Reporter gesprochen? Louise konnte sich nicht vorstellen, dass Ellin so tief gesunken war. Wollte Irving Berlin ihre Familie bloßstellen? Als Broadwaystar hatte er gewiss gute Kontakte zur Presse, und ihm lag natürlich nicht daran, Rücksicht auf die Menschen zu nehmen, die sich seinen Plänen in den Weg gestellt hatten. Andererseits: Was hatte er von einem Affront gegen die Mackays? Berlin hatte ja nun bekommen, was er wollte. Wenn auch nicht das Erbe, das Ellin zustand.

Ach, es war alles so peinlich.

Es war vorhersehbar, dass ihr gesamter Freundeskreis über kurz oder lang anrufen oder vorsprechen würde. Man würde Mitleid heucheln, Verständnis für den wutschnaubenden Vater aufbringen, versprechen, Mr. und Mrs. Berlin von jeder Gästeliste zu tilgen. Aber letztlich waren die meisten Leute nur neugierig auf einen Skandal. Clarences Geld sorgte wahrscheinlich dafür, dass manche Türen künftig vor Ellin verschlossen blieben, aber Irving Berlins Popularität würde andere Türen für sie öffnen. Es schmerzte Louise, von ihrer Enkelin so sang- und klanglos verlassen worden zu sein, aber sie war auch skeptisch, ob Clarence den richtigen Weg einschlug; schon bei Katherine hatte er viel falsch gemacht. Verbote reizten zu Widerspruch, vielleicht hätte sich Ellin anders entschieden, wenn sie alle weniger Druck auf sie ausgeübt hätten.

»Die Zeit«, murmelte die alte Dame in einem einsamen Zwiegespräch, »die Zeit wird uns zeigen, was richtig ist. Bis dahin müssen wir abwarten. Clarence ebenso wie ich.«

Aber bliebe ihr als Dreiundachtzigjähriger so viel Zeit?

»*I've Got My Love to Keep Me Warm*«

New York
Dezember 1937

Kapitel 33

In keiner anderen Nacht des Jahres schien es Ellin im Haus so still zu sein wie in der Heiligen Nacht. Als sie schlaflos durch die Flure streifte, lauschte sie auf das Knacken des Holzes, das Blubbern der Heizung in den Rohren und das dumpfe Kratzen eines Astes, den der Wind gegen ein Fenster drückte. Sie hörte den Motor eines Autos, das auf einer späten Fahrt die East 78th Street in Richtung Lexington Avenue durchquerte, und wartete auf das Klappen der Tür zum Küchentrakt und den Arbeitsbeginn ihrer Dienstboten noch vor Morgengrauen. Es war die Nacht, in der sie zu fast jeder Stunde in die Kinderzimmer schlich, um sich vom tiefen Schlaf ihrer Töchter zu überzeugen.

Zum ersten Mal seit langer Zeit war Irving in dieser Nacht nicht bei ihr. Allein ging Ellin ins Erdgeschoss, wo der Weihnachtsbaum aufgestellt war. Sie inspizierte die Päckchen und Pakete auf dem Boden darunter, auf die sich in wenigen Stunden die Mädchen stürzen würden. Wenn sie dann das fröhliche Lachen, die neugierigen Rufe und das ununterbrochene Plappern ihrer Kinder vernahm, wäre der Bann dieser wachen Stunden gebrochen. Erst dann erfüllte Wärme ihr Herz – und Sehnsucht und Schmerz würden ihr nicht mehr die Kehle zuschnüren.

Heute war es schlimmer als in den anderen Nächten nach Heiligabend. Irving fehlte ihr. Sie führten eine unendlich glückliche Ehe. Natürlich gab es neben den vielen Höhen auch Tiefen, aber die waren im Großen und Ganzen marginal. Ihre Liebe war so beständig, wie sie es sich bei ihrer Hochzeit versprochen hatten, und war in jedem Jahr ihres Zusammenseins gewachsen. Warum sagten die Leute eigentlich: Ich liebe dich wie am ersten Tag?, fragte sie sich. Sie liebte ihren Mann heute so viel mehr als damals – immer mehr und für immer. Unwillkürlich glitt ein feines Lächeln über ihre angespannten Züge. »Always« hatte sich als überaus großzügiges Hochzeitsgeschenk entpuppt. Das Liebeslied entwickelte sich zum erfolgreichsten Song Irvings, Ellin verdiente sehr gut an den Tantiemen.

Das war damals natürlich noch nicht vorauszusehen gewesen, als ihre Heirat wie ein Sturm durch die New Yorker Gesellschaft brauste, sowohl an der vornehmen East Side als auch am Broadway. Bis zu ihrer Abreise nach Übersee wurden Irving und Ellin von der Presse verfolgt, sogar nach Atlantic City reisten ihnen die Reporter nach. Täglich erschienen neue Artikel über die Frischvermählten. Nach der Veröffentlichung einer Reihe von Interviews, die keiner von ihnen beiden je gegeben hatte, sahen sie sich zu einer Presseerklärung genötigt, an deren Wortlaut sich Ellin auch fast zwölf Jahre später noch erinnerte, als habe sie sie gestern herausgegeben: *»Wir ha-*

ben bislang kein Wort zu unserer Hochzeit gesagt und werden dies auch weiterhin nicht tun, mit der Ausnahme, dass wir sehr glücklich sind. Mehr haben wir nicht mitzuteilen.« Ruhe fanden sie trotzdem erst in der luxuriösen ersten Klasse der *SS Leviathan*.

Aus Atlantic City schrieb sie ihrem Vater den geplanten Brief. Sie bat ihn um seinen Segen. Wenn er zu ihr kommen wollte, könnten sie über alles reden. Dann würde er sie gewiss verstehen. Sie flehte ihn an. Doch er kam nicht. Stattdessen machte er einen Termin mit seinem Anwalt aus und änderte sein Testament, wie sie später erfuhr. Er enterbte sie tatsächlich. Genau so, wie er es zuvor öffentlich angekündigt hatte. Clarence und Ellin waren geschiedene Leute. Weder die Geburt ihrer ersten Tochter Mary Ellin im November nach ihrer Hochzeit noch Marie Louises Tod im September zwei Jahre später brachte sie wieder zusammen.

Gedankenverloren strich Ellin auf ihrer Wanderung durch das Haus imaginäre Staubflocken von den Möbeln und Bilderrahmen. Es war ihr erstes richtiges Heim nach wechselvollen Jahren in gemieteten Häusern in New York und Los Angeles, langen Aufenthalten in Hotels und mehreren kleineren Wohnungen. Als sie die Stadtvilla bezogen, nahm die Einrichtung Ellin vollkommen in Anspruch. Vor allem die Gestaltung von Irvings Arbeitszimmer lag ihr am Herzen, das der Mittelpunkt des neuen Familienheims sein sollte. Jetzt lag es verwaist zwischen den Räumen, die laut ihren Töchtern aussahen wie die Gebäude, in denen die Geschichten von britischen und irischen Autoren spielten, die ihnen von ihrem Kindermädchen, Ellin und manchmal auch Irving vorgelesen wurden. Es waren alte und bekannte Märchen und Kindergeschichten, in denen die christliche Tradition im Vordergrund stand. Daneben gab es noch die jüdischen Gebräuche, die Ellin pflegte, als wäre sie damit aufgewachsen. Sie entzündete die Kerzen am Sabbat und las ihren Töchtern etwa die Schöpfungsgeschichte aus dem Tanach, der Sammlung heiliger Schriften des Judentums, vor. Jedes Mal war sie erstaunt über die Deckungsgleichheit mit der Genesis im Alten Testament, ebenso wie die vielen anderen Begebenheiten, die Juden und Christen in der Überlieferung teilten. Das und ihre Erinnerungen an die Reise in das Heilige Land waren etwas, das sie ihren Kindern zu vermitteln versuchte. Gemeinsam mit Irving lebte sie einen Spagat zwischen ihren Religionen, in dem sie die Schere immer enger werden ließen. Das traf vor allem natürlich auf Weihnachten zu.

Irgendwo im Haus schlug eine Uhr.

Es würde nicht mehr lange dauern, und Miss Tennant, das Kindermädchen, würde auftauchen, und kurz darauf würde der Lärm die Flure erfüllen, den Ellin an keinem Morgen so liebte wie an jedem fünfundzwanzigsten Dezember. Sie hatte nun nicht mehr viel Zeit für sich und ihre stillen, einsamen Erinnerungen.

»When I Lost You«

New York
Dezember 1928

Kapitel 34

Ein markerschütternder Schrei riss Ellin aus tiefstem Schlaf.

Wahrscheinlich ein böser Traum, dachte sie und drehte sich auf die andere Seite. Sie konnte sich zwar nicht vorstellen, warum sie schlecht geträumt haben sollte, denn der vergangene Abend war wundervoll gewesen, und sie erinnerte sich auch an keinen Alpdruck. Aber wer wusste schon, welche verworrenen Wege der Geist nach besonderen Stunden nahm?

Es war ein harmonischer Heiligabend gewesen, wie es ihn nicht besser geben konnte. Ihre zweijährige Tochter Mary Ellin hatte zum ersten Mal an dem feierlichen Abendessen teilnehmen dürfen, die tiefblauen Augen der Kleinen strahlten mit den Kerzen um die Wette. Sie war so bezaubernd. Doch der Stolz des Vaters war der Säugling. Irving hatte darauf bestanden, dass der Stubenwagen ihres kleinen Sohnes neben der Tafel aufgestellt wurde, so dass Ellin die Illusion eines Christkindes in der Heiligen Nacht erhielt. Irving junior war gerade einmal vierundzwanzig Tage alt, und Ellin kam nicht umhin, sich das

Baby tatsächlich in einer Höhle in Bethlehem vorzustellen. Die Erinnerung ließ sie lächeln.

Ihre Hand tastete nach dem Körper neben dem ihren, doch sie fasste ins Leere.

Das Schreien wiederholte sich. Diesmal eindeutig als Hilferuf erkennbar.

Schlaftrunken murmelte Ellin den Namen ihres Mannes.

»Schlaf weiter«, raunte Irving. »Ich schaue nach.«

Sie vernahm das Rascheln, als er seinen seidenen Morgenmantel überwarf, das Schlappen seiner ledernen Hausschuhe, dann das Klappen der Tür, als Irving hinauseilte.

Endlich war sie wach. Unruhe erfasste sie.

Kam das Schreien nicht aus dem Stockwerk mit den Kinderzimmern? Sie wohnten in einem ganz bezaubernden viktorianischen Stadthaus am Sutton Place mit einem Park direkt gegenüber und dem Blick über den Hudson River. Es war relativ schmal, aber vier Stockwerke hoch und deshalb recht geräumig, so dass das Elternschlafzimmer ungestört zu den Räumen von Mary Ellin und Irving jr. lag. Dort schlief auch das Kindermädchen, das über die Nachtruhe der beiden wachte. Ellin wurde selten gestört, aber das durchdringende Schreien einer Frau und inzwischen auch das Greinen eines Kindes drangen zu ihr durch, als erklänge es direkt neben ihr. War das nicht die Stimme ihrer Tochter? Was war da los?

Bevor sie einen klaren Gedanken fassen konnte, sprang sie aus dem Bett. Ohne die Lampe anzuschalten, tastete sie im Dunkeln nach ihrem Bademantel, den sie vorhin achtlos über einen Stuhl geworfen hatte, und rannte mit bloßen Füßen in das Treppenhaus.

Ivan, Irvings langjähriger Diener, war inzwischen auch aufgewacht und kam Ellin nur in Hose, Unterhemd und Hosenträgern von oben entgegen. »O Mrs. Berlin, es ist so schrecklich«, murmelte er kopfschüttelnd. »Ich hole den Arzt.« Damit war er auch schon weitergelaufen.

Alarmiert nahm sie zwei Stufen auf einmal.

Und dann hatte Ellin das Gefühl, einen Film vor sich ablaufen zu sehen. Einen schrecklichen Film.

Im hell erleuchteten Kinderzimmer lief eine tränenüberströmte Miss Tennant mit der jammernden Mary Ellin auf dem Arm auf und ab, doch die Kleine ließ sich nicht beruhigen.

Einen noch erschütternderen Anblick bot Irving. Er stand am Fenster, hinter dem Nebelschwaden über den dunklen Fluss zogen und die dämmrige Szenerie erhellten, ein Bündel an seiner Schulter, das Ellin als das in eine Decke gewickelte Baby erkannte. Irving hielt es fest umschlungen, er war blass, hielt die Augen geschlossen, seine Wangen feucht von Tränen, seine Lippen bebten, aber es kam kein Ton aus seinem Mund.

Ellin achtete weder auf das Kindermädchen noch auf ihre Tochter, stürzte auf ihren Mann und ihren Sohn zu. Als sie ihm das Baby abzunehmen versuchte, hielt er es fest, wandte sich von ihr ab.

»Er atmet nicht mehr«, flüsterte der Vater mit zitternder Stimme. »Sein Herz schlägt nicht mehr. Er ist tot, Ellin.«

»Was redest du da?« Sie streckte die Arme aus, fasste ins Nichts.

»Ich habe ihn so gefunden«, schluchzte Miss Tennant. »Wiederbelebung … ein Arzt …« Ihre Worte verloren sich.

Irving drehte das Bündel so, dass Ellin in das kleine Gesichtchen blicken konnte. Es wirkte friedlich, als würde das Baby selig schlafen. Wäre da nicht die bläuliche Verfärbung der Haut, diese blassen Lippen, die fast wächsernen Züge.

Sie starrte ihr Kind an. Und mit einem Mal begriff sie, dass sie keine Zuschauerin war, sondern Akteurin in einer Tragödie.

Ihr eigener Herzschlag schien auszusetzen – genau wie der ihres Kindes. Gleichzeitig begann ihr Herz jedoch so schnell zu trommeln wie nie zuvor. Ihr wurde übel, der Geschmack von Galle lag auf ihrer Zunge. Sie zitterte, ihr wurde eiskalt.

Der Anblick von Irving und seinem Sohn verschwamm vor ihren Augen, mischte sich mit Bildern ihrer Erinnerung. Juniors Geburt, der Griff seiner kleinen Händchen um ihren Finger, ein erstes feines Lächeln, der Duft hinter seinen kleinen Ohren. Gedanken blitzten in Sekundenschnelle in ihrem Hirn auf und wechselten sich mit wieder neuen Gedanken ab.

Sie starrte ihr Kind und seinen Vater an, aber sie konnte sich nicht bewegen.

Sie starrte, klappte den Mund auf, aber sie konnte nicht sprechen, nicht schreien.

Da war nur die Qual, die sie zu zerreißen drohte.

Kapitel 35

Der Arzt kam mit einem Krankenwagen, doch es war zu spät. Der Mediziner konnte nur den Tod von Irving Berlin jr. feststellen, vermutlich Herzversagen. Dann folgte die Polizei, befragte die Eltern und das untröstliche Kindermädchen. Die Beamten betonten, dass es sich um Routine handelte und der Fall zu den Akten gelegt würde. Jemand von einem Bestattungsinstitut brachte einen winzigen Sarg. Schließlich versammelten sich Reporter vor der Tür, aber die ließ niemand herein.

An Santa Claus, der mit gefüllten Socken durch den Schornstein rutschte und Geschenke brachte, wollte am Sutton Place in Haus Nummer neun niemand mehr denken. Ellin vergaß sogar für eine Weile, dass Weihnachten war.

Sie hatte ihr Zeitgefühl verloren, nicht die geringste Ahnung, wie viele Stunden zwischen den jeweiligen Begegnungen verstrichen waren, wann Miss Tennant das tote Baby in seinem Bettchen gefunden und die Eltern mit ihren Schreien geweckt hatte. Unverständnis, Bestürzung, Traurigkeit und Verzweiflung wechselten sich ab und verbanden sich zu einem Schock, der ihren Körper schüttelte und ihre Gedanken lähmte.

Sie saß in Irvings Arbeitszimmer, weil sie sich nirgendwo sonst im Haus aufhalten mochte. Den Anblick des Christbaums im Family Room ertrug sie ebenso wenig wie die Weihnachtsdekoration im Speisezimmer. Miss Tennant hatte vorgeschlagen, mit Mary Ellin im Kinderwagen spazieren zu gehen, und Ellin hatte dem Vorschlag zugestimmt, obwohl ihr auffiel, dass sich die junge Frau kaum auf den Beinen halten konnte, so stark war sie mitgenommen von den Ereignissen. Aber es war besser, dass sich ihre kleine Tochter heute so wenig wie möglich in der verstörenden Atmosphäre ihres Zuhauses aufhielt. In einer der wenigen Minuten, in denen ihre Gedanken klarer wurden, überlegte Ellin, ob es nicht besser wäre, Mary Ellin und Miss Tennant für ein paar Tage in das Haus ihrer Mutter oder ihrer Schwester ziehen zu lassen. Ein Anruf genügte sicherlich, um ein Arrangement zu treffen. Doch Ellin fühlte sich zu schwach, um ihre Familie zu verständigen. Sie nahm auch keinen der Anrufe an, die im Laufe des Tages eingingen. Vielleicht waren es Weihnachtsgrüße, womöglich hatte sich jedoch in ihrem Freundes- und Bekanntenkreis bereits herumgesprochen, was passiert war. Sie wollte nicht einmal wissen, wer sich meldete.

Offensichtlich erging es Irving nicht anders. Er hockte in seinem Arbeitszimmer, die Ellenbogen auf der Schreibtischplatte und sein Gesicht in den Händen vergraben. Regungslos. Sprachlos. Wie erstarrt in seinen Gefühlen.

So verrannen die Minuten, wurden zu Stunden. Ivan brachte Tee und Kaffee, der kalt und unberührt auf dem Servierwagen stehen blieb. Bekümmert schüttelte der

Diener seinen Kopf, als er den Rollentisch wieder hinausschob.

Das ohnehin trübe Tageslicht versank in einem bleiernen Ton, gegenüber auf Roosevelt Island flammten die ersten Lampen auf wie goldene Tupfer auf einem dunklen Hintergrund. Ellin sah aus dem Fenster, sah nichts und doch alles und fragte sich, wieso die Erde sich weiterdrehte.

»Mrs. Berlin …« Ivan stand in der Tür.

»Ja?«

War das wirklich ihre Stimme? Sie klang so anders.

»Ein Besucher wartet in der Diele. Er bat ausdrücklich, zu Ihnen vorgelassen zu werden.«

Irving hob seinen Kopf. In einem für ihn ungewöhnlichen Wutausbruch schlug er mit der flachen Hand auf den Tisch. »Wir empfangen niemanden.«

»Mr. Berlin …«, Ivan holte tief Luft, bevor er ehrfürchtig fortfuhr: »Mr. Berlin, es ist Mrs. Berlins Vater, Mr. Mackay.«

Überrascht riss Ellin die Augen auf, schnappte nach Luft, sah Irving an. Die Gefühlstaubheit, die sich ihrer nach dem Tod ihres kleinen Jungen bemächtigt hatte, wurde zu lähmendem Staunen. Sie suchte stumm Hilfe bei ihrem Mann, unfähig, zu begreifen, was es bedeutete, dass Clarence irgendwo in diesem Haus auf sie wartete. Was wollte er? Ihr sagen, dass er von vornherein gewusst hatte, ihre Ehe wäre vom Unglück bedroht? Sich an ihrem Drama weiden? Andererseits begriff sie plötzlich, dass sie seinen väterlichen Trost ersehnte. Doch einst hatte sie sich Verständnis von ihm gewünscht – und nichts anderes erhalten als Hartherzigkeit.

»Wir lassen bitten«, sagte Irving plötzlich in Ellins Gedanken hinein. Er hielt ihrem Blick stand und nickte. Womöglich wollte er sie beide noch überzeugen, dass er das Richtige tat.

Die Schreibtischlampe flammte auf, spendete einen großen Kreis Helligkeit. Als sein Schwiegervater eintrat, erhob sich Irving von seinem Stuhl, blieb aber hinter seinem Sekretär stehen. Er versuchte, die Schultern zu straffen, was ihn jedoch nicht weniger eingefallen wirken ließ.

Clarence hatte sich im Laufe der Jahre kaum verändert. Ein unbeugsamer, hoch aufgeschossener, grauhaariger Mann mit strahlenden blauen Augen in einem eleganten schwarzen Anzug, vorbildlich geknoteter dunkler Krawatte unter einem schneeweißen Hemdkragen. Seinen Mantel trug er über dem Arm, den Hut in der Hand. Dass er beides nicht dem Diener ausgehändigt hatte, ließ darauf schließen, dass er nicht lange zu bleiben beabsichtigte. Oder er wollte sich an etwas festhalten, um diesen ungewöhnlichen Besuch durchzustehen. Er sah zu Ellin, dann zu Irving, blieb aber in deutlicher Distanz zu den beiden an der Tür stehen.

Sie fühlte sich nicht in der Lage, etwas zu sagen. Womit sollte sie auch beginnen? Es gab so viel – und doch so wenig, was sie in Worten auszudrücken vermochte. Sie sah ihren Vater nur stumm an.

Auch Irving schwieg.

»Ich habe im Radio von deinem … ähm … eurem Verlust gehört«, hob Clarence schließlich an. »Ich möchte euch mein Beileid aussprechen.«

Er klang distanziert. Wie sollte es auch anders sein?, fuhr es Ellin durch den Kopf. Er ist der Großvater, der seinen Enkel nicht kannte. Und niemals kennenlernen würde.

»Es tut mir leid, Ellin«, fuhr Clarence fort. Seine Stimme begann zu schwanken. »Es tut mir furchtbar leid. Alles. Ich bin hier, um dich um Verzeihung zu bitten …« Der Zusatz schien ihm schwerer zu fallen, doch er sprach weiter: »Ich möchte mich bei euch beiden entschuldigen.«

Hatte sie richtig gehört? Sie verstand nicht einmal wirklich, was er ihr zu sagen versuchte. Die Worte hallten in ihren Ohren nach, aber der Sinn war wie eingehüllt in den Nebel ihrer Traurigkeit und Verzweiflung.

Irving ging um seinen Schreibtisch herum auf Clarence zu. Der streckte die Hand aus.

Sie starrte die beiden Männer an. Dann bemerkte sie die Träne, die plötzlich über Clarences Wange rann.

Hilflosigkeit überkam sie. Sie hatte nicht die geringste Ahnung, was sie tun, wie sie reagieren sollte. All ihre Emotionen schienen mit dem kleinen Junior gestorben zu sein.

»Es tut mir so leid«, wiederholte Clarence, diesmal wohl nur an Irving gerichtet. Er ergriff die Hand seines Schwiegersohns. Stumm blickten sich die beiden Männer in die Augen.

Unwillkürlich hielt Ellin den Atem an. Sie wusste, dass sie etwas beisteuern musste. Aber sie verharrte wie gelähmt auf ihrem Platz. Wieder nur eine Beobachterin, wie heute Morgen im Kinderzimmer. Sie wünschte, dass der Tod ihres Sohnes ein böser Traum gewesen war. Genauso wie die Versöhnung jetzt keine Realität sein konnte …

Fassungslos registrierte sie, wie sich Clarence und Irving in die Arme fielen. Zwei Männer, die um ein Kind weinten, in ihrer Trauer vereint.

Wie von einer unsichtbaren Hand geleitet, erhob sie sich und trat hinzu.

»Count Your Blessings Instead of Sheep«

Beverly Hills
Dezember 1937

Kapitel 36

Ein Lied pro Nacht. Das war seine Devise, obwohl Irving zugeben musste, dass dieses Vorhaben nicht immer umzusetzen war. Besonders nicht in der Heiligen Nacht. Die war sonst für die Trauer um seinen Sohn reserviert.

Selbst neun Jahre nach dem Tod des kleinen Irving hallte noch das Schreien von Miss Tennant in seinen Ohren. Er erinnerte sich, als wäre es gestern gewesen, an ihre verzweifelten Versuche, den Kleinen wiederzubeleben. Mary Ellin war natürlich aufgewacht und weinte in ihrem Bettchen, während ihre Erzieherin Mund-zu-Mund-Beatmung bei dem Baby machte. So fand er die drei vor, als er in das Zimmer stürmte. Miss Tennant sagte, dass sie schon vergeblich eine Herzmassage angewendet hatte, und als Irving in das bläulich verfärbte, wächserne Gesichtchen blickte, war ihm klar, dass jede Hilfe zu spät kam. Er nahm ihr seinen Sohn ab, sie sollte sich um Mary Ellin kümmern, und wollte den Kleinen nicht einmal für die Mutter freigeben. Noch heute fühlte er den toten Körper in seinen Armen – und der Verlust tat so weh wie an jenem Weihnachtsmorgen.

Wenn er in New York wäre, würden Ellin und er heute auf den Friedhof gehen. Jedes Jahr schlichen sie sich an Juniors Todestag aus dem Haus, damit ihre Töchter nichts merkten. Die inzwischen elfjährige Mary Ellin, die bald sechsjährige Linda Louise und die achtzehn Monate alte Elizabeth wussten nichts von dem Bruder, den sie verloren hatten. Auch Miss Tennant schwieg, ebenso die anderen Dienstboten, und natürlich alle anderen Familienmitglieder, allen voran Mary Ellins geliebter Großvater Clarie. Obwohl weder Ellin noch Irving danach zumute war, veranstalteten sie jedes Jahr auf ein Neues für die Mädchen ein traditionelles christliches Weihnachten, und am Morgen, nachdem Santa Claus riesige Mengen an Strümpfen mit Geschenken hinterlassen hatte, freuten sie sich alle zusammen, und die Eltern ließen nicht spürbar werden, wie furchtbar traurig sie waren. Obwohl Irving gedacht hatte, dass er das Weihnachtsfest nach Juniors Tod niemals vermissen würde, fehlte es ihm in diesen Tagen schmerzlich. Mit all seinem Zauber, seinem Glanz und Glockengeläut.

Irving legte den Stift beiseite, mit dem er an dem Text mit dem Arbeitstitel »White Christmas« geschrieben hatte, und erhob sich von dem Klavierhocker. Sein Rücken tat weh, seine Arme und Beine auch. Er hatte zu viele Stunden angespannt an seiner Arbeit gesessen, seinen Gliedern nicht die kleinste Bewegungsmöglichkeit geschenkt. Am besten lockerte er seine Muskeln in einer heißen Badewanne und legte sich anschließend schlafen. Nach ein paar Stunden Bettruhe wäre er fit für das Weihnachtsessen bei Joseph Schenck.

Er wollte Ellin anrufen, aber die hatte ihn gebeten, sich erst am Abend zu melden, wenn die Mädchen schliefen und sie ungestört sprechen konnten. Auch deshalb kam ihm dieses Weihnachten so einsam vor. Er hatte nicht einmal die Möglichkeit, ihre Stimme zu hören. Natürlich hatte sie recht. Er musste Geduld haben.

Aber nicht nur die Frau fehlte ihm, sondern auch seine Töchter. Obwohl sie sein Nervenkostüm häufig strapazierten, vor allem, wenn er überarbeitet war – er vermisste sie mit jeder Faser seines Herzens. Wie schön wäre es, Lindas Kinderstimmchen zu hören, wenn sie wie im vergangenen Jahr ausriefe: »*Merry Christmas, Daddy!*«

Doch in seiner Suite im Beverly Hills Hotel herrschte nichts als Stille, nur durchbrochen vom Plätschern des Wassers, das er in die Badewanne einlaufen ließ.

* * *

Die Villa von Joseph Schenck befand sich in West-Hollywood an der North Fuller Avenue. Es war einer dieser um die Jahrhundertwende errichteten Prachtbauten, wie es sie oft in Los Angeles und den umliegenden Gemeinden wie auch Beverly Hills gab, die Architektur ein Mittelding aus italienischem Renaissanceschloss und Schweizer Chalet mit Anleihen an den neomaurischen Stil, ein wenig protzig, aber nicht unelegant und vor allem sehr, sehr groß. Dazu mit allen erdenklichen Annehmlichkeiten ausgestattet, einschließlich eines Privatkinos und eines riesigen Pools in einem subtropischen Garten.

Als Irving eintraf, waren grüne Girlanden um die Säulen vor dem Hauseingang gewickelt und silberne Lampions und Lametta sollten wohl eine dem Anlass entsprechende Dekoration darstellen. Unwillkürlich verglich er diesen Weihnachtsschmuck mit dem, den Ellin jedes Jahr auswählte: Tannen-, Mistel- und Stechpalmenzweige erschienen ihm mystischer, der blaue Engel auf dem Christbaum zu Hause passender und die Kugeln aus blauem und silbernem Glas kostbarer. Das ist eben der Unterschied zwischen der Ostküste und Kalifornien, fuhr es ihm durch den Kopf. Die bitteren Zeilen seines heute Nacht ersonnenen Vortextes gingen ihm nicht aus dem Sinn, und er wusste, dass er ungerecht war, aber er war eben von Sehnsucht geplagt.

»Gut, dich zu sehen.« Joe umarmte seinen Freund. »Wer hätte gedacht, dass wir beide nach all den Jahren wieder einmal zusammen Weihnachten feiern würden? Du als Strohwitwer und ich als geschiedener Mann.«

»Fröhliche Weihnachten«, antwortete Irving und klopfte Joe auf die Schulter.

»Immerhin haben wir heute besser zu essen als damals.«

»Den Mince Pie und Christmas Pudding unserer irischen Freunde fand ich seinerzeit gar nicht so schlecht«, räumte Irving lächelnd ein. Natürlich ließ Ellin eine exquisitere Variante des traditionellen irischen Weihnachtsdesserts zubereiten als die Mutter seiner Kumpel von der Lower East Side, aber er erinnerte sich, wenn er zu Hause war, bei jedem Bissen an den singenden Zeitungsverkäufer von einst – und das war kein schlechtes Gefühl, denn es hatte sich als Grundstein zu allem erwiesen, was ihn heute ausmachte.

»Hast du großen Hunger?«, erkundigte sich Joe.

»Eigentlich ja …«

»Das muss leider noch warten«, fiel ihm der Filmproduzent ins Wort. »Ich möchte dir vor dem Essen schnell einen Kurzfilm zeigen, den ich für ganz interessant halte.

Wir können uns dann beim Dinner in Ruhe darüber unterhalten.«

»Du willst einen Film vorführen? Jetzt?« Nach der ersten Verwunderung zuckte Irving mit den Schultern. »Na ja, warum nicht?« Schließlich hatte er heute Abend ohnehin nichts anderes vor, als sich die Zeit bei Joe zu vertreiben.

Er kannte das Privatkino bereits. Hier wurden Rohfassungen der Filme begutachtet, die von Joseph Schenck produziert wurden, über Karrieren entschieden, Neuentdeckungen bejubelt und Fertigstellungen gefeiert. Es war ein nicht allzu großer Raum, der jedoch alle Annehmlichkeiten eines richtigen Lichtspielhauses besaß: eine große Leinwand, bequeme Samtsessel, gedimmte Beleuchtung. Irving winkte dem Vorführer, der in einer Art Glaskasten am Ende des kleinen Saales stand, einen freundlichen Gruß zu und dachte, dass der Mann neben dem Projektor an einem Abend wie diesem eigentlich woanders hätte sein sollen. Dann setzte er sich auf den Platz, den Joe ihm in der Mitte der Stuhlreihen zuwies.

Der Hausherr drehte das Licht herunter und setzte sich neben seinen Gast.

Wie von Zauberhand öffnete sich der Samtvorhang vor der Leinwand. Einen Atemzug später erschien darauf der Schriftzug *Christmastime* vor einer verschneiten Landschaft.

Meine Güte, genau das könnte mein Traum aus dem Song sein, stellte Irving fest. Er wies seinen Freund jedoch nicht darauf hin.

Die Totale danach zeigte ein im englischen Stil eingerichtetes Wohnzimmer. Einen Tannenbaum, auf dessen

Spitze ein Engel thronte, glitzernde Kugeln und Lichter, von denen Irving wusste, dass sie blau, silber und bunt waren. Es war der Family Room seines Hauses in Manhattan. Und unter dem Christbaum stapelten sich die hübsch verpackten Geschenke in den Socken von Santa Claus, die nicht groß genug waren für all die Pakete, die hineingehörten. Ellin und er hatten sich angewöhnt, das ganze Jahr hindurch Dinge zu kaufen, die ihren Töchtern Freude bereiteten, und diese dann zu den Weihnachtsgaben zu legen. So kam mit den Monaten eigentlich immer mehr hinzu, als sie verschenkt hätten, wenn sich ihr Einkauf auf den Dezember beschränken würde.

Irving setzte sich kerzengerade hin. Wieso sah er auf der Leinwand eine Szene, die seine Frau und die Mädchen vermutlich heute Morgen erlebt hatten? Die Kulisse war so vertraut …

Er sah sich zu Joe um. Doch der tat so, als bemerke er Irvings Verwunderung nicht.

Ellin erschien im Bild. Sie hatte die Zimmertür geöffnet und winkte eine nach der anderen herein: Mary Ellin, Linda Louise und die kleine Elizabeth an der Hand ihrer Nanny. Der Ton knisterte, aber Irving hörte die vertrauten Geräusche ganz klar, die Schritte, das Kichern, die freudige Erwartung, ihre Aufregung. Und dann wandten sich alle zu ihm um, lachten ihn an.

Schwenk und Großaufnahme auf seine mittlere Tochter.

»*Merry Christmas, Daddy!*«, rief Linda.

Kapitel 37

Erfüllt von der Liebe seiner Familie, die ihm der kleine Film vermittelt hatte, und dankbar für die Freundschaft mit Joe Schenck, kehrte Irving später als beabsichtigt in sein Hotel zurück. Er hatte über einem vorzüglich zubereiteten Truthahn erfahren, dass Joe die Szenen im August in New York aufgenommen hatte, als Irving zu den Dreharbeiten des Films »On the Avenue« nach Hollywood reisen musste. Ellin hatte den alten Freund um diesen Gruß gebeten, da sie im Sommer bereits wusste, dass sie und Irving Weihnachten getrennt verbringen würden. So hatten sie das Fest vorgezogen und die wundervolle, zu Herzen gehende Szene inszeniert. Und niemand hatte Irving etwas davon verraten. Sogar seine Töchter hielten den Mund. Was für eine gelungene, wunderschöne Überraschung!

Als er zurück in sein Hotelzimmer kam, fiel sein Blick fast automatisch auf sein Klavier und die Papiere darauf. Ein Weihnachtslied hatte er schreiben wollen – und daraus geworden war eine Satire auf das Fest in Beverly Hills, die vor allem Ausdruck seines Heimwehs nach New York war. Nichts als Unsinn, wie Irving jetzt dachte.

Er sollte sich hinsetzen und einen Song für seine Töchter schreiben, dachte er, noch immer eingenommen von dem kurzen Film, den Joe ihm vorgeführt hatte. Natürlich hatte er für jede von ihnen schon einen Song ersonnen, angefangen bei »Blue Skies« nach der Geburt von Mary Ellin. Aber nun wollte er für alle drei das beste Weihnachtslied komponieren und texten, das es je gegeben hatte. Nein, nicht das beste Weihnachtslied, es sollte das beste Lied überhaupt und aller Zeiten werden.

Mit nervösen Fingern wühlte er in seinen Notizen – bis er die Aufzeichnung fand, die er suchte. Es war der Vortext zu dem Song, der »White Christmas« heißen sollte. Er griff nach einem Stift. Eine energische Handbewegung, ein Fingerstreich nur – dann waren die sarkastischen Zeilen durchgestrichen.

So schlecht war Weihnachten in Los Angeles schließlich nicht.

Hier hatte er den Weihnachtsabend mit seinen Liebsten verbringen dürfen, obwohl sie gar nicht in derselben Stadt weilten, und seine Linda hatte ihm *Merry Christmas* gewünscht, wie er es erträumt hatte. In Hollywood war alles möglich. Warum also sollten nicht eines Tages Schneeflocken auf die Palmwedel von Beverly Hills rieseln? Seine Sehnsucht nach einer weißen Weihnacht, nach Glockengeläut, Kinderlachen und dem magischen Glanz dieser ganz besonderen Zeit würde ihn sein Leben lang begleiten, wo auch immer er sich befand. Aber jetzt tat es nicht mehr so weh, daran zu denken.

Lächelnd setzte er sich an den Klavierhocker und stimmte die ersten Takte des Liedes an, das er in der Heiligen Nacht komponiert hatte. Und beim Hören seiner

Melodie dachte er, dass er da etwas wirklich Gutes erschaffen hatte. Vielleicht war es tatsächlich das Beste, was er je geschrieben hatte.

Ein Lied, so schön wie ein Weihnachtsabend.

Nachwort

Sicher haben Sie bereits erkannt, liebe Leserinnen und liebe Leser, dass ich bei den Überschriften Songs von Irving Berlin zitiert habe. Ich habe mich dafür entschieden, um aufzuzeigen, wie groß sein Repertoire ist, und dennoch nur einige wenige berühmte Schlager von den etwa eintausendfünfhundert Liedern aus seiner Feder vorstellen können, die mir thematisch passend erschienen. Der erfolgreichste Titel von allen ist bis heute »White Christmas«, gefolgt von »Always«, Irving Berlins Hochzeitsgeschenk für Ellin Mackay.

Die Geschichte von »White Christmas« schien zunächst ziemlich rasch beendet, die Skizze versank erst einmal bei seinen anderen Notizen in der Schatulle mit Irvings Ideensammlung. Später rankten sich eine Reihe von unterschiedlichen, teilweise ziemlich abenteuerlichen Erlebnissen um dieses Lied, aber es ist relativ sicher, dass er die Nummer an jenem Weihnachten 1937 im Beverly Hills Hotel schrieb. Doch er erinnerte sich erst gut zwei Jahre später und unter dem Eindruck des im September zuvor entfachten Zweiten Weltkriegs an seinen sentimentalen Text, die erste Niederschrift des Liedes von Helmy Kresa trägt das Datum 8. Januar 1940. Dann dauerte es noch einmal bis zum 25. Dezember 1941, bis das Lied erstmals öffentlich zu hören war, als Bing Crosby es in seiner NBC-Radio-Show sang, die erste Schallplattenaufnahme folgte fünf Monate später. Zu diesem Zeitpunkt war der Film »Holiday Inn« fast fertiggestellt, dessen Haupttitel »White Christmas« sein sollte. Der Weihnachtsfilm mit Bing Crosby in der Hauptrolle feierte am 4. August 1942 Premiere, später gewann Irving Berlin einen Oscar für den besten Filmsong. Für den großen Erfolg des Weihnachtsschlagers waren aber die US-amerikanischen Soldaten verantwortlich, die sich nach einem traditionellen Weihnachtsfest und Frieden in der Heimat sehnten.

Doch auch nach dem Krieg blieb die Popularität von »White Christmas« ungebrochen. Die Neuaufnahme von Bing Crosby aus dem Jahre 1947 ist mit geschätzt fünfzig Millionen verkauften Exemplaren die meistverkaufte Single aller Zeiten, mit den Aufnahmen anderer Künstler sind es sogar etwa hundert Millionen Exemplare, die über die Ladentische gingen. Das Lied gilt als wertvollstes Urheberrecht in der internationalen Musikgeschichte. Es gibt fünfhundert verschiedene Aufnahmen von dem Song, neben Bing Crosby wurde er von Frank Sinatra gesungen, von den Drifters, Andy Williams, Elvis Presley, Bette Midler, Billy Idol, Al Jarreau, den Beach Boys, Chicago, Cliff Richard, David Hasselhoff, Diana Ross, Eric Clapton, Michael Bublé, Placido Domingo, Ringo Starr, Rod Stewart, André Rieu, Udo Jürgens, Zucchero, Andrea Bocelli, Helene Fischer und vielen anderen mehr. Barbra Streisand nahm übrigens auch den sarkastischen Vortext auf, worauf die meisten anderen Interpreten verzichteten.

Natürlich wurde der Text auch in mehrere Sprachen transportiert, die deutsche Fassung stammt von dem genialen Berliner Autor Bruno Balz. Der war der wichtigste Textdichter meines Vaters Michael Jary und ein Freund der Familie, für mich so etwas wie ein guter Onkel. Ich kenne »White Christmas« und sowohl den Original- als auch den deutschen Text deshalb schon irgendwie mein ganzes Leben lang. Und natürlich bin ich in der Welt eines Schlagerkomponisten zu Hause. Dennoch fiel mir die Beschreibung der Arbeitsweise von Irving Berlin ziemlich schwer, denn mein Vater war ein akademisch ausgebildeter Komponist und arbeitete ausschließlich am Schreibtisch, egal, ob auf dem Notenblatt ein Schlager oder die Untermalungsmusik für einen Film entstand. Ansonsten fühlte ich mich in den Lebenserinnerungen von Mary Ellin Barrett über ihren Vater Irving Berlin (Verlag Simon and Schuster, New York 1994) mit dem nachts arbeitenden, kettenrauchenden Songwriter durchaus an mein Elternhaus erinnert.

Ellin und Irving Berlin blieben für immer zusammen. Sie war ihm eine zärtliche Gefährtin und eine gute Mutter für die gemeinsamen Töchter, verlor aber trotzdem niemals ihren eigenen Wunsch zu schreiben aus den Augen. Sie veröffentlichte noch einige Kolumnen im »New Yorker«, im Laufe der Zeit erschienen fünf Romane von ihr. Sie starb am 29. Juli 1988 im Alter von fünfundachtzig Jahren und wurde an der Seite ihres Sohnes auf dem parkähnlichen Woodlawn Cemetery im Norden des New Yorker Stadtteils Bronx beigesetzt. Einer ihrer letzten Sätze galt ihrem Mann. Von einem Schlaganfall gezeichnet, befand sich Ellin in einer Klinik, als die Krankenschwester zu ihr sagte: »Ihr Mann bat mich, Sie seiner Liebe zu versichern.« Mit hochgezogenen Augenbrauen meinte sie daraufhin: »Tatsächlich? Ich weiß, dass er mich liebt.« Mary Ellin Barrett schreibt, dass es der schlimmste Augenblick in ihrem Leben war, als sie ihrem selbst bereits gesundheitlich schwer angeschlagenen Vater sagen musste, ihre Mutter sei gestorben. Irving Berlin folgte seiner Frau ein gutes Jahr später am 22. September 1989 – er wurde hundertundein Jahre alt.

Beim Börsenkrach 1929 verlor Clarence Mackay fast sein gesamtes Vermögen, seine Kunstsammlung musste er verkaufen, die meisten Stücke gelangten in den Besitz des Metropolitan Museum of Art in New York. Bis zu seinem Tod 1938 war er Ellins Töchtern ein liebevoller Großvater und pflegte eine tiefe Freundschaft zu seinem Schwiegersohn Irving Berlin. Der Landsitz Harbor Hill wurde 1947 gesprengt.

Joseph Schenck war einer der wichtigsten Gründungsväter der amerikanischen Filmindustrie. Zunächst Präsident von United Artists, gründete er später die 20th Century Fox und wurde schließlich Vorstandsvorsitzender des Mutterkonzerns von Metro-Goldwyn-Mayer. Er gilt als Entdecker und Förderer von Marilyn Monroe. Im Alter von vierundachtzig Jahren starb er 1961 in Los Angeles.

Die Geschichte des Prinzen Edward von Wales, der auf Harbor Hill mit Ellin tanzte, dürfte weithin bekannt sein. Er verliebte sich tatsächlich unsterblich in eine Amerikanerin und verzichtete ihretwegen sogar auf den britischen Thron.

Viele Musikwissenschaftler und Historiker haben sich darüber Gedanken gemacht, wieso das populärste Weihnachtslied der Welt ausgerechnet von einem Juden geschrieben worden sein konnte. Walter Cronkite, einer der namhaftesten amerikanischen Fernsehjournalisten, sagte einmal über Irving Berlin: »Er kann die wahre Seele des Landes ausdrücken.« Und er meinte, dass Irving Berlin das Herz jedes durchschnittlichen Amerikaners erreiche. Wahrscheinlich aber erreichen seine Lieder auch das Herz sehr vieler Menschen anderer Nationalitäten und sind deshalb weltweit so erfolgreich. Nach der Recherche in meiner umfangreichen Basislektüre glaube ich, dass Irving Berlin selbst ein großes Herz besaß und Religion kein enges, starres Korsett für ihn darstellte. Deshalb waren die Kerzen an Chanukka für ihn ebenso wertvoll wie die zu Weihnachten.

Ich wünsche Ihnen ein wundervolles Fest, welches auch immer Sie feiern.

Michelle Marly

Danksagung

Ich werde niemals das Mittagessen mit Reinhard Rohn, Oliver Pux und Stefanie Werk im Aufbau Haus vergessen, als ich ganz nebenbei die Geschichte von »White Christmas« erzählte. Ich weiß leider nicht mehr, in welchem Zusammenhang es geschah, aber es war definitiv kein Themenvorschlag. Doch der Verlagsleiter und der Leiter Digital waren wie elektrisiert, die Programmleiterin Taschenbuch und ich mussten jedoch gar nicht wirklich überzeugt werden, daraus einen Weihnachtsroman zu machen. Deshalb möchte ich mich bei diesen drei Menschen ganz besonders bedanken, dass ich diese – wie ich finde – wunderschöne Geschichte umsetzen durfte.

Mein Dank gilt natürlich wie immer meiner Agentin Petra Hermanns, ohne die es wahrscheinlich nicht einmal zu diesem Mittagessen gekommen wäre.

Und obwohl hier an letzter Stelle genannt, ist meine Familie natürlich der Mittelpunkt meines Lebens. Ich danke ganz besonders meinem Mann Bernd Gabriel und meiner Tochter Jessica, die mich in meiner Arbeit unendlich unterstützen. Wir werden zusammen mit meinem Schwiegersohn und meinen beiden Enkelsöhnen an Heiligabend unter dem Weihnachtsbaum sitzen und natürlich auch »White Christmas« hören. So klingt dann Weihnachten.